NEZAHUALCÓYOTL

EL DESPERTAR DEL COYOTE

SOFÍA GUADARRAMA COLLADO

GRANDES TLATOANIS
DEL IMPERIO

NEZAHUALCÓYOTL
EL DESPERTAR DEL COYOTE

OCEANO

NEZAHUALCÓYOTL
El despertar del Coyote

© 2019, Sofía Guadarrama Collado

Diseño de portada: Music for Chameleons / Jorge Garnica
Fotografía de la autora: Katherine Alba

D. R. © 2019, Editorial Océano de México, S.A. de C.V.
Homero 1500 - 402, Col. Polanco
Miguel Hidalgo, 11560, Ciudad de México
info@oceano.com.mx

Primera edición: 2019

ISBN: 978-607-557-052-5

Impreso en México / Printed in Mexico

Para mi mejor amigo, Israel, que en la adolescencia me facilitó el poder intrépido de sus ojos para ver más allá.

La castellanización del náhuatl

En el náhuatl prehispánico no existían los sonidos correspondientes a las letras *b, d, f, j, ñ, r, v, ll* y *x*.

Los sonidos que más han generado confusión son los de la *ll* y el de la *x*. La *ll* en palabras como *calpulli, Tollan, calli* no se pronunciaba como suena en la palabra *llanto*, sino como en *lento*; la *x* en todo momento se pronunciaba *sh*, como *shampoo*, en inglés.

ESCRITURA	PRONUNCIACIÓN ACTUAL	PRONUNCIACIÓN ORIGINAL
México	Méjico	Meshíco
Texcoco	Tekscoco	Teshcuco
Xocoyotzin	Jocoyotzin	Shocoyotzin

Los españoles le dieron escritura al náhuatl en castellano antiguo, pero al carecer del sonido *sh* utilizaron en su escritura una *x* a forma de comodín.

A pesar de que en 1492 Antonio de Nebrija ya había publicado *La gramática castellana*, el primer canon gramatical en lengua española, ésta no tuvo mucha difusión en su época y la gente escribía como consideraba acertado.

La ortografía difería en el empleo de algunas letras: *f* en lugar de *h*, tal es el caso de *fecho* en lugar de *hecho*; *v* en lugar de *u* (avnque); *n* en lugar de *m* (tanbién); *g* en lugar de *j* (mugeres); *b* en lugar de *u* (çibdad); *ll* en lugar de *l* (mill); *y* en lugar de *i* (yglesia); *q* en lugar de *c* (qual); *x* en lugar de *j* (traxo, abaxo, caxa); y *x* en lugar de *s* (máxcara).

Es por lo anterior —y para darle a la lectura de esta obra una sonoridad semejante a la original— que el lector encontrará palabras en náhuatl escritas con *sh* y una sola *l*, como en *Meshíco* y *Tolan*, que hoy día se representan con *x* y *ll*.

Asimismo se han eliminado —y en algunos casos, cambiado— las tildes en algunas palabras ya castellanizadas; así aparece *Meshíco Tenochtítlan* por *México Tenochtitlán*. En otras palabras, como *Tonatiuh*, cuya sílaba tónica recae en la *u* en español, se agregaron tildes para recalcar la pronunciación en náhuatl: *Tonátiuh*.

Una regla básica en el náhuatl es que todas las palabras son graves, esto es, la sílaba tónica siempre es la penúltima. Por lo tanto, en este texto, se mantiene la tilde en *Ishtlilshóchitl*, *Cuauhtémoc*, *Coatépetl*, *Popocatépetl*, entre otras palabras.

Cabe aclarar que el sonido que corresponde a *tl* al final de las palabras en el náhuatl es *kh* (sin sonidos vocales *ka* o *ke*). Por lo tanto, *náhuatl* se pronuncia *ná-huakh*. Otros ejemplos son *Ish-tlil-shó-chikh*, *Coa-té-pekh*, *Po-po-ca-té-pekh*.

Aunque estoy consciente de que los especialistas siguen otras convenciones, y de que en el náhuatl actual la pronunciación varía de acuerdo con la zona geográfica, el criterio usado en esta novela tiene sólo a sus lectores en cuenta. Se trata de que, al leer estas páginas, puedan pronunciar todos los vocablos en forma correcta.

1

Año 13 caña (1427)

Azcapotzalco

E l cadáver de Tezozómoc yace sobre una cama de piedra en el salón principal. Lleva puestas las vestiduras reales, joyas de oro y piedras preciosas, plumas finas, una esmeralda en la boca y una máscara de oro que él mismo mandó hacer a semejanza de su rostro.

Han transcurrido cinco noches de luto. Un grupo de señores principales, vestidos con largas mantas blancas, cantan en tono lúgubre al mismo tiempo que cargan sobre sus hombros el cuerpo del tecutli Tezozómoc para que sea incinerado esta noche. Detrás de ellos avanzan Mashtla, Tayatzin, Motecuzoma Ilhuicamina, Tlacateotzin, Chimalpopoca, Nezahualcóyotl, mucha nobleza de todas partes y los embajadores de los tetecuhtin* que no pudieron asistir.

Un sacerdote los recibe a un lado de la hoguera donde también serán sacrificados los sirvientes del tecutli tepaneca y aquellos considerados como gente inútil: malnacidos, enanos, enfermos mentales y minusválidos. De igual forma aquellos

---

* *Tetecuhtin*, plural de *tecutli*, que significa *rey* o *señor*.

nacidos en los cinco días intercalares de cada año, llamados nemontemi (aciagos e infelices), predestinados a morir de esta manera. Los tetecuhtin de todos los pueblos que llegaron a las exequias llevan esclavos en forma de obsequio, que también terminarán en la hoguera.

Finalmente llega el momento de encender el fuego. El cuerpo del anciano Tezozómoc se pierde entre las llamas. Todos observan en silencio.

—Hermano —susurra Mashtla a Tayatzin—. Quiero hablar contigo.

Tayatzin asiente con la mirada y Mashtla se aleja del cortejo fúnebre.

—¿Te encuentras bien? —pregunta Tayatzin al notar el llanto en los ojos de Mashtla.

—No —Mashtla se seca las lágrimas—. La muerte de mi... —hace una pausa—... de *nuestro* padre me tiene sumamente desconsolado... —mantiene la mirada fija en los ojos de Tayatzin—. No manchemos su funeral con un homicidio. Sé que él nos pidió que asesináramos a Nezahualcóyotl, pero eso lo podemos hacer otro día. Hoy no. Te lo suplico.

—No te preocupes —responde Tayatzin conmovido con las palabras de su hermano—. No mancharemos el funeral de nuestro padre.

Mientras tanto, los sacerdotes ejecutan los sacrificios humanos correspondientes. Los gritos de la gente arrojada a la hoguera estremecen al numeroso concurso en el funeral. Entonces el príncipe Nezahualcóyotl —cuyo único objetivo al asistir fue corroborar la muerte de Tezozómoc— sale del lugar sin que nadie lo detenga.

La ceremonia luctuosa dura toda la noche. A la mañana siguiente recogen las cenizas y las guardan en una caja para la posteridad. Luego se lleva a cabo un banquete en honor del difunto. En cuanto los invitados terminan de comer, Tlacateotzin, tecutli de Tlatelolco, se pone de pie y se dirige a la nobleza reunida en el palacio:

—Nobles consejeros, ministros y tetecuhtin aliados del imperio chichimeca. Ha llegado el momento de realizar la jura de Tayatzin como legítimo sucesor de nuestro amado Tezozómoc.

En ese momento Mashtla se pone de pie y camina al centro del palacio. Ya no es el mismo que lloró toda la noche por la muerte de su padre. Tiene la frente en alto, el pecho henchido y los puños oprimidos. Todos lo observan con preocupación. Pronostican lo peor.

—Señores —hace una pausa, recorre el lugar con la mirada y se asegura de que todos pongan atención a sus palabras—. El único heredero legítimo de mi padre soy yo.

Los presentes se miran entre sí. Se escuchan algunos murmullos. Saben que se aproxima un terremoto que sacudirá todo el imperio. Tlacateotzin intenta hablar, pero Mashtla le gana la palabra:

—Si callé en presencia de mi padre fue por respeto, por no darle disgusto, viéndolo tan cercano a la muerte; mas no porque me conformase con su disposición —los ministros, senadores, consejeros y tetecuhtin de los pueblos aliados continúan mirándose—. Sepan todos ustedes que no pienso renunciar al derecho que me dio la naturaleza.

Tayatzin se encuentra a un lado de Chimalpopoca. Ambos sabían que algo así ocurriría. Por ello habían preguntado en privado a cada uno de los aliados si estarían dispuestos a apoyarlos en caso de que Mashtla se revelara contra el mandato de Tezozómoc. La mayoría habían prometido lealtad a Tayatzin, pero conscientes de que al final terminarían del lado de quien se inclinara la balanza. Resulta más conveniente obedecer a un tirano que luchar contra él. Saben perfectamente que, de comenzar otra guerra, Tayatzin se rendiría fácilmente y que Mashtla cobraría venganza contra aquellos que le negaran su voto.

—El pretexto de mi padre fue mi altivez y severidad —continúa Mashtla caminando de un lado a otro por el centro del palacio—. Pero estoy seguro de que tengo la lealtad de mi gente en el señorío de Coyohuácan y Azcapotzalco. Sé que defenderán mi causa contra los traidores que intenten usurparme la corona —dirige la mirada hacia Tlacateotzin, Chimalpopoca y Tayatzin—. Por ello les pido que me juren como huey chichimecatecutli en este momento. Si se rehúsan, con el auxilio de los tetecuhtin que me siguen y con el valor de los más esforzados capitanes del imperio que, bien saben, están a mi devoción, entraré arrasando y destruyendo a fuego y sangre las tierras de los rebeldes, hasta dejarlas desoladas.

Hay una gran conmoción en el palacio. Los que se declaran a favor de Tayatzin levantan la voz. Los que siguen a Mashtla dan sus razones. Los tetecuhtin de Tlatelolco y Meshíco Tenochtítlan se inclinan por el hermano menor, pues bien saben que de tomar el poder Mashtla les arrebatará los privilegios recibidos por Tezozómoc, los cuales se habían incrementado desde la muerte de Ishtlilshóchitl, padre de Nezahualcóyotl. Sin embargo, el número de partidarios que apoyan al hijo primogénito es mucho mayor.

—¡Hay que impedirlo! —exclama uno de los senadores—. No debemos dejarlo llegar al trono. Será nuestra desgracia. El fin de todos nosotros.

—Mashtla nos ha prometido tierras, riquezas, mejores privilegios. Es tiempo de quitarles a estos tlatelolcas y tenoshcas tantos indultos —dice otro más, refiriéndose a los impuestos que Tezozómoc les había perdonado a partir de que sus hijas se casaron con los tetecuhtin de Tlatelolco y Tenochtítlan.

—Lo mejor será esperar unos días para tomar la decisión correcta —propone uno de los consejeros.

—No esperaremos —Mashtla responde tajante—. Ustedes lo han dicho: han pasado las celebraciones fúnebres de mi padre. No se puede quedar el imperio sin gran chichimecatecutli.

La discusión continúa por varias horas, hasta que los seguidores de Tayatzin, temerosos de otra guerra, ceden.

—Siendo, pues, que la gran mayoría le favorece a usted —dice uno de los ministros con desánimo—, no encontramos razón para dilatar su jura.

Mashtla sonríe, se pone de pie, alza los brazos y añade:

—Que sea entonces esta misma tarde en que se lleve a cabo mi jura como huey chichimecatecutli.

Los tetecuhtin de Tlatelolco y Meshíco Tenochtítlan comprenden que éste es el principio de su fin. La venganza de Mashtla los aplastará.

—¿Qué recibirá su hermano Tayatzin? —pregunta Chimalpopoca.

Mashtla lo mira de reojo, hace una mueca alzando el pómulo izquierdo y finge una sonrisa. A diferencia de su padre, Mashtla es un pésimo actor: cada pensamiento, cada sentimiento, cada reacción lo delata. Para todos es evidente su inconformidad con la pregunta que le hace Chimalpopoca.

—Le concedo el privilegio de ser uno de mis ministros y dueño de algunos territorios —responde sin quitar su falsa sonrisa.

Tayatzin baja la cabeza y como niño castigado asiente una y otra vez, aceptando lo que le ofrece su hermano; pero ni él ni el tlatoani Chimalpopoca se sienten complacidos. Ambos albergan resentimientos suficientes.

Tayatzin, por su parte, fue siempre humillado por su hermano mayor. Años atrás, cuando Tezozómoc cedió el señorío de Coyohuácan a Tayatzin, Mashtla ardió en cólera e hizo tal berrinche frente a su padre que Tezozómoc revirtió su decisión: Mashtla quedó como señor de Coyohuácan. Mashtla jamás permitió que su hermano menor fuera a la guerra, arguyendo que no estaba lo suficientemente ejercitado en las armas como para llevar las riendas de las tropas. En realidad, lo hacía para evitar que Tayatzin se hiciera de victorias.

Asimismo, Chimalpopoca tenía sus propias razones para odiar al nuevo chichimecatecutli: lo había insultado y humillado frente a los ministros y consejeros de Tezozómoc, le había entorpecido sus proyectos para la creación de un acueducto que iría de Chapultépec a la ciudad isla de Tenochtítlan. Pero todos sus desencuentros políticos no fueron suficientes para que germinara el deseo de venganza, como lo fue el agravio que Mashtla le hizo a Matlalatzin, esposa de Chimalpopoca e hija del tecutli de Tlatelolco. El día de la boda de Chimalpopoca y Matlalatzin, Mashtla envió a sus concubinas para que la invitaran al palacio de Coyohuácan. La joven reina aceptó, como era la costumbre entre los pueblos vecinos, sin imaginar lo que le esperaba. Al llegar a la corte, las concubinas de Mashtla la dejaron en la sala principal y se retiraron con el argumento de que iban por el banquete. Minutos más tarde entró el tecutli de Coyohuácan. No dijo una palabra. Caminó muy lentamente sin quitarle la mirada a la joven reina.

—No puedo dejar de admirar tu belleza.

—Mi señor, buenas tardes —Matlalatzin agachó la cabeza—. Me siento muy honrada de que sus concubinas me hayan invitado a su palacio.

—Yo también me siento honrado de tenerte en mi palacio. La mirada lasciva de Mashtla intimidó a la jovencita.

—Sus concubinas dijeron que volverían pronto con el banquete.

—No te preocupes por ellas —Mashtla se encontraba a unos metros de distancia.

—Preferiría que algunas de ellas nos hicieran compañía.

—Tal vez más adelante. Primero me gustaría disfrutarte yo solo.

—Señor —dijo la reina meshíca—, yo soy la mujer de Chimalpopoca.

—Abandónalo —respondió Mashtla con una sonrisa cínica—, vente a vivir conmigo.

Matlalatzin se dispuso a volver en ese mismo instante a la ciudad isla, pero Mashtla la interceptó sagazmente, la abrazó e intentó besarla. La reina de Meshíco Tenochtítlan respondió con una bofetada, lo que provocó la ira del señor de Coyohuácan, quien la derribó con un golpe certero en el rostro. Se quitó el penacho, los brazaletes, los collares de oro y las vestiduras. Matlalatzin lamentó haber ido a la ciudad de

Coyohuácan. Intentó salir una vez más, pero Mashtla la prendió por la espalda y la llevó cargando hasta su habitación, la acostó bocabajo y le arrancó el huipil.

Gritó desesperada mientras era penetrada por Mashtla, quien, tras satisfacer su brutal apetito, la dejó libre. Ella volvió a Meshíco Tenochtítlan ahogada en llanto. Al verla, Chimalpopoca tuvo un presentimiento.

—¿Qué te ocurre? —preguntó deseoso de que se tratara de algo trivial.

—Ya no soy digna de ser la reina de Meshíco Tenochtítlan.

Chimalpopoca no respondió. Salió del palacio por varias horas. Al volver no hizo demostración de sentimiento alguno. Matlalatzin supo esa misma noche que Chimalpopoca no le había reclamado a Mashtla ni se había quejado con Tezozómoc. Y peor aún, no manifestó querer vengarse de algún modo.

Si bien Chimalpopoca no dijo una sola palabra ese día, fue porque en su interior comenzó la imprecisa cuenta regresiva rumbo al día en que llevaría a cabo su venganza, la cual no podría ocurrir sino hasta después de muerto Tezozómoc. Si hubiera agredido a Mashtla cuando aún vivía su abuelo, los tenoshcas habrían perdido todos los beneficios que recibían del señorío tepaneca.

—¿Qué importa tu señorío? —le dijo Matlalatzin un día enojada—. ¡Tu mujer fue violada!

—¿Tú crees que no me importa? —Chimalpopoca caminó hacia ella— ¡Mírame! —puso su rostro a unos cuantos centímetros del de ella.

—¡Denúncialo con Tezozómoc!

—¡Es su hijo! ¿Qué quieres que haga? ¿Que lo mande matar? No lo va a hacer. Hay muchas cosas que tú no sabes. Mashtla mató a mi hermano mayor cuando era un recién nacido. Todos lo sabían, incluyendo mi abuelo, y no lo castigó.

Chimalpopoca sabía bien que cualquier arranque beligerante traería peores consecuencias. El vulgo bien podía vengar la deshonra con pleitos callejeros, pero un tecutli no podía proceder de esa manera.

—Hay muchas vidas de por medio —continuó Chimalpopoca—. La libertad de Meshíco Tenochtítlan ha costado mucho y no se puede arrojar al río por una venganza personal. ¡Claro que ganas no me faltan para ir a cortarle la cabeza a Mashtla! ¡Por supuesto que he perdido el sueño! Me atormenta tu dolor. Me indigna saberme deshonrado. Es insoportable encontrarme con Mashtla cuando nos manda llamar mi abuelo Tezozómoc. Me hiere su cinismo. Siento sus miradas burlonas. Me muerdo los labios para no gritar frente a todos que él ha violentado a mi esposa. Pero sé que Mashtla logrará convencer a su padre, llorando, si es necesario.

"Cuántos problemas me habría ahorrado si lo hubiera matado", pensó Chimalpopoca tiempo después. Comenzó a maquinar ideas, y cuando Tezozómoc nombró a Tayatzin como sucesor, el tlatoani de Meshíco Tenochtítlan pensó que dar muerte a Mashtla sería aún más fácil; pero sus planes se derrumbaron cuando los ministros, consejeros, señores y tetecuhtin aprobaron la jura de Mashtla.

"¡No es posible! —piensa Chimalpopoca—. ¡Impídanlo! ¡Deténganlo! El futuro de esta tierra será terrible si él nos gobierna. No podemos quedarnos así. Debemos buscar la manera de destituir del imperio a este despiadado."

Tayatzin y Chimalpopoca saben que aquello no es más que el camino directo a un yugo impostergable.

2

La canoa en la que viaja el príncipe Nezahualcóyotl se bambolea dócilmente mientras dos hombres reman con apuro en medio del lago de Teshcuco, en cuyas orillas crecen sauces y ahuehuetes escoltados por arbustos y hierbas. El Coyote ayunado va de pie, al frente, con su larga cabellera que ondea con el viento, mientras observa el horizonte y piensa en sus preocupaciones, dudas, penas y rencores. Olvidar no es fácil. Perdonar tampoco.

Ya no es el mismo adolescente que acompañó a su padre al campo de batalla frente a las tropas tepanecas. El joven príncipe murió con su padre y en su lugar ahora se encuentra un coyote hambriento, sediento, ansioso, vehemente de justicia.

¿Justicia? ¡No! Después de los agravios, luego de un crimen despiadado, tras el despojo y la persecución, ¿qué? ¿Cómo se da alivio al corazón? ¿Cómo se recupera la dignidad? ¿Cómo se curan las heridas? El príncipe chichimeca busca venganza. Nada más que venganza. Ya no puede esperar a que se haga justicia.

Una manta de nubarrones cubre el cielo justo antes de que encalle la canoa de Nezahualcóyotl. Al bajar se va directo al palacio de Cilan, heredado por su padre y donde Tezozómoc le permitió vivir los últimos cinco años.

Justo en la entrada encuentra a una de sus concubinas cargando a uno de los tres hijos que tuvo con ella cuando se encontraba en Tlashcálan y Hueshotzinco huyendo de la persecución de Tezozómoc. Se acerca a ellos y los saluda. Ve al más pequeño, le toca la cabeza y sigue su recorrido por el palacio.

Al llegar a una habitación se encuentra con menos de una docena de mujeres haciendo labores del hogar. Todas ellas concubinas suyas, a las que dice amar por igual. En el fondo, él sabe que no ha encontrado aún a la mujer que lo enloquezca.

El papel de la mujer es de suma importancia en el Anáhuac. Ellas sostienen la familia. No obstante, son tomadas por puñados, sin importar su individualidad. Hay muchas en la misma casa y todas deben compartir el mismo hombre. Y si entre ellas no hay afinidad, no les queda más que soportar y callar. Ése es su ineludible destino como concubinas.

—¿Le sirvo de comer, mi señor? —pregunta Citlali.

Nezahualcóyotl cierra los ojos por un instante. Se encuentra sumamente cansado. No ha dormido durante los últimos cinco días.

—Necesito dormir —responde el príncipe—. El funeral de Tezozómoc me dejó desgastado.

—Lo acompaño para ayudarle a quitarse la ropa.

—Sí.

Ambos caminan rumbo a la habitación real.

—Les dejé instrucciones a los guardias de que me informen en caso de cualquier asunto importante. Despiértame de inmediato.

—Así lo haré, mi señor.

Nezahualcóyotl se acuesta en su petate, cierra los ojos y se queda dormido. A la mañana siguiente lo despierta Citlali.

—Mi señor, mi señor, despierte.

El príncipe abre los ojos y se encuentra con la imagen opaca de su concubina. Siente que durmió sólo unos minutos. Luego observa la luz que entra por el tragaluz. Comprende que ya amaneció.

—Coyohua solicita hablar con usted.

Nezahualcóyotl se sienta en su petate. Se lleva las manos a la cabellera para hacerse un nudo. Citlali se ofrece a ayudarlo.

—¿Qué te dijo?

—Que era importante.

—¿Se veía muy preocupado?

—Sí. Mucho.

—Creo que ya sé lo que me va a decir —Nezahualcóyotl se pone de pie y se viste lo más rápido posible.

Al llegar a la sala principal se encuentra con Coyohua, su hombre más fiel y mano derecha.

—¿Sucedió lo que creo? —observa a Coyohua y pronostica lo peor.

—Nuestros informantes dicen que luego del banquete con los ministros, consejeros y tetecuhtin, el señor de Tlatelolco propuso jurar inmediatamente a Tayatzin, pero Mashtla se lo impidió y exigió que se le reconociera como gran chichimecatecutli. Muchos de ellos se negaron, pero Mashtla amenazó con un severo discurso. Discutieron toda la tarde hasta que finalmente accedieron y lo juraron.

3

El lago yace en absoluta calma. Un águila real surca el cielo. Se acerca a la isla al mismo tiempo que baja al nivel del piso. Captura una serpiente y eleva el vuelo. Izcóatl, Tlacaélel y Motecuzoma Ilhuicamina observan el suceso que ha dejado de ser tan común en la isla debido al crecimiento de la población. Los gemelos Tlacaélel y Motecuzoma Ilhuicamina son tan parecidos que incluso sus familiares los confunden. Quienes jamás los han visto juntos creen que son una misma persona y los llaman Ilhuicamina-Tlacaélel.

Caminan rumbo a la casa de Izcóatl. Los tres se encuentran sumamente preocupados. El destino de los tenoshcas es incierto. Tlacaélel y su hermano gemelo Ilhuicamina son apenas unos jóvenes de veintitrés años, por lo tanto no tienen voz ni voto en el gobierno. Izcóatl es el único de los tres que puede dar su opinión, principalmente por ser hijo del difunto Acamapichtli y Tlacochcálcatl.

—Tío, ¿qué decisión cree que tome el Consejo? —pregunta Motecuzoma Ilhuicamina.

—Según el comportamiento de tu hermano Chimalpopoca, lo más seguro es que acatarán las órdenes de Mashtla —responde Izcóatl.

—¿No hay nada que pueda hacer el Consejo? —pregunta Tlacaélel.

—Es el tlatoani y por lo tanto tiene la última palabra.

—¿Y qué pasaría si Chimalpopoca llevara a los tenoshcas a la desgracia por sus malas decisiones? ¿Ninguno de los ministros podría detenerlo?

—Nadie —responde Izcóatl con preocupación—. Nuestras leyes le han otorgado el poder absoluto al tlatoani.

—¿Mi padre tomó decisiones acertadas?

—La mayoría del tiempo. La más difícil de todas fue decidir a quién favorecer en la guerra entre Azcapotzalco y Teshcuco. Huitzilihuitl decidió respaldar a Tezozómoc principalmente porque estaba casado con la madre de Chimalpopoca, hija de Tezozómoc.

—Y por ello, el Consejo eligió a Chimalpopoca —agrega Motecuzoma Ilhuicamina.

—Estábamos en guerra —añade Izcóatl—. Esa elección no fue del Consejo, sino de Tezozómoc. Si hubiésemos desobedecido sus órdenes habríamos tenido muchos problemas con Azcapotzalco.

—¿Peores que los que se aproximan? —pregunta Motecuzoma Ilhuicamina.

—En su momento, obedecer al tecutli tepaneca fue la mejor decisión —responde Izcóatl—. Ganamos la guerra y recibimos muchos beneficios, incluyendo el gobierno de Teshcuco. Si el Consejo tenoshca hubiese elegido a alguien más como tlatoani, tal vez en el momento no habríamos sido castigados por desobedecer a Tezozómoc, pero no habríamos recibido nada después de la guerra y, peor aún, nos habrían incrementado el tributo. Tezozómoc era sumamente autoritario, pero sabía negociar incluso con sus enemigos. Mashtla es un resentido. No le interesa pactar con los meshícas. Nos ha odiado desde que era un niño.

—Lo único que nos queda es convencer a Chimalpopoca para que defienda nuestros derechos —dice Ilhuicamina.

—Sin Tezozómoc, Chimalpopoca no es nada —agrega Tlacaélel con desdeño—. No tiene experiencia. Carece de autoridad. Es un cob...

—Cuida tus palabras —lo interrumpe Izcóatl—. Es tu hermano, pero también es tu tlatoani y merece respeto.

—Medio hermano…

—Mitad tenoshca y mitad tepaneca —añade Ilhuicamina.

—Eso no debería ser un problema para ti —responde Izcóatl.

—Lo es —dice Tlacaélel—. No nos conviene que la nobleza tenoshca se contamine con la tepaneca.

—No digas tonterías.

—No son tonterías —se defiende Tlacaélel—. Deberíamos cuidar la pureza de nuestra sangre, nuestra raza.

—Es una estupidez lo que estás diciendo —finaliza Izcóatl, molesto con el comentario.

4

El enano Tlatólton se esconde detrás de unos arbustos frente al palacio de Tenochtítlan. Espera en silencio el descuido de los guardias para escalar un árbol cuyas ramas dan a uno de los tragaluces del palacio. En ese momento aparece un hombre solicitando una audiencia con el tlatoani. Los soldados le preguntan su nombre y el motivo de su presencia. El hombre es un macehuali* que fue víctima de robo. Los soldados le responden que esos asuntos los resuelven en su calpuli.** El enano Tlatólton aprovecha el momento para subir por el árbol e introducir su cuerpo regordete por el tragaluz. Ya en el interior cae al piso y se lastima la muñeca y una rodilla. No tiene tiempo para lamentarse. Se esconde donde puede y espera. Debe asegurarse de que no haya nadie en los pasillos. Atraviesa todo el palacio con sigilo hasta llegar a la sala principal, donde espera en absoluto silencio detrás de una columna. Transcurren varias horas sin que nadie entre en la sala. La espera comienza a ser incómoda. Al enano le surge una necesidad de orinar, que conforme pasan los minutos se vuelve más intensa. Finalmente decide salir del palacio, pero justo en ese momento entran Chimalpopoca y Tayatzin. El enano regresa a su escondite.

* *Macehuali*, plebeyo.
** *Calpuli*, barrio.

—Tío, usted sabe que tiene todo mi apoyo y el de los tenosh-cas —dice el joven tlatoani.

—Seré sincero. Nunca he sido un hombre de guerra. Aun-que quisiera no podría derrotarlo —responde Tayatzin muy angustiado—. No entiendo por qué mi madre me nombró he-redero si sabía lo que ocurriría.

—Tal vez mi abuelo quiso ponerle una prueba, tío.

—Mi padre no era así. Nunca hizo nada parecido. ¿Por qué actuaría de esa manera antes de su muerte?

Chimalpopoca y Tayatzin guardan silencio por un instante. El enano se pone nervioso. Cree que ha sido descubierto. Co-mienza a sudar. Respira agitadamente. Se intensifica su necesi-dad de orinar.

—Quizá porque confió en usted.

—No… Estoy seguro de que lo hizo para hacer enojar a Mashtla.

—Usted y yo sabemos que ellos dos nunca tuvieron una buena relación. Siempre estaban en desacuerdo. Un ejemplo muy claro: cuando ganamos la guerra contra Ishtlilshóchitl, Te-zozómoc no le dio ningún pueblo a Mashtla. En cambio, a mí que era su nieto me otorgó la ciudad de Teshcuco. Ahí está la prueba de que mi abuelo no confiaba en Mashtla.

—En eso tienes razón.

—Luche por lo que le pertenece, tío.

—¿Cómo? No tengo un ejército bajo mi mando.

—Los meshícas se lo proporcionaremos.

—¿Y si perdemos la guerra?

—Está bien. Ésa no es la manera. Busquemos otra.

—No existen más —responde Tayatzin con pesimismo.

—Hay otra opción…

—¿Cuál?

—Matándolo.

—No… —Tayatzin se muestra nervioso. Simula una sonri-sa, pero en el fondo se muere de miedo—. Yo no podría asesi-nar a mi hermano —niega con la cabeza.

—No tendría que ser usted, tío. Podría enviar a alguien.

—Conozco a Mashtla. Es sumamente astuto. Se daría cuenta de inmediato. Capturaría a quien intente matarlo y lo torturaría hasta sacarle la verdad. Luego nos buscaría a ti y a mí, y nos despedazaría lentamente.

—Si no lo matamos, de cualquier manera él nos asesinará a usted, a Nezahualcóyotl y a mí. Sabe que tiene que hacerlo para mantener el imperio. De lo contrario, jamás podrá vivir tranquilo.

—¿Por qué querría matarme a mí? Ya le cedí mi lugar.

—Mashtla vivirá con el temor de que en cualquier momento usted intente reclamar lo que le pertenece por herencia.

—Creo que le preocupa más Nezahualcóyotl.

—Los dos. Por lo tanto, enfocará todas sus energías en matarlos.

Tayatzin baja la mirada y permanece pensativo. Su sobrino Chimalpopoca tiene toda la razón. Y si no le hace caso, muy pronto terminará muerto.

—Es su vida o la de Mashtla —insiste el tlatoani.

—¿Qué propones?

—Dígale a su hermano que le es imposible habitar el palacio de su difunto padre ya que el duelo no se lo permite; y que por lo tanto quiere construir otro palacio para su residencia.

—¿Construir un palacio?

—Sí. En el barrio de Atompan en Azcapotzalco. Su hermano se lo cedió el día que usurpó el imperio.

—¿Crees que acepte?

—Por supuesto. Él no querrá tenerlo viviendo en el palacio todo este tiempo.

—Tienes razón. En los últimos días no ha hablado conmigo. Es como si yo no existiera. Aunque también creo que es porque…

—Tío, ya no busque más explicaciones. Mashtla lo odia.

Tayatzin suspira con tristeza.

—Debo confesar algo. He tenido sueños terribles.

Chimalpopoca lo observa con cautela. Sabe que aquellas turbias pesadillas, según los brujos, pueden pronosticar una tragedia. Y temeroso a sugestionarse, le impide a Tayatzin que las narre.

—Tío, usted debe recuperar el imperio que su padre, mi abuelo, le heredó. No le tenga miedo a su hermano. Tezozómoc fue un gran estratega, mientras que Mashtla es un imbécil arrebatado, un hombre de temperamento violento, con ninguna de las astucias de su padre, pero con la capacidad infalible para hacerse de enemigos y perder aliados.

Tayatzin claudica en responder, tartamudea, se lleva las manos a la cara y deja escapar un par de lágrimas.

—¡No! —insiste el tlatoani—. ¡No se deje derrotar! ¡Luche!

Ni Chimalpopoca ni Tayatzin se han percatado de la presencia del enano Tlatólton, quien ya no aguanta el líquido en su vejiga. Su respiración jadeante amenaza con delatarlo. Está a punto de abandonar su misión para satisfacer las necesidades del cuerpo, pero es tal su temor de ser descubierto que no se atreve a asomar siquiera una pestaña. Y por si no fuera suficiente, un insecto comienza a taladrarle la espalda. Intenta quitárselo, pero su mano no logra rodear su cuerpecillo regordete. Aprieta los dientes y aguanta el atraco del bicho mientras escucha con atención, grabando en su memoria cada palabra, cada fecha, cada advertencia. No puede ni debe olvidar detalle alguno: la vida de su amo Mashtla se encuentra en peligro y en sus manos está evitarlo.

—Bien —Tayatzin se encuentra más tranquilo—. ¿Qué propones que haga?

—Comience la construcción de su palacio en el barrio de Atompan. Y cuando lo tenga listo, invite a Mashtla a un banquete. ¿Cuál es una de las costumbres más comunes al recibir a un tlatoani en un banquete?

—Ponerle un collar de flores.

—¡Exacto!

—Haremos un collar de flores con una soga gruesa y resistente, con la cual pueda ahorcar a Mashtla en el momento en el que se lo ponga.

—Es muy…

—¿Apresurado?

—No sé si sea la palabra que busco. Tal vez sea… No sé. No sé.

—Tiene que ser así. En el momento menos esperado. Mashtla llegará tranquilo, deseoso de conocer el palacio. Tal vez con hambre. Quizá con ganas de irse inmediatamente. No lo sabemos. Por ello debe actuar de inmediato. En un lugar donde no haya demasiados guardias.

—Cierto. Irá con sus guardias.

—¿Cuántos guardias llevaría? ¿Cuatro? ¿Diez a lo mucho? Se van a quedar afuera. Además, es dentro de Azcapotzalco, donde Mashtla se siente seguro.

—Bien. Así lo haré. Muchas gracias por tus consejos, sobrino.

—Muchas gracias a usted por confiar en mí.

En cuanto la conversación llega a su fin y abandonan el recinto, el enano Tlatólton sale del palacio sin que nadie advierta su presencia; no obstante, prefiere no arriesgarse al salir por las calles principales y se encamina al lago por la parte más solitaria de la ciudad isla, Meshíco Tenochtítlan, atravesando matorrales y áspera hierba que le barren el pecho. Al saber que nadie lo observa, se detiene, orina, exhala lentamente, dispara las pupilas al cielo y en su rostro dibuja un gesto de placer. Liberado de aquel tormento continúa su camino. Sus pasos apresurados hacen crujir las ramas y hojas secas. Sus manos regordetas arrancan la maleza que le obstaculiza el camino. Para su suerte, lo que a muchos les impide el paso para él sólo representa un ligero roce en la cabeza. Poco antes de llegar a la orilla del lago, pisa otras ramas secas que lo delatan. Alguien nota su presencia. El enano se agacha un poco y engaña a quien lo busca con la mirada.

Espera unos minutos. En el momento adecuado, camina sigiloso a su canoa y cruza el lago de Teshcuco rumbo a la ciudad de Azcapotzalco. Al llegar a la orilla, ata su canoa a uno de los troncos que se utilizan como ancladeros y sigue rumbo al palacio, cuya entrada está resguardada por los mal encarados soldados de la corte. Pese a que el enano es bien conocido por todos, se le impide el ingreso.

—Ya es tarde —dice uno de los soldados apuntando con su lanza—. El tecutli ya está descansando.

—Traigo noticias importantes para mi amo —la voz del enano es tan aguda que casi nadie lo toma en serio.

Los soldados se miran con sonrisas entre sí.

—¿Qué noticias? —pregunta uno de ellos exagerando el tono grave de su voz.

—¡Eso a ti no te importa! —grita el enano enfurecido—. ¡Si no le avisas en este momento a mi amo que le traigo noticias, te aseguro que mañana él mismo ordenará tu muerte!

Aunque la voz del enano le causa risa, el tono en que se dirige a él es suficiente para intimidarlo. Tanto, que le da la espalda y entra en el palacio con antorcha en mano.

Al llegar a la habitación del gran chichimecatecutli, el soldado se detiene en la entrada frente a una cortina de algodón. Baja la mirada y solicita permiso para entrar.

—¡Ordené que no me interrumpieran! —grita Mashtla.

—El enano Tlatólton insiste en verlo —responde el soldado.

Hay un silencio por algunos segundos.

—¡Dile que pase!

El soldado regresa a la entrada principal, donde se encuentra Tlatólton.

—Puedes entrar —dice tragándose la rabieta que le provoca el hecho de que el tecutli reciba al enano a esas horas.

Tlatólton levanta la cara, sonríe, le empuja la pierna al soldado con desdeño y camina al interior del palacio. Los vigías observan sus brazos y piernas regordetas que se mueven en un vaivén. No logran comprender el afecto del tecutli hacia él, pues por costumbre los enanos son considerados gente inútil y entregados en sacrificio a los dioses.

Tiempo atrás, el enano iba a ser sacrificado, pero se las ingenió para llegar ante Mashtla, entonces señor de Coyohuácan.

Lo hizo de la forma más inusual: se infiltró en el palacio hasta llegar a la alcoba del tecutli, y esperó a que él llegara para sorprenderlo. Y lo consiguió. Mashtla lo miró por unos instantes, se agachó hasta que ambos rostros quedaran al mismo nivel, sonrió y levantó al enano del cuello con una sola mano.

—¿Qué haces aquí? —cuestionó, afilando los dientes.

—Vine a verlo, mi amo —Tlatólton se colgó de lo que para él eran las gigantescas manos de Mashtla.

—¿Qué quieres? —alzó el pómulo derecho.

—Ofrecerle mi vida —dijo, haciendo palanca con sus pequeñas manos sobre las del tecutli de Coyohuácan.

—¿Y a mí para qué me sirve tu vida? ¡Eres un enano!

—A eso vine —pataleaba ligeramente como si con aquellos movimientos lograse subir un par de centímetros—: a demostrarle que no soy inútil. Puedo servirle de espía.

—¿Tú? —respondió Mashtla, mientras le apretaba con más fuerza el cuello.

El enano comenzó a asfixiarse.

—¿Có... —jaló aire con dificultad— mo... entré... —se colgó fuertemente de las manos de Mashtla— a... quí...?

Mashtla guardó silencio por un instante y se preguntó lo mismo. ¿Cómo había entrado en su palacio? ¿De qué servía toda su guardia? Sonrió y soltó al enano, quien cayó de nalgas en el piso. Tlatólton tosió al mismo tiempo que se llevó las manos a la garganta para darse un ligero masaje. Al incorporarse descubrió que Mashtla era mucho más alto que la mayoría. Su espalda ancha y su cara parecían aún más enormes desde su perspectiva.

—¿Cómo entraste aquí?

El enano tragó saliva, carraspeó y respondió:

—Ésa es mi virtud. Entré aquí para demostrarle que no soy una persona inútil. Dentro de poco seré sacrificado, pero si usted, mi amo, ordena lo contrario yo podría servirle de espía. Puedo entrar en cualquier lugar sin que nadie me vea; incluso en el palacio de su padre Tezozómoc.

—Demuéstramelo —respondió Mashtla y se quitó el penacho—. Quiero que mañana entres en la habitación de mi padre y me digas exactamente lo que ocurra. Y si descubro que me has mentido, yo mismo te mataré.

Tlatólton cumplió las órdenes del señor de Coyohuácan, logrando así salvar su vida. A partir de entonces se convirtió en su espía más eficiente. Mashtla nunca se preguntó cómo lograba el enano introducirse en los palacios del valle, que eran los lugares más protegidos. Fue informado sobre todos los sucesos hasta el día de la muerte de Tezozómoc, lo que le sirvió para saber quiénes estarían en su partido y quiénes lo traicionarían.

Luego de haber sido jurado como gran chichimecatecutli, Mashtla le ordenó a Tlatólton que espiara a su hermano Tayatzin y al tlatoani Chimalpopoca.

—Espero que traigas buenas noticias —dice Mashtla al recibir al enano.

—No, mi amo, no son buenas —responde el enano y sus ojos se desorbitan al ver a las tres mujeres que se levantan desnudas del petate de Mashtla para retirarse a otra alcoba.

—¡Habla! —exige Mashtla en tono autoritario.

—Su hermano ha estado asistiendo al palacio de Chimalpopoca.

—Eso ya lo sé. Dime lo que escuchaste.

—Quieren asesinarlo.

—¿Cómo? —Mashtla se cubre con una manta de la cintura para abajo y se pone de pie.

Tlatólton comienza a narrarle todo lo que escuchó. Mashtla sonríe, camina hacia el enano y baja la cabeza para preguntarle:

—¿Qué es precisamente lo que pretenden hacer?

—Invitarlo a la inauguración de su palacio en el barrio de Atompan. Entonces, en cuanto usted entre en una de las habitaciones más retiradas, su hermano tendrá listo un collar de flores para ponérselo como obsequio y ahorcarlo. Chimalpopoca se ofreció a fabricarlo y a darle gente que trabaje en la obra del palacio, y puedan concluir con mayor brevedad.

—Que sea entonces de esa manera —dice el tecutli—. Ya te puedes retirar.

El enano no cabe en su asombro.

A la mañana siguiente Tayatzin se presenta ante su hermano Mashtla y confirma lo dicho por el enano Tlatólton.

—Hermano, quiero solicitar tu permiso para construir un palacio en el barrio de Atompan —Tayatzin se encuentra sumamente nervioso.

Mashtla agacha la cabeza, se rasca la frente con el dedo índice y replica:

—Querido hermano —hace una mueca con el pómulo izquierdo, característica en él—, si tu deseo es construir un palacio —se pone de pie y agrega—: no tienes por qué pedirme permiso. Daré la orden para que se te proporcionen los obreros necesarios. No. Enviaré el triple de trabajadores. Así la construcción de este palacio se llevará a cabo con mayor brevedad.

Tayatzin se sorprende al escuchar la respuesta de Mashtla, quien no escatima en sonrisas.

5

El anciano Huitzilihuitzin camina lento en el bosque. Analiza las plantas que encuentra a su paso. Las reconoce a simple vista. Sabe cuáles son tóxicas, inofensivas o medicinales. Si encuentra algunas curativas, las guarda en un morral, aunque no las necesite en el momento. En la cima de un árbol, muy cerca de ahí, se encuentra el príncipe Nezahualcóyotl contemplando el horizonte. Tiene años haciendo lo mismo. Para él, los árboles representan protección. El único lugar donde se siente a salvo. También simbolizan el dolor que sufrió al ver, desde la copa de un árbol, la muerte de su padre Ishtlilshóchitl. Después de aquel trágico suceso, el príncipe solía pasar largas horas en aquellas cúspides. Con el tiempo, esa rutina se redujo a un hábito ocasional. Ahora, lo hace sólo cuando acompaña a su mentor al bosque. Escala el árbol más alto, observa el Anáhuac por unos minutos y luego baja.

—Hoy estuviste muy poco tiempo allá arriba —dice Huitzilihuitzin mientras arranca un par de hojas.

—No quiero dejarlo solo mucho tiempo —dirige la mirada a varias direcciones.

—No te preocupes por mí —continúa analizando plantas.

—Son tiempos muy complicados —camina junto a su mentor.

—Cierto, pero a este anciano nadie quiere hacerle daño —arranca unas hojas y las guarda en su morral.

—Pero podrían hacerle algo para lastimarme a mí. Mashtla es peor que su padre.

—En eso tienes razón. Por eso debes hacerte a la idea de que algún día podrían matarme o llevarme preso ante Mashtla y tú deberás estar preparado para mantenerte fuerte. No dejarás que me utilicen para atraparte. Si me matan, no derramarás una lágrima. Ni una sola. Si lo haces, sabrán que te hicieron daño. No olvides que hay espías por todas partes.

Ambos guardan silencio por varios minutos mientras caminan en el bosque con pasos lentos.

—Siento una gran impotencia —frunce el ceño y aprieta los labios—. Quisiera matarlo.

—No dejes que el deseo de venganza se apodere de ti.

—No puedo evitar sentirme así. Es algo que me acompaña todos los días.

—El odio es un mal consejero.

—Será mi consejero hasta que recupere el imperio chichimeca.

—O hasta que pierdas la vida.

—Por lo menos no moriré humillado.

—Morir en necedad es como morir en humillación.

—No es necedad —Nezahualcóyotl cierra los ojos y niega con la cabeza.

—Es una obsesión.

—¡No!

—No puedes dejar de pensar en eso —Huitzilihuitzin lo mira fijamente.

—¡Mataron a mi padre! —Nezahualcóyotl alza la voz con enfado.

—Muchos niños han perdido a sus padres en la guerra.

—Pero no son testigos… —los ojos del príncipe enrojecen.

El anciano se acerca al heredero del imperio chichimeca.

—Escúchame bien, Coyote ayunado. El odio y la venganza serán tu perdición.

—No —una lágrima recorre la mejilla de Nezahualcóyotl—. No voy a fracasar. Recuperaré el imperio y castigaré a los traidores.

—Te llenarás de odio y serás igual que Mashtla. O peor...

El Coyote sediento vuelve a caminar. El anciano Huitzilihuitzin se queda atrás, observando a su aprendiz.

—Mírate.

—¿Qué quiere que vea? —se detiene con una postura retadora.

—A ti.

—Ya —baja la mirada al mismo tiempo que extiende los brazos.

—Así no. Cierra los ojos. Respira profundo. Obsérvate a ti mismo. Imagina que eres otra persona. Un desconocido que examina a Nezahualcóyotl. Analiza su comportamiento. ¿Es ésa la actitud que quieres que vean en ti? ¿Es ése el príncipe chichimeca que recuperará el imperio? ¿Cuánto tiempo perdurará la gloria con este coyote? ¿Cuántos coyotes más existen que no conocemos aún? ¿Cómo sabemos que un día no vendrá uno más cruel que Mashtla? Sé que te encuentras hambriento y sediento. Pero no te alimentes de rabia y veneno. Recuperar el imperio chichimeca será tan sólo el principio de un largo recorrido. Si es que quieres mantenerlo toda tu vida. Si es que quieres ser un buen gobernante. Si llegaras a ser jurado gran chichimecatecutli, con todo ese odio acumulado, únicamente sembrarías y cosecharías rencores. Aprende de las virtudes de tu padre.

Entonces el príncipe chichimeca recuerda el momento preciso en que Ishtlilshóchitl, consciente de que esa mañana sería su última batalla, ordenó que le prepararan su traje de guerra. Toda su gente observó en silencio mientras él se anudaba los cordones de sus elegantes botas cubiertas de oro. Nezahualcóyotl —de apenas dieciséis años— le ayudó a ponerse el atuendo real, una vestimenta emplumada y laminada en oro, unos brazaletes y una cadena de oro y piedras preciosas. Un hombre llegó con un penacho de enormes y bellísimas plumas. Ishtlil-shóchitl lo recibió y se lo puso. Las plumas cayeron sobre su espalda. Pronto cinco hombres hicieron una fila pacientemente y esperaron a que Ishtlilshóchitl les diera la instrucción de avanzar hacia él. El primero en acercarse al gran chichimecatecutli se arrodilló para entregarle el arco. El segundo le llevó las flechas. De la misma manera le proporcionaron el macuahuitl, el escudo y las lancillas. Luego de acomodarse las armas a la espalda se dirigió a su gente.

—Hoy terminará la guerra —anunció—, ganemos o perdamos. El ejército tepaneca es mucho mayor que el nuestro y ya no puedo sacrificar más hombres. Si con mi vida ha de concluir esta guerra que no ha servido de nada, así le daré gusto a mi enemigo. Iré para cumplir con mi deber. Está en mi agüero que he de acabar mis días con el macuahuitl y el escudo en las manos.

Un largo y amargo silencio se apoderó del ambiente. No había forma de discutir. No había escapatoria. O salían a pelear o esperaban a que las tropas enemigas llegaran en cualquier momento y los asesinaran a todos.

La mañana todavía se encontraba oscura cuando el gran chichimecatecutli salió con su ejército, dejando a las mujeres, ancianos y críos en el pequeño palacio. Las aves comenzaron su canto madrugador. Al llegar al sitio en el cual aguardarían a los tepanecas, el tecutli chichimeca se detuvo sin decir palabra alguna. Sus fieles soldados permanecieron en silencio. El Coyote hambriento se encontraba a su lado. Ishtlilshóchitl dirigió la vista al cielo y recordó la mirada de su padre Techotlala. Pensó en los logros de sus antepasados: su abuelo Quinatzin, su bisabuelo Tlotzin, su tatarabuelo Nopaltzin y Shólotl, el fundador del señorío chichimeca. Suspiró, cerró los ojos y se dirigió a sus soldados:

—Leales vasallos, aliados y amigos míos, que con tanta fidelidad y amor me han acompañado hasta ahora: ha llegado el día de mi muerte, al cual no puedo escapar. Siguiendo a este paso no lograré otra cosa más que envolverlos a todos en mi desgracia. Nos falta gente y alimento. Mis enemigos vienen por mí. Y no vale la pena que, por quitarme la vida, la pierdan también ustedes. De esta manera he resuelto ir yo sólo a morir luchando. Muerto yo, la guerra se acaba. En cuanto esto ocurra, abandonen las fortificaciones y procuren esconderse en la sierra. Sólo les encargo que cuiden del príncipe, para que con su inocente muerte no se acaben las últimas reliquias que quedan de los ilustres tetecuhtin chichimecas, que yo espero recobre su imperio.

—Gran chichimecatecutli —dijo uno de los soldados—, yo lo acompañaré hasta el final. Y si tengo que dar mi vida para salvar la suya, con gran honor moriré en campaña. Como usted lo ha dicho muchas veces: sólo quien vive de placeres ordinarios puede temerle a la muerte.

El resto de la tropa dio un paso al frente, apretando fuertemente sus armas. Y justo en ese instante una parvada voló frente al sol que se asomaba en el horizonte y unos venados corrieron por el llano. El gran chichimecatecutli dirigió su mirada hacia aquella dirección y anunció con un grito la aproximación de las tropas enemigas. Los capitanes comenzaron a dar instrucciones a los soldados mientras Ishtlilshóchitl le habló a su hijo:

—Hijo mío, Coyote en ayunas, me cuesta mucho dejarte sin amparo, expuesto a la rabia de esas fieras hambrientas que han de cebarse en mi sangre, pero quizá con eso se apague su enojo. No te dejo otra herencia que el arco y la flecha.

Pero el joven Nezahualcóyotl respondió que iría a luchar junto a él.

—¡Tu vida corre peligro! —dijo Ishtlilshóchitl mirando rápidamente de atrás para adelante, como midiendo el tiempo que le quedaba disponible para hablar con su hijo por última vez—. ¡Tú eres el heredero del imperio chichimeca! —le puso las manos sobre los hombros—. De ti depende que sobreviva el imperio —y abrió mucho los ojos cuando a lo lejos se escuchó el silbido de los caracoles y los tambores enemigos.

Tum, tututum, tum, tum.

—¡Padre, permítame luchar contra el enemigo! —el príncipe chichimeca empuñaba las manos como si con ello demostrara su habilidad para la guerra—. Me he ejercitado en las armas.

—¡Guarda eso para el futuro! —le tocó la frente.

Tum, tututum, tum, tum.

Con lágrimas en los ojos, el príncipe Nezahualcóyotl le arrebató el macuahuitl a uno de los soldados.

—¿Ves ese árbol? —señaló con la mirada—. ¡Súbete ahí y escóndete! ¡Anda! ¡No te tardes!

El Coyote en ayunas frunció el entrecejo y levantó el macuahuitl. En ese momento, el capitán que había presenciado todo, sin esperar las órdenes del gran chichimecatecutli, le quitó al joven príncipe el arma y lo jaló del brazo. Hubo un forcejeo entre el capitán y el príncipe chichimeca. El capitán no quiso emplear mayor fuerza por respeto al joven heredero; entonces éste logró zafarse y volvió ante su padre, quien con una mirada ordenó al capitán que cumpliera con lo que había comenzado. Entonces corrió tras el joven chichimeca y, sujetándole ambos brazos, lo arrastró hasta el árbol a pesar de que éste pataleó desesperadamente; luego otro de los soldados tuvo que intervenir para subirlo. El Coyote ayunado lloró y gritó. En ese momento vio a lo lejos las tropas enemigas.

¡Tum, tututum, tum, tum!

—¡Te lo ordeno! ¡Sube a ese árbol! ¡Escóndete! ¡Salva tu vida! ¡Salva el imperio, hijo! ¡Salva a Teshcuco! —gritó Ishtlilshóchitl y marchó con su ejército.

Tras comprender que sería una estupidez salir a combatir sin flechas, escudo y macuahuitl, el joven príncipe obedeció: subió rápidamente al árbol y desde ahí observó todo.

¡Tum, tututum, tum, tum!

Aparecieron las tropas aliadas de Azcapotzalco: Shalco por el este y Otompan por el oeste. El ejército de Ishtlilshóchitl empezaba a organizarse para combatirlos, cuando comprendieron que los estaban rodeando. Los tepanecas se acercaban por el sur mientras que los tlatelolcas y meshícas por el norte. Así que dividieron el ejército para recibirlos por los cuatro puntos.

—¡Yo marcharé al frente! —gritó Ishtlilshóchitl.

El lugar donde se daría la batalla era llano con una cortina de árboles alrededor y una veintena que yacían solitarios esparcidos en el centro. Ishtlilshóchitl y su tropa vieron la primera flecha en el tronco de un ahuehuete. Pronto comenzaron a caer decenas más como granizo. Los enemigos venían talando todo a su paso para abrirles el camino a los que marchaban detrás. Los gritos y el sonido de sus tambores de guerra se hacían cada vez más estruendosos:

¡Tum, tututum, tum, tum! ¡Tum, tututum, tum, tum!

—¡Yo soy a quien buscan! —gritó el gran chichimecatecutli—. ¡Vengan por mí! —sacó la primera de sus flechas, la acomodó en el arco, apuntó al cielo y disparó. Según sus cálculos debía dar en uno de los soldados que corría directo a él. Nezahualcóyotl observó desde la copa del árbol cómo aquella flecha hizo un arco en las alturas y cayó justo en el pecho de uno de los enemigos.

¡Tum, tututum, tum, tum! ¡Tum, tututum, tum, tum!

Entre la lluvia de flechas uno de los soldados chichimecas fue derribado. El Coyote ayunado estuvo tentado a bajar del árbol, correr hacia el hombre caído, tomar sus armas y enfrentar a las tropas tenoshcas y tlatelolcas. Pero volvió a su mente la orden del tecutli chichimeca: "¡Rescata el imperio!". Pese al dolor, la impotencia y la incertidumbre que sentía, Nezahualcóyotl se mantuvo de pie sobre la rama de aquel enorme árbol. Vio cómo su padre corrió al frente con lanza en mano, se detuvo fijando la mirada en un soldado enemigo y la lanzó vigorosamente atinando en el pecho de uno de los tlatelolcas.

¡Tum, tututum, tum, tum! ¡Tum, tututum, tum, tum!

La lucha cuerpo a cuerpo entre ejércitos comenzaba al mismo tiempo que la lluvia de flechas llegaba a su fin. Esquivar y recoger las flechas del piso para regresarlas a sus contrincantes era imposible. Emprendían el combate con macuahuitles, hondas, porras, lanzas, escudos y picas. Igual que el resto de la tropa, el tecutli chichimeca tuvo que enfrentarse a duelo contra el enemigo. El primero en retarlo fue un guerrero meshíca. Con macuahuitl en mano iniciaron un feroz combate. El soldado tenoshca arremetió sin descanso contra Ishtlilshóchitl, quien con su escudo logró defenderse, una y otra vez. La temperatura subió conforme el sol cruzaba el horizonte.

El príncipe chichimeca vio, desde la copa del árbol, cómo su padre, bañado en sudor, daba certeramente con su macuahuitl el golpe al guerrero tenoshca atravesándole el pecho. Observaba cómo aquel guerrero se desangraba, cuando de pronto notó la presencia de otro contrincante. Quiso gritarle a su padre, alertarlo del peligro que lo acechaba, pero nuevamente recordó las instrucciones de su padre. Callar, esconderse, salvar el imperio, aunque un soldado meshíca con cabeza de jaguar estuviera a punto de dar muerte al gran chichimecatecutli. El guerrero jaguar era capitán de la tropa tenoshca, por ende, más ejercitado que el anterior. El jaguar y el chichimecatecutli se miraron entre sí sosteniendo su macuahuitl y escudo en cada mano, con las piernas abiertas y un poco flexionadas, caminando en un círculo sobre su mismo eje, cuidándose del primer porrazo. La cabeza de jaguar le daba al tenoshca mayores dimensiones. Ishtlilshóchitl frunció el ceño mientras avanzaba lentamente. De pronto el tenoshca dio el primero de muchos ataques, lanzando una lancilla que Ishtlilshóchitl logró detener con el escudo. Estas armas tenían un cordón con el cual los guerreros lograban recuperarlas luego de haberlas lanzado. Pero también había un remedio para esta estrategia: quien recibía esta lancilla en su escudo cortaba el cordón y se apoderaba de ella. Ishtlilshóchitl hizo exactamente lo mismo y la lanzó de vuelta al jaguar, que se dejó caer sobre los matorrales para no ser herido con su misma arma. El tecutli chichimeca lo perdió de vista por unos instantes. Podía habérsele escurrido entre la hierba, subir a un árbol, o permanecer escondido hasta que llegara a su trampa.

Ishtlilshóchitl caminó con cautela oyendo los gritos de los demás soldados y los choques entre las armas. Justo en ese momento escuchó el sonido de algo que caía a su espalda. Nezahualcóyotl le había lanzado una rama para prevenirlo. El enemigo se acercaba por detrás. Ishtlilshóchitl apretó fuertemente su macuahuitl y giró velozmente en su mismo eje, estirando los dos brazos con los que sostenía su arma. Sin haberlo visto siquiera le cortó la cabeza al jaguar.

Antes de seguir combatiendo dirigió la mirada al árbol donde se encontraba su hijo y le agradeció con una sonrisa. No hubo mucho tiempo para descansar, pues pronto uno de sus generales requirió de su auxilio. Luchaba contra un guerrero águila. Ishtlilshóchitl llegó al lugar del combate e intentó darle muerte al guerrero tenoshca, pero éste detuvo el golpe con su escudo. El guerrero águila tenía una destreza asombrosa, pues a pesar de estar luchando contra dos se defendía con el escudo mientras lanzaba golpes con su macuahuitl. No perdía de vista a ninguno, ni se distraía con lo que ocurría a su alrededor. Logró esquivar muchos de los golpes sin poder herir a ninguno de los guerreros chichimecas, así que optó por una estrategia: alzó uno de los brazos y se sujetó de una rama, poco antes de que el macuahuitl del tecutli le diera en una de las piernas. Como hábil lagartija trepó al árbol, se paró sobre la rama, se balanceó por un instante y cual águila en vuelo brincó sobre el tecutli chichimeca, quien alcanzó a esquivar el golpe que se le venía. Ishtlilshóchitl intentó enterrarle el macuahuitl en la espalda antes de que el guerrero águila se reincorporara. Fue demasiado tarde, el tenoshca, que seguía acostado, golpeó en la pierna izquierda al tecutli, que se detuvo unos segundos, soportando el dolor de su herida. El general chichimeca le dio en el pecho al guerrero águila con una lancilla. Pero antes de que cualquiera de los dos volviera al ataque, el guerrero águila la arrancó de su pecho, del cual brotó un chorro de sangre. Sin desperdiciar más su tiempo se puso de pie y se le fue encima al tecutli acolhua. Los dos rodaron sobre la hierba y los matorrales forcejeando.

Ishtlilshóchitl tenía un cuchillo en la mano y el guerrero tenosh-ca sostenía una lancilla. La sangre del tenoshca comenzó a manchar a Ishtlilshóchitl. Ambos embadurnados de aquel líqui-do se arrastraban. El penacho del tecutli terminó despedazado entre los arbustos. El tenoshca logró quedar sobre Ishtlilshó-chitl, y para obligarlo a soltar su cuchillo comenzó a golpearlo con su cabeza de águila. De pronto el hombre abrió los ojos y la boca, soltó su arma, hizo un par de sonidos con la garganta, dejó de moverse y se desplomó sobre el cuerpo de su contrin-cante, quien prontamente se lo quitó de encima. El general chichimeca que había luchado a un lado de Ishtlilshóchitl ha-bía llegado en su auxilio y le había enterrado el macuahuitl en la espalda al guerrero águila.

Apenas si se puso de pie Ishtlilshóchitl, el mismo general chichimeca que le acababa de salvar la vida, cayó a su lado: otro guerrero jaguar había llegado por la espalda para darle muerte. Ishtlilshóchitl se tiró al piso, rodó poco más de un me-tro, recuperó su macuahuitl, se levantó lo más rápido posible y se puso en guardia. Ambos se vieron entre sí. El tecutli acolhua lanzó el primer porrazo, pero el tenoshca supo evadirlo. Por un momento ninguno se movía. Calculaban sus estrategias, me-dían las fortalezas del otro.

El guerrero jaguar se quitó la cabeza de madera que más que adornar su atuendo lo posicionaba en uno de los rangos más altos. Sonrió y una dentadura de apenas cuatro dientes al fren-te se hizo evidente. Se pasó el dorso de la mano por la frente para limpiarse el sudor. Ishtlilshóchitl se acercó y él dio un par de pasos atrás. Luego caminó hacia su enemigo. El tecutli chi-chimeca levantó su macuahuitl y lanzó un golpe, con el cual alcanzó a herir la boca del jaguar, cuyo labio comenzó a san-grar. A lo lejos los combates seguían sin parar. El jaguar son-rió y se llevó un dedo a la boca para tocarse un diente que su contrincante acababa de aflojarle con el golpe. Con una nueva sonrisa, hizo aún más evidente la sangre que le escurría. Aque-lla distracción le ayudó al tenoshca para soltar un golpe, con el cual arrancó el escudo de las manos a Ishtlilshóchitl. Hubo un momento en el que ambos se miraron fijamente: el jaguar sonrió despiadadamente mientras una malla de sangre le brotaba de la boca y se le escurría por la garganta hasta llegar al pecho donde teñía las plumas de su atuendo. Ishtlilshóchitl dio un par de pasos hacia el frente. Pero el meshíca no se mostró temeroso; por el contrario, se metió un par de dedos a la boca, se arrancó el diente lastimado; lo puso frente a su rostro, mostrándoselo al tecutli chichimeca, se lo llevó a la boca y se lo tragó. Y justo en ese momento el guerrero tenoshca le dio un golpe en el brazo y abdomen. La sangre comenzó a teñirle todo el abdomen al huey chichimecatecutli, con lo cual el guerrero jaguar supo que había ganado la batalla. Nezahualcóyotl comenzó a llorar en silencio desde la punta del árbol al escuchar los gritos del meshíca:

—¡Alto! ¡Alto! —sonreía alzando los brazos—. ¡Alto a la batalla!

Los que se hallaban más cerca corrieron la voz. ¡Alto! ¡Alto! ¡El tecutli chichimeca ha caído! Los soldados de ambas tropas detuvieron el combate y corrieron en la misma dirección para corroborar la noticia, incluso aquellos soldados que se encontraban lejos. Llegó el silencio total. Los aliados del tecutli chichimeca observaban con dolor, mientras que los enemigos sonreían al ver a aquel hombre de rodillas. El fin de la guerra estaba marcado. Tezozómoc sería a partir de ese día el nuevo tecutli de toda la Tierra. El guerrero jaguar se encontraba de pie frente a Ishtlilshóchitl que permanecía de rodillas, con la cabeza moviéndose lentamente en círculos y su brazo colgando como trapo. El jaguar seguía sonriendo, dirigiendo la mirada en todas las direcciones, para que reconocieran su rostro, para que lo recordaran por siempre como el que había dado muerte al gran chichimecatecutli; y para comprobarlo levantó su macuahuitl y lanzó el golpe que dio directo en el cuello del tecutli chichimeca, cuya cabeza salió volando.

Desde la copa de un árbol el joven príncipe apretaba los puños para no gritar de coraje. Para no llorar de impotencia. Para no morir de pena. Para no suicidarse en ese momento con tal de ir tras su padre muerto.

Jamás un día se le había hecho tan largo, ni él había derramado tanto llanto, como aquél en que tuvo que ser testigo de la muerte de su padre y el arresto de la tropa chichimeca. El ejército enemigo se tomó su tiempo en amarrarlos a todos, incluso de burlarse de muchos de ellos. Los gritos de triunfo no cesaban. Transcurrieron un par de horas para que todos se marcharan, dejando los cuerpos muertos, incluyendo el del tecutli de Teshcuco. Aun así, el joven chichimeca no bajó del árbol, por temor a que regresaran los enemigos. Al llegar la noche, cuando tuvo la certeza de que no había nadie, Nezahualcóyotl bajó del árbol y caminó hacia el cadáver abandonado. Luego se dirigió a la cabeza que se encontraba a unos cuantos metros, la tomó cuidadosamente y la llevó hasta el cuerpo. Como si con ello le devolviera un poco de honor, la acomodó de manera que se viera unida al resto del difunto y con dificultad le cerró los ojos y la boca tiesa. Intentó limpiarle la sangre, pero debido a que ya se encontraba coagulada sólo la embarró. Y sin poder evitarlo, lo abrazó y lloró a gritos por su padre, por el destino del imperio, por su pueblo, por él mismo.

6

Cinco meses más tarde los albañiles concluyen la construcción del pequeño palacio de Tayatzin. Mashtla manda decir a su hermano que el festejo correrá por su cuenta. Ordena a sus criados que preparen un gran banquete para el día señalado e invita a muchos señores de la nobleza, tanto de su corte como de Meshíco Tenochtítlan y Tlatelolco.

Llegado el día de la fiesta, Mashtla se prepara desde el amanecer: se asegura de que todos los alimentos para el festín estén listos. Se ocupa de los soldados y de los bailes que ahí se han de llevar a cabo. Sonríe todo el tiempo, lo cual genera asombro entre sus ministros y consejeros. Al salir de su palacio hace que sus esposas e hijos caminen detrás de él. La pomposidad del tecutli excede los límites de la arrogancia. Sólo él está enterado de los acontecimientos de ese día. Al llegar al palacio de su hermano Tayatzin lo abraza como jamás lo ha hecho. Pronto la gente es acomodada en sus respectivos asientos. El banquete es servido con magnificencia: tamales, tortillas, guisados, atole y shokolatl. Los invitados platican sonrientes. Por fin la paz ha llegado, los hermanos muestran afecto entre sí, todo es risas y regocijos. Aquello parece indicar que el usurpador no es tan cruel como lo mostraban los antecedentes.

¿Dónde están los tetecuhtin de Tenochtítlan y Tlatelolco? Tayatzin los busca con la mirada. Intenta ser discreto. Teme que

Mashtla les haya impedido la llegada. ¿Sabrá algo el usurpador? ¿Cómo? ¿Lo habrán traicionado sus cómplices? ¿Será capaz Tayatzin de llevar a cabo aquel homicidio? ¡Él no es como su hermano! Tayatzin se encuentra temeroso. Se sabe incapaz de cumplir lo planeado.

—Hermano, quiero que veas el palacio —Tayatzin invita a Mashtla a dar un recorrido.

—Después del banquete… después, querido hermano —responde el tecutli. Sonríe y continúa con sus pláticas en compañía de los ministros y aliados. En ningún momento muestra sospechas ni recelo.

Aquel atentado tiene a Tayatzin en un ir y venir de pensamientos. ¿Qué ocurrirá después de su crimen? ¿Lo aceptarán como tecutli? Él no pretendía llegar al gobierno de esa manera. Pero su padre le heredó el imperio. ¿Por qué no hacerlo? ¿No es justa su causa? Ante sus propios ojos, no lo es. A fin de cuentas, él no ambiciona ser gran chichimecatecutli. Ya tiene su palacio con sirvientes. Con eso podrá vivir feliz el resto de su vida. Concluye entonces no llevar a cabo su crimen. ¡No! Él no es un asesino.

"Que se quede con el imperio —piensa al ver a su hermano sonriente frente a todos los invitados—. No lo quiero. Así soy feliz. Puedo vivir de esta manera."

En ese instante Mashtla se pone de pie y dice mirando a todos con una gran sonrisa:

—He aquí a un buen hermano, que con cordura supo obedecer las leyes de la naturaleza —camina hacia Tayatzin. La gente lo sigue con la mirada—, y ha aceptado lo que la vida le otorga.

Mashtla se detiene frente a su hermano, le pone la mano en el hombro, mira a la concurrencia, sonríe y le ofrece un abrazo. Tayatzin se alegra. Eso es lo que necesitan él y el imperio: paz. Qué importa quién sea el tecutli, lo que es menester es llevar a cabo la reconstrucción de las ciudades, el progreso, garantizar el alimento de los vasallos.

—¡Hermano! —Tayatzin alza los brazos.

Mashtla saca un cuchillo que lleva escondido y sin darle tiempo a su hermano le perfora el vientre. Tayatzin abre los ojos con enorme asombro y dolor.

Saca el cuchillo lleno de sangre y lo vuelve a enterrar. Sus rostros se encuentran a un centímetro de distancia. Mashtla se aleja un poco para levantar su mano y volver a enterrar el cuchillo en uno de los pulmones.

—¡Muere, traidor! —lo mira a los ojos y le entierra el cuchillo en el corazón.

Tayatzin deja de respirar. Él, que había desistido de un crimen, muere en manos de su hermano que no tuvo reparos para cometer su homicidio. Cae a los pies de Mashtla, quien, volviéndose con semblante airado y furioso al grupo de espectadores, manifiesta:

—Así castiga mi justicia la traición de un hermano que se atrevió a pensar en quitarme la vida. Si esto hice con él, ¿qué haré con los demás que yo descubra cómplices en su delito?

Como un gigantesco manto el silencio cubre aquella sala. Ninguno de los presentes mueve un dedo para impedir aquel asesinato. Mashtla observa en varias direcciones, percibe su temor, concluye que ninguno de los presentes lo traicionará, pero también sabe que para mantenerse en el imperio es necesario matar a Chimalpopoca, Tlacateotzin y Nezahualcóyotl.

Inmediatamente uno de los invitados sale del palacio y se dirige a Meshíco Tenochtítlan, donde lo recibe el tlatoani. En la sala principal se encuentran los ministros y consejeros, incluyendo a Izcóatl.

—Ha ocurrido algo terrible: Mashtla asesinó a su hermano Tayatzin.

Chimalpopoca se mantiene en silencio. Se nota nervioso. Sabe que fue su culpa. Sus hermanos Ilhuicamina y Tlacaélel se lo dijeron meses atrás, cuando Chimalpopoca les contó orgulloso su plan para asesinar a Mashtla.

—Eres un imbécil —le dijo Tlacaélel con serenidad.

En ese momento Chimalpopoca estaba seguro de que su plan era perfecto.

—Si Tayatzin mata a su hermano, nosotros no tendremos ninguna responsabilidad —explicó Chimalpopoca.

—¿En verdad crees que Tayatzin tendrá el valor para cometer un homicidio? —preguntó Tlacaélel—. Jamás ha asistido a una guerra. Es un cobarde. El mismo Tezozómoc sabía que si enviaba a su hijo al campo de batalla lo matarían de inmediato. Enviaste a Tayatzin a una muerte segura.

—Nosotros estaremos ahí para apoyarlo —titubeó el joven tlatoani.

—¿Nosotros?

—Sí… Tayatzin nos invitará a la inauguración de su palacio.

—Para que Mashtla nos asesine a todos el mismo día —Tlacaélel negó con la cabeza.

—Le diré a Tayatzin que cancele la construcción de su palacio —Chimalpopoca se mostró sumamente preocupado.

—El palacio es lo de menos. Dile que no intente nada en contra de Mashtla.

—Se lo diré… —finalizó el joven tlatoani, pero jamás cumplió lo prometido. Dejó que Tayatzin continuara con la construcción del palacio y con la idea de que el plan seguía en pie.

Izcóatl observa a su sobrino Chimalpopoca y se percata de su miedo. Mientras tanto, los ministros y consejeros hacen preguntas entre sí. Todos saben que Mashtla emprenderá una cacería en contra de Chimalpopoca, Tlacateotzin y Nezahualcóyotl. Los tenoshcas se encuentran desvalidos sin el amparo de Tezozómoc.

—¿Qué hacemos? —le pregunta Chimalpopoca a su tío, quien se encuentra a su lado.

—Esperar… —responde con seriedad.

—¿A qué? —se rasca la nuca.

—A que Mashtla nos declare la guerra o nos incremente el tributo —baja la mirada.

—O a que nos mate —dice el ministro más anciano.

—¿Nos puede matar? —pregunta el joven tlatoani.

—Querido sobrino, Mashtla es capaz de todo.

—Debemos intentar defendernos.

—Sí, pero primero hay que estar seguros de qué es lo que piensa hacer. Si les ordenamos a las tropas que se preparen, Mashtla se enterará inmediatamente. Tiene espías en la ciudad isla. Tampoco podremos hacer alianzas con nadie en este momento, pues la mayoría de los tetecuhtin tiene miedo.

—Intentaré hablar con él.

—Eso sería un grave error. Lo mejor es esperar.

—Así lo haremos —Chimalpopoca se dirige a los ministros y consejeros—. Vayan a cumplir con sus labores y no hablen con nadie sobre el tema. Si alguien les cuenta sobre la muerte de Tayatzin, escuchen y guarden silencio.

Se levanta la sesión y todos se retiran. Chimalpopoca permanece en la sala sin percatarse de que alguien lo vigila. El tlatoani se siente solo, desprotegido, abandonado. Tiene apenas veinticinco años. Comprende poco sobre el gobierno. Y las decisiones que ha tomado han sido prácticamente por instrucciones de su tío Izcóatl, quien ha estado a cargo desde que Chimalpopoca fue jurado tlatoani, por órdenes de Tezozómoc.

Era apenas un adolescente cuando su padre Huitzilihuitl murió. Todos los pueblos se encontraban en guerra. La mayoría a favor del tecutli de Azcapotzalco. Ishtlilshóchitl estaba arruinado. Los meshícas servían a los tepanecas. Huitzilihuitl había sido su segundo tlatoani. Cuando eligieron a Acamapichtli, Tezozómoc había enfurecido porque no le habían solicitado su permiso. Para elegir al segundo tlatoani, los tenoshcas decidieron complacer al tecutli de Azcapotzalco, quien, si bien no tomó partido por ninguno de los candidatos, se mostró complacido por haber sido considerado. Poco después los tenoshcas le solicitaron una hija a Tezozómoc para esposa de Huitzilihuitl y él accedió entregándoles a Ayauhcíhuatl, la madre de Chimalpopoca. Pero antes de él la pareja había tenido otro hijo, al que habían llamado Acolnahuacatl. El tecutli de Azcapotzalco estaba tan alegre con el nacimiento de su nieto que liberó a los tenoshcas de todo tributo, reduciéndolo a una entrega de aves, de manera simbólica. Pero la felicidad no fue duradera: poco después el recién nacido fue asesinado dentro de su misma casa, por hombres enviados por Mashtla.

Huitzilihuitl descubrió el crimen de Mashtla, pero calló para evitar problemas mayores. Asimismo, sabía que Tezozómoc no castigaría a su hijo. El tecutli de Azcapotzalco no era alguien a quien se le pudiera ocultar algo tan importante. Sin embargo, en esos momentos la prioridad para Tezozómoc era emprender una guerra contra Teshcuco, para la cual tuvo que esperar diez años, hasta la muerte de Techotlala.

Si bien Tezozómoc no castigó a su hijo Mashtla como lo ordenaba la ley, tampoco lo premió. Negarle todo tipo de privilegios u honores era un castigo muy severo para el fanfarrón y envidioso hijo primogénito. En plena guerra contra Teshcuco, Tezozómoc le negó a Mashtla el privilegio de comandar las tropas. Finalizada la invasión, le entregó a los meshícas el gobierno de Teshcuco. Mashtla regresó a Coyohuácan con las manos vacías. Por si fuera poco, antes de morir, Tezozómoc le heredó el imperio a Tayatzin.

El joven Chimalpopoca sabe que el rencor de Mashtla hacia los tenoshcas es añejo. No descansará hasta lograr su objetivo. Entonces decide prepararse. Manda llamar a cuatro embajadores. Les da instrucciones precisas: ir en busca de Nezahualcóyotl y ofrecerle todo el apoyo militar para combatir a Mashtla y recuperar el imperio que por herencia le pertenece al Coyote ayunado. Chimalpopoca está muy nervioso. Les pide a los embajadores que le repitan varias veces el discurso que darán al príncipe chichimeca. Los embajadores son viejos. Conocen su trabajo. Tienen años llevando mensajes a los tetecuhtin más importantes. No se equivocarán. El mensaje es breve.

—Repítanme el mensaje —insiste Chimalpopoca.

—Mi señor —uno de los embajadores trata de calmarlo—. No se preocupe. Le informaremos al príncipe Nezahualcóyotl cada una de sus palabras.

—¿Creen que acepte?

—Sin duda. Es lo que ha estado esperando desde que su padre fue asesinado.

—¿Nos guardará rencor?

—Tal vez, pero a estas alturas no le conviene reclamar nada. Además, ya pasó mucho tiempo. Sus tías se han encargado de tranquilizar sus rencores.

El joven tlatoani suspira. Sigue muy nervioso.

—Vayan —despide a los embajadores—. Convenzan al príncipe chichimeca.

En cuanto los embajadores salen de la sala principal del palacio, Chimalpopoca se dirige a su alcoba. Los pasillos del palacio se encuentran vacíos. Es tarde. La gente se ha ido a dormir. De pronto escucha un ruido a su espalda. Se detiene en seco. No se atreve a voltear. Escucha su respiración. "Esto no puede estar pasando", piensa. Sigue su camino. Tiene la sensación de que hay alguien más en el pasillo. No sería nada extraño. Puede ser algún sirviente. Gira la cabeza y mira por arriba del hombro. No hay nadie. Le regresa la tranquilidad. "¿En qué estaba pensando?", se pregunta y voltea al frente para continuar con su recorrido. En ese instante un fuerte golpe en la nuca lo derriba.

7

Matlalatzin jamás se había sentido tan desamparada como la madrugada en que le anuncian que su esposo Chimalpopoca fue secuestrado. Se tapa la nariz y la boca con la mano derecha. Sus párpados se arrugan. Aguanta la respiración para no llorar. Sabe que si deja escapar el primer suspiro le será imposible detener el torrente de lágrimas que amenaza con desbocarse.

La noticia era tan predecible como impostergable. Como herencia de los últimos días le quedan unas enormes y oscuras ojeras. Por primera vez se siente vieja, cansada, impotente.

—Te prometemos hacerle justicia —dice Tlacaélel, inclinando la cabeza.

Matlalatzin evita mirarlo y le da la espalda sin preguntar cómo se llevaron a su esposo.

—No debes temer —agrega Izcóatl—. Nosotros te cuidaremos —camina a ella para verla de frente. Pero Matlalatzin lo esquiva girando la cara al lado contrario. Cierto que no debe temer. Chimalpopoca se lo había pronosticado: "Un día van a venir por mí y me quitarán la vida. No tengas miedo. Si demuestras temor te despedazarán".

—¿Sí comprendes que esto lo hicieron los tepanecas? —pregunta Tlacaélel.

Matlalatzin traga saliva y un escalofrío le recorre todo el cuerpo. A su izquierda se encuentra Izcóatl, a su derecha Tlacaélel y a su espalda Ilhuicamina. Respira profundo antes de responder.

—Sí —cierra los ojos y suspira profundamente—. Quiero estar sola —se lleva la mano derecha a la frente.

—Es necesario dar aviso al pueblo —agrega Ilhuicamina.

—Lo haremos en cuanto salga el sol —dice con la voz quebrada—, por ahora déjenme sola.

Los tres hombres se miran entre sí sin decir palabra alguna. Un pestañeo torpe de Izcóatl es la señal para que los otros dos obedezcan.

—Nosotros también estamos desconsolados —dice Tlacaélel poco antes de dirigirse a la salida—. Por eso entendemos tu necesidad de estar sola.

En medio de un silencio inquebrantable los tres hombres abandonan la habitación. Ya en soledad aquella mujer libera un llanto taciturno. Pronto cae de rodillas. A pesar de que intenta evitar pensar en la muerte de su esposo, la mente la traiciona. Imagina lo peor. Sabe del tipo de torturas de las que Mashtla es capaz.

Apenas amanece, Matlalatzin se presenta en la sala principal del palacio. Aún no ha llegado nadie. Sale y se encuentra con uno de los sirvientes.

—¿Sabes dónde están los ministros y consejeros? —pregunta desconcertada.

—No lo sé, mi ama —responde el hombre con mucha humildad.

Matlalatzin regresa a la sala y se sienta en el lugar de su esposo. Minutos más tarde un sirviente entra a la sala y le informa que Nezahualcóyotl acaba de llegar.

—Déjalo pasar.

Tras hacer las reverencias acostumbradas —ponerse de rodillas y saludar con la cabeza agachada—, el Coyote ayunado se pone de pie y escucha el primero de los lamentos.

—¡Se lo llevaron! —dice Matlalatzin.

—¿A quién? —Nezahualcóyotl no entiende.

—¡A Chimalpopoca! —responde Izcóatl, quien acaba de entrar en la sala principal.

Nezahualcóyotl no sabe qué responder por un instante. Si asistió a la isla esta mañana fue en respuesta a la embajada enviada por Chimalpopoca en la que le ofrecía sus tropas para derrocar a Mashtla. Teme que lo ocurrido sea la represalia del señor de Azcapotzalco, que tiene espías en todo el valle.

—¡Mashtla lo mandó arrestar! Anoche se lo llevaron los soldados tepanecas —continúa Matlalatzin.

—¿Cómo entraron? —cuestiona el príncipe chichimeca desconcertado—. ¿No había nadie cuidando el palacio?

—Sí —en ese momento entran Tlacaélel e Ilhuicamina—. Estaban los soldados, pero nadie vio a los soldados tepanecas.

—¿Qué? —Nezahualcóyotl frunce el ceño. Le cuesta trabajo entender lo que acaba de escuchar. Se niega a creerlo. Sabe que el pueblo tenoshca es muy celoso de su territorio—. Tenochtítlan es una isla. Es complicado que los extranjeros entren aquí. Tal vez uno o dos. Pero es imposible que una tropa de soldados cruce la ciudad, entre al palacio y se lleve al tlatoani sin que nadie se dé cuenta.

—No es momento de recriminaciones —dice Izcóatl al mismo tiempo que cruza la entrada.

—Pero... —Nezahualcóyotl sigue con muchas dudas—. ¿Y si no fueron los tepanecas?

—Lo van a matar —Matlalatzin llora desesperada.

El Coyote sediento se acerca a la mujer empapada en llanto y la cobija entre sus brazos. Izcóatl lo mira con recelo. Hace ya varios años que las espinas de la envidia le nublan la vista. Desde la muerte de Ishtlilshóchitl, para aquellas mujeres —tías de Nezahualcóyotl— no ha habido personaje que congregue tanta atención en aquella ciudad. Izcóatl, que ya es un fruto maduro, no se desprende de la esperanza de ser nombrado tlatoani algún día. De ser así, no cabe en su futuro darle tanto crédito y privilegios al heredero de Teshcuco, que ya no es el mismo joven que sufrió la muerte de su padre.

—Comparto su pena, tío —dice Nezahualcóyotl a Izcóatl.

—Lo sé —responde Izcóatl y cierra los ojos.

—Tlacateotzin ha abandonado Tlatelolco —informa Ilhuicamina a su primo Nezahualcóyotl.

—¿Qué? —Matlalatzin se altera sobremanera—. ¿Por qué no me informaron que mi padre también desapareció?

Tlacateotzin había recibido de Tezozómoc el señorío de Tlatelolco. Su gratitud y lealtad hacia Azcapotzalco fue conocida por todos. Pese a sus inconvenientes al llevar la guerra a Teshcuco, obedeció firmemente, por ello fue nombrado capitán de las tropas de Tezozómoc, provocando en Mashtla una rabia creciente que se desbordaría como un río tras la muerte del tecutli tepaneca. "Un día —le dijo Mashtla años atrás, señalándolo con el dedo a los ojos— yo seré el causante de tu muerte. No lo olvides". Tlacateotzin bien conocía al despiadado tecutli y supo que sus días estaban contados en cuanto se enteró de la muerte de Tayatzin.

—A decir de muchos —continúa Ilhuicamina—, Tlacateotzin salió corriendo de su palacio temeroso de ser arrestado por los soldados de Mashtla.

—¡Mentira! —Matlalatzin llora—. ¡Mi padre no haría algo así! Siempre ha sido un hombre muy valiente.

—Según nuestros informantes —agrega Tlacaélel—, también llevaba consigo todas sus riquezas.

—¡Estás mintiendo! —la joven reina no para de llorar.

En ese momento entra un soldado tenoshca e informa que un hombre solicita una audiencia.

—¿Quién es? —pregunta Izcóatl tomando el mando, como si ya hubiese sido electo huey tlatoani.

—Un pescador —responde el soldado.

—¿Y qué quiere?

—Dice que vio a los soldados tepanecas asesinar al tecutli Tlacateotzin.

—¡Háganlo pasar! —dice la esposa de Chimalpopoca, e inmediatamente Izcóatl voltea la mirada hacia ella con recelo. Camina al frente y espera a que el soldado llegue con el pescador. Los demás se mantienen en silencio en cuanto ven al humilde hombre entrar descalzo y vestido con un taparrabo.

—Mi señora —dice el hombre mientras se pone de rodillas frente a Matlalatzin e ignorando la presencia de Izcóatl al frente—. Andaba yo pescando, como todos los días, lejos, casi por rumbos de Teshcuco, cuando vi unas canoas bien cargadas. No sabía bien quién era, pero noté a varias personas. Luego comenzó a soplar mucho el viento.

—¡Eso no nos importa! —lo interrumpe Izcóatl—. ¿Qué pasó con el tecutli de Tlatelolco?

—Pues le decía que el cielo se comenzó a nublar. Y en eso se escuchó el cantar del tecolote. Usted sabe que cuando el tecolote canta, alguien muere. Pronto se acercaron otras canoas que eran de los soldados tepanecas y le cerraron el camino a las canoas que ya había visto antes. Sin más mataron con sus macuahuitles a varios de los que acompañaban al señor de Tlatelolco.

—¿Cómo sabes que era el señor de Tlatelolco? —pregunta Nezahualcóyotl.

—Pues de esto le voy a contar: pronto se dio entre ellos un encuentro cuerpo a cuerpo con sus macuahuitles. Las cosas que cargaban en las canoas se cayeron al lago. Muchos de ellos también, pero veloces regresaban a sus canoas, hasta que finalmente dieron muerte a todos los que ya había visto primero. Levantaron el cuerpo del tecutli y se dirigieron de vuelta por donde habían llegado. Pero en ese momento me vieron. Yo tuve miedo de que me quisieran alcanzar y comencé a remar en dirección contraria. Luego me dieron alcance, pues eran ellos más ejercitados en los remos.

—¿Qué ocurrió cuando te alcanzaron?

—Me tiré al agua y comencé a nadar, fuerte, muy fuerte —explica el pescador moviendo los brazos cual si con ello comprobara lo que dice—. Y ellos también se lanzaron al agua y me apresaron. Ya en su canoa, varios de ellos me tuvieron sujeto. El que era su capitán me preguntó quién era yo. Y respondí que sólo era un pescador. Tuve temor de decir de dónde venía. Me dieron un golpe y otro y otro. "Ya, no me peguen —les dije—, yo no soy espía. Soy de Meshíco Tenochtítlan." "¿Eres tenoshca?", me preguntaron. Y creí que en ese momento me matarían. "¿Conoces a este hombre?", preguntó el capitán señalando al cadáver que tenían en la canoa que estaba junto a la que estábamos. "¡No lo conozco!" Entonces me dijo el capitán: "Ve a tu ciudad y dales a todos la noticia de que el tecutli de Tlatelolco ha muerto por órdenes del gran tecutli Mashtla." Y eso hice, mi señora.

Todos los presentes se mantienen en silencio observando al pescador que narra la trágica muerte del tercer tecutli de los tlatelolcas. Matlalatzin ha dejado de llorar. Se encuentra sumamente seria. No se puede distinguir en su rostro si está enojada o ausente.

—Vuelve a tu casa, buen pescador —dice Matlalatzin e Izcóatl la mira de reojo. No le gusta que aquella joven dé órdenes.

En cuanto el pescador se retira, Matlalatzin se dirige a Izcóatl y le pide que reúna a los miembros del Consejo. Izcóatl obedece. Detrás de él van sus sobrinos Ilhuicamina y Tlacaélel. Se han percatado del enfado de su tío.

"¿Cómo se atreve esa escuincla a darme órdenes? —Izcóatl habla para sí mismo. Ni siquiera se ha percatado de que los gemelos lo siguen—. ¿Quién se cree que es?"

El enojo de Izcóatl tiene un fundamento incubado en las costumbres nahuatlacas. Las esposas de los tlatoque jamás heredan el mando de sus esposos. Tampoco tienen voz ni voto en el Consejo. Las mujeres tienen pocos derechos. Para el hombre son esposas, madres y protectoras de la casa. Para el régimen, moneda de cambio o botín de guerra. La actitud de Matlalatzin en estas circunstancias es una afrenta, no sólo a Izcóatl, sino a todo el gobierno tenoshca. Y peor aún, si se trata de una jovencita de veinte años.

—¿Por qué permitiste que te hablara de esa forma? —pregunta Ilhuicamina. Izcóatl se sorprende al percatarse de la presencia de sus sobrinos.

—No es el momento para regañarla —Izcóatl camina apresurado.

—No es un regaño —interviene Tlacaélel—. Es el orden de las cosas. Es una mujer y debe entender que no tiene ningún derecho a mandar.

—Está desesperada por recuperar a su esposo —responde Izcóatl sin deseos de discutir.

—Chimalpopoca no regresará vivo —Tlacaélel se muestra muy seguro—. Mashtla lo matará.

—No sé —Izcóatl se detiene y dirige la mirada al piso. Se siente frustrado—. Quizá podamos rescatarlo.

—¿De verdad crees eso? —el tono de Tlacaélel es muy severo. Parece que quien habla es un hombre mayor.

Llegan al salón donde se encuentran los miembros del Consejo. Izcóatl los observa en silencio por un instante. Respira profundo. Les solicita su presencia en la sala principal del palacio. Los hombres se ponen de pie y en ese momento habla Tlacaélel:

—Lo ordena Matlalatzin...

Se genera un desconcierto colectivo. Cuauhtlishtli responde con irritación:

—A mí no me va a dar órdenes una mujer, y mucho menos una niña.

Izcóatl mira a Tlacaélel con molestia, pero el joven no le da importancia.

—Señores —habla Izcóatl—. No es momento de enojarnos por tonterías. No lo voy a negar, a mí también me molestó la actitud de Matlalatzin, pero luego pensé en mi sobrino Chimalpopoca, en lo que puede estar sufriendo, en su destino y en el nuestro. Los meshícas nos encontramos en graves problemas. Han secuestrado a nuestro tlatoani y en este momento únicamente debemos concentrarnos en eso. Ya después, si regresa Chimalpopoca, le pediremos que instruya bien a su mujer sobre el orden de las cosas. Y si Chimalpopoca no regresa vivo, elegiremos a un nuevo tlatoani y Matlalatzin volverá a su vida anterior.

Los miembros del Consejo se dirigen a la sala principal casi como si fueran forzados. Al llegar se encuentran con Matlalatzin sentada en el lugar del tlatoani. Azayoltzin, incapaz de contener su rabia, se acerca a ella y la confronta:

—¿Cómo se le ocurre tomar el asiento real? —pregunta.

—Soy la esposa de Chimalpopoca —se mantiene firme—. Y si no le gusta, se puede marchar.

—A esta niña nadie le enseñó el respeto que le debe a los hombres —se queja Yohualatónac—. ¡Es una mujer! Ella únicamente es la esposa del tlatoani. No está capacitada para gobernar.

—¿Qué está pasando? ¿Por qué permiten esta falta de respeto? —pregunta Tlalitecutli.

Izcóatl se acerca a ella y le habla en voz baja:

—Matlalatzin, ellos tienen razón. No deberías estar sentada aquí. Eres una mujer. Las reuniones entre los miembros del Consejo son exclusivas para hombres.

—Mientras mi esposo no aparezca no me voy a mover de aquí.

—Si no lo haces, ellos no harán nada por buscarlo y traerlo de vuelta. Lo mejor es que vayas a tu alcoba y esperes a que tengamos respuestas.

Matlalatzin se pone de pie y observa amenazante a cada uno de los ministros y consejeros. Ellos también están indignados. La esposa de Chimalpopoca sale enojada de la sala.

8

Rumbo a la orilla del lago, el príncipe Nezahualcóyotl ve que una joven de silueta luminosa se aproxima con algunos enseres entre los brazos. El Coyote ayunado se detiene y los dos soldados que lo habían acompañado hasta la isla se percatan de que el príncipe no avanza a su lado. Voltean y lo encuentran en medio del camino, a la espera de la doncella de piel canela. Conocen la debilidad de Nezahualcóyotl y deciden alejarse sin quitar la mirada de su señor, quien se apura a interceptar el paso de la joven.

—¿Tendrás algo de agua para este humilde viajero? —dice Nezahualcóyotl mientras camina a su lado.

La joven, descalza, sigue su camino con indiferencia. La incomodidad la invade. El Coyote la sigue, empecinado en atrapar su atención.

—¿Cómo te llamas? —se detiene frente a ella.

Con un ágil giro de tobillos ella esquiva el planeado encuentro de miradas. Sin responder, la joven llamada Miracpil sigue por la vereda, obedeciendo a las enseñanzas que todas las niñas reciben de sus madres:

"Por donde quiera que vayas ve con mucho recato y mesura, no apresurando el paso ni riéndote con los que encuentres, ni mirando de lado, ni fijando la vista en los que vinieron hacia ti, sino ve tu camino, especialmente si vas acompañada: de esta manera alcanzarás mucha estimación y buen nombre. A los que te saluden o pregunten algo, responde cortésmente, porque si callas te tendrán por necia. Si vas en la calle, te encuentra algún joven atrevido y se ríe contigo, no le correspondas; pasa adelante. Si te dice algo, no le contestes ni atiendas a sus palabras; y si te sigue no vuelvas a verlo, para que no le enciendas más la pasión. Si así lo haces él se cansará y te dejará en paz. No entres sin causa justa en alguna casa, para que no te levanten calumnias, y lo padezca tu honor; pero si entras en casa de tus parientes salúdalos con respeto y no estés mano sobre mano, sino toma luego el huso para hilar y ayúdales en lo que se ofrezca."

—¿Dónde vives? —pregunta Nezahualcóyotl.

Miracpil permanece indiferente.

—¿Estás casada o comprometida? —la interroga sin detener el paso.

—No. Y no me interesa.

—Un día tendrá que interesarte.

—¿Por qué? —se detiene fríamente y mira a Nezahualcóyotl—. ¿Porque así son las leyes?

En ese momento, el Coyote sediento intenta acercarse a ella, pero una bofetada le zanja el camino. Nezahualcóyotl agita la cabeza y su larga cabellera se zarandea tras su espalda. Responde con una sonrisa. Mira por arriba del hombro y se encuentra con sus dos soldados, apenas visibles, tras unos árboles. Sin justificarse u ofrecer disculpas se da media vuelta y se marcha. La joven lo ve partir sin entrar todavía a su casa. En ese momento sale su madre.

—¿Quién es él?

La joven alza los hombros y se mete a la casa.

El príncipe chichimeca aborda su canoa en compañía de sus dos soldados y se dirige a Teshcuco. Al llegar al palacio de Cilan se encuentra con sus concubinas. Todas están haciendo labores del hogar. En cuanto lo ven se ponen de pie y se dirigen a él para saludarlo. También lo saludan sus hijos.

Luego de platicar con ellas un momento, Nezahualcóyotl dirige su atención a Shóchitl y sonríe. La llama y ella, asumiendo su responsabilidad, se prepara para salir de la habitación. Las demás la miran de reojo y continúan sus tareas.

Ambos caminan hasta la habitación del príncipe. Shóchitl, sin decir palabra alguna, se quita su cueitl* y su huipili.** Al encontrarse desnuda por completo se recuesta en el pepechtli*** y espera a que el príncipe se desvista. El Coyote ayunado comienza el acto sexual sin ocuparse de la ausencia de deseo en su concubina. Es una concubina, ella no lo decidió. Fue entregada por su padre como regalo. No es siquiera un trofeo al que Nezahualcóyotl hubiera aspirado, sino una más en su puñado de mujeres. Con su cotidiana actuación, la joven logra que el príncipe termine lo antes posible, una vez más. El Coyote se satisface. Luego de aquel desencuentro sexual, sobre ella cae un diluvio de tristeza, enojo y dolor... "¿A esto estoy sentenciada? Ah, calla, mujer, que éste es tu destino..."

En sus pensamientos condena una vez más a su padre al cadalso del rencor. "Te odio, cuántas veces te pedí que no me entregaras como concubina." Y una telaraña de memorias la envuelve, llevándola a ese día en que el príncipe llegó a su casa solicitando auxilio, un pedazo de alimento, algo para saciar su sed. Era todo lo que él buscaba, no iba solicitando mujer, pero apenas se enteró el padre de Shóchitl que tenía en su casa al príncipe chichimeca se esmeró en complacerlo a tal grado que, sin preámbulo, le ofreció a su hija como regalo. Nezahualcóyotl prometió regresar por ella en cuanto tuviera un lugar para habitar, y lo cumplió cuando Tezozómoc le perdonó la vida y le permitió vivir en el palacio de Cilan.

—¡No! ¡No, amado padre! —dijo en voz baja para que el Coyote sediento no escuchara su conversación en la otra

---

* Manto fijado a la cintura con una faja.
** Camisa sin mangas hecha de dos tiras de tela.
*** Petate.

habitación. Se le colgó del cuello, un hilo de lágrimas escurrió por su mejilla, lo abrazó como una loca, se hincó, se amarró a sus piernas—: Yo aquí soy feliz, aquí soy muy dichosa, quiero cuidarte, amado padre.

Sus ojos rojos y sus mejillas empapadas denunciaban a la niña indócil al matrimonio. Una joven a quien una pena indómita le estrangulaba el corazón.

—No dejes que me lleve —se puso de pie, le tocó el rostro a su padre y lloró.

—Llora mi niña, llora, que hoy es el día para que agradezcas a los dioses por haberte elegido concubina del gran príncipe heredero del Imperio chichimeca.

—¡No! ¡Te lo ruego, padre mío! —buscó auxilio en los brazos de su madre, empatía en los labios de sus hermanas, solidaridad en sus hermanos, misericordia en la mirada del padre, que le ordenó obedecer. Y como un fruto exquisito fue arrancada del árbol familiar para nunca más volver.

De aquella tarde sólo le queda un ramillete de reclamos: "A ti, padre mío, indiferente al llanto y aferrado al rigor de las leyes chichimecas; a ti, madre que te consuelas con el recuerdo de un pasado sólo tuyo; a ti, hermana sorda, obediente de las costumbres ordinarias; a ti hermano ciego, convenenciero; a ti, vecino indiferente; a todos ustedes, que venden a una de sus hijas, hermanas, sobrinas, vecinas, por un poco de riquezas, les dejo mi repudio. ¿Qué somos para ustedes sino mercancía, un instrumento de salvación en medio de estas guerras interminables, un objeto con el que compran el perdón?"

Recuerda justo en ese momento lo que su madre le decía en su educación: "Cuando te cases ten respeto a tu marido, obedécele con alegría y ejecuta con diligencia lo que te ordene. No lo enojes ni le vuelvas el rostro, ni te muestres desdeñosa o airada, sino amorosamente en tu regazo, aunque viva, por ser pobre, a tus expensas. Si tu marido te da algún pesar, no le manifiestes tu desazón al tiempo de ordenarte alguna cosa, sino disimula por entonces y después dile mansamente lo que sientes, para que con tu mansedumbre se ablande y excuse el mortificarte. No te afrentes delante de otros, porque tú también quedarás afrentada. Si alguno entrase en tu casa a visitar a tu marido, muéstrate agradecida a la visita y obséquialo en lo que pudieres. Si tu marido fuere necio, sé discreta. Si yerra en la administración de la hacienda, adviértele los yerros para que los enmiende; pero si lo reconoces inepto para manejarlas, encárgate de ella y de la plaga de los que en ella trabajen. Cuida que no se pierda alguna cosa por tu descuido."

Si bien algunas de las enseñanzas de su madre le parecían asertivas, había también un cúmulo de percepciones con las que Shóchitl no estaba de acuerdo: la mujer no debía estar atenida a casarse. Tampoco aceptaba ser sumisa. Y aunque el corazón le dictaba rebelarse ante las instrucciones de su madre, no pudo y tuvo que seguir el sendero de la obediencia a partir de aquella tarde opaca con Nezahualcóyotl, el hombre con quien debería pasar el resto de su vida, el desconocido con quien perdió dolorosamente su virginidad sin siquiera sentir un parvo de deseo.

9

Las largas y sucias uñas de los dedos de los pies del tecutli Mashtla son lo primero que ve Chimalpopoca al recobrar el conocimiento. Se lleva la mano izquierda a la boca y comprueba que los dolores en todo su cuerpo no son parte de un sueño desquiciado.

En medio de la borrosa imagen que sus magullados ojos le permiten percibir, distingue la aproximación de esas uñas mugrosas a su rostro. En ese momento se le truena el hueso nasal y un fuerte chorro de sangre salpica el piso. El tlatoani queda inconsciente por un rato.

Al abrir los ojos nuevamente se encuentra con el rostro de Mashtla.

—¿Creíste que podrías matarme? —dice el tecutli, mientras le da otro puntapié en la cara.

Los soldados permanecen a la defensiva, con sus lanzas en las manos, a pesar de que Chimalpopoca no puede ponerse de pie. Llevaba ocho horas detenido, ocho interminables horas torturado por los soldados de Mashtla, quien no contento con lo maltratado que se ve el tecutli de Meshíco Tenochtítlan, lo sigue pateando una y otra vez.

—¿Quién más los apoyaba en su ardid? ¡Confiesa!

Chimalpopoca no responde.

Cuando un cautivo niega su atentado, ¿es un acto de cobardía o de valentía? ¿Y si lo admite? ¿Acaso es mejor morir en silencio? Si bien confesar no le salvará la vida a Chimalpopoca, callar por lo menos atormentará más al despiadado Mashtla, que no tiene la certeza de cuántos desean su muerte. Evidentemente son muchos, pero lo que él necesita son nombres.

—¡Te ordeno que me digas quiénes son tus aliados! —grita Mashtla, mientras le entierra el pie en el abdomen a Chimalpopoca, que sigue sumergido en su mutismo.

Mashtla se cansa de golpear al tlatoani y ordena que lo encierren en la cárcel, que es en sí una jaula de madera. Justo cuando los soldados se preparan para cargar al tecutli de la ciudad isla, Mashtla los detiene. Observa detenidamente y sonríe:

—Llévenlo a rastras —ordena—, pero primero muéstrenselo a todo el pueblo. Vayan a todos los rincones de Azcapotzalco. Y digan a la gente que eso es lo que le ocurre a los que pretenden traicionarme.

Los soldados toman de los pies a Chimalpopoca, lo jalan fuera de la prisión y dejan un grueso hilo de sangre en el piso. En las calles de Azcapotzalco, los pobladores quedan boquiabiertos al comprender la barbarie en la que ha caído el señorío con el nuevo tecutli. Inevitablemente un atadero de infortunios se divisa en el futuro. Aquella humillación al pueblo tenoshca no quedará en el olvido.

Las mujeres, aunque fieles a Azcapotzalco, lloran al ver el cuerpo de Chimalpopoca remolcado por las calles, lleno de grumos de sangre y tierra, mientras los soldados gritan: "¡El tecutli Mashtla les manda decir que esto es lo que les pasa a los traidores!". La cabeza del tlatoani rebotaba contra las piedras que le rasgan la espalda para salir de su camino. Un grupo de meshícas que se encuentra en la ciudad ve con profunda pena el borrascoso final de su tlatoani. Intentar rescatarlo sólo los llevaría a una muerte segura.

Luego de recorrer las calles principales de Azcapotzalco, los soldados cansados de aquel macabro teatro vuelven al palacio; no por compasión a Chimalpopoca, sino por el hartazgo de arrastrarlo y la urgente necesidad de refrescarse. Sin más, lo dejan en el interior de la celda y dan rigurosas instrucciones a los guardias de darle sólo una pequeña porción de agua y alimento al día, so pena de muerte al que desobedezca.

Asumiendo que ésa será su última asignatura del día, los soldados vuelven al palacio de Mashtla para informar que sus órdenes han sido cumplidas con precisión.

—Bien —sonríe el tecutli. Hace una mueca con la boca que levanta su pómulo izquierdo, mira en varias direcciones, se lleva la mano a la barbilla, piensa por unos minutos y agrega—: Ahora quiero que vayan por el anciano Chichincatl.

Los cuatro soldados bajan los párpados, un gesto imperceptible que esconde su inconformidad, pues el hombre al que deben ir a buscar vive en el monte. De haber sido Tezozómoc el que hubiese dado lo orden se habría percatado del hastío de los soldados, pero Mashtla es torpe en el descubrimiento de las emociones ajenas. Su ira lo ciega por completo. Lleva a cabo planes pueriles, métodos que de haber sido llevados a cabo en la guerra contra Ishtlilshóchitl, habrían guiado a los tepanecas a un fracaso inevitable, si no es que una muerte segura. No en vano Tezozómoc le había negado el mando de las tropas.

Tras escuchar la arenga de Mashtla, los soldados se encaminan a la casa del anciano Chichincatl, a quien encuentran meditando con los ojos cerrados.

—Chichincatl —dice un soldado sin respeto a la edad del sabio hombre—, el tepantecutli quiere verlo en su palacio.

El anciano no responde.

—Es una orden —el soldado alza la voz, sosteniendo su macuahuitl con fuerza, creyendo que el anciano responderá con amenazas.

—Tu soberbia ha de llevarte a la muerte pronta —advierte Chichincatl.

El otro soldado atemorizado mira a su compañero, pues es sabido por muchos que Chichincatl suele hacer agüeros precisos cuando ronda la muerte.

—¡Vamos! —exige el soldado.

—Nada podrá evitar tu pronta muerte —continúa Chichincatl.

El soldado sale enfurecido de la casa para ordenar a los otros dos soldados que entren por Chichincatl y lo lleven a la fuerza, pero no los encuentra donde los había dejado: el lugar parece abandonado. El otro soldado permanece en el interior de la casa observando a Chichincatl que sigue con los ojos cerrados. De pronto escucha un grito, se asoma y ve cómo un jaguar se le ha ido encima a su compañero, destrozándole el rostro con los colmillos. Los soldados que los acompañaban se encuentran en las copas de unos árboles apuntando con sus arcos, temerosos de dar con sus flechas en el cuerpo de su compañero. Poco puede hacer el soldado para defender su vida. Tardíamente los otros dos lanzan sus flechas, que se incrustan en la espalda del hombre, ayudando al jaguar a acometer su cacería.

Aunque tienen suficientes flechas y lanzas para llevar a cabo su venganza, se abstienen de agredir al felino, que echado sobre el cadáver le arranca enormes trozos de carne. El jaguar, una de las fieras más temidas en aquellas tierras, es además reverenciado. E intentar darle muerte mientras come es considerado una maldición; incluso una garantía de perder ellos mismos la vida, pues, aunque se encuentren en las copas de los árboles, el felino bien puede subir por ellos.

Chichincatl continúa con los ojos cerrados en el interior de su casa. El otro soldado se mantiene de pie con las piernas temblorosas, observando a la fiera por un largo rato, que luego de haber saciado su hambre, arrastra los restos del cadáver y desaparece entre los matorrales.

—Es una felina —dice Chichincatl—. Hace varios años un grupo de mishtecos la trajo de Huashyacac,* como ofrenda para Tezozómoc. Pero se les escapó. A pesar de que intentaron cazarla nadie pudo verla tan cerca como su compañero. Podemos

* Huashyacac, hoy Oaxaca.

irnos —el anciano abre los ojos—. Bebe un poco de agua —señala un pocillo sobre una mesa.

El soldado se asoma temeroso por la entrada y sale con su lanza a la defensiva.

—Ya no hay de qué temer. Baja eso —dice Chichincatl y con la mano empuja el arma del soldado—. Ya pueden salir de su escondite —dice a los otros, quienes asustados bajan de los árboles.

En el camino los soldados se mantienen en silencio. Observan con asombro al anciano Chichincatl, hombre de larga y canosa cabellera. Viste un humilde tilmatli de algodón y unas sandalias de cuero. Las venas se marcan en sus manos recias y enclenques. Su rostro se define por sus delgadas mejillas y pómulos marcados. Los ojos son pequeños y sumidos. En el puente de su nariz sobresale un pequeño borde.

Llegan al palacio al caer la noche y son recibidos sin obstáculo alguno. Mashtla nota la ausencia de uno de los soldados. Los mira a los ojos. Irritado supone que el soldado se ha tomado la libertad de irse a descansar sin autorización.

—¿Dónde está su compañero? —pregunta el tecutli.

—Fue atacado por un jaguar —responde Chichincatl con serenidad.

—¿Tú lo viste? —pregunta Mashtla, quien se pone de pie y camina hacia el anciano.

—Lo vi antes de que muriera.

—¿Al soldado?

—Su muerte.

—¿Dime qué ves? —pregunta Mashtla y espera oír que pronto moriría Nezahualcóyotl.

Chichincatl se sienta en el piso y cierra los ojos.

—Veo la muerte de Chimalpopoca.

—Eso ya lo sé —Mashtla le da la espalda al anciano y vuelve a su asiento real—. ¿Qué más?

Lo que hay en sus visiones es aterrador. No es la primera vez que acuden a su mente, pero sabe que Mashtla es incapaz de comprender los agüeros. Cualquier información que le proporcione al tecutli será dañina para los pueblos. Chichincatl se mantiene en silencio. Mashtla lo observa con ansiedad.

—¿Qué ves, anciano?

—Veo que usted será el hombre más poderoso sobre la Tierra.

Mashtla sonríe.

—Necesito que vayas a Tenochtítlan y Tlatelolco. Deberás reunir a toda la población para decirles que los tributos que mi padre les había perdonado volverán a ser obligatorios. Yo no tengo ningún deber con ellos y no veo por qué darles privilegios. Quiero que paguen el tributo en no más de cinco días. Luego, quiero que vayas a Teshcuco a buscar a Nezahualcóyotl para decirle que quiero hablar con él sobre el gobierno acolhua.

—¿Por qué no envía una embajada?

—Porque quiero que te asegures de que se cumpla tu agüero. Si no se cumple, te mataré.

Responder a las palabras de Mashtla es un desperdicio de tiempo. Así que, sin decir nada, Chichincatl sale del palacio —acompañado de los mismos soldados que fueron por él— y se dirige a ejecutar los mandatos del testarudo tecutli.

Al llegar a Tlatelolco, Chichincatl reúne a la población, la cual inmediatamente le informa que los soldados de Mashtla asesinaron a Tlacateotzin en el lago. Chichincatl ya estaba enterado. Aun así, no puede evitar el llanto. Conocía a Tlacateotzin desde la infancia. Finalmente les anuncia que Mashtla exige que paguen el tributo que Tezozómoc les había perdonado. Si bien los tlatelolcas esperaban aquella noticia, no imaginaron que se llevaría a cabo tan pronto. Los tlatelolcas se lamentan. No tienen suficientes granos y animales para pagar el tributo.

Al terminar la reunión con los tlatelolcas, Chichincatl se dirige a la ciudad vecina, Tenochtítlan, donde la situación no es diferente. La gente se encuentra acongojada por la desaparición de

Chimalpopoca. En el palacio real, lo reciben los miembros de la nobleza, quienes ya están enterados de la tortura que ha recibido el tlatoani. Chichincatl no sabe qué decir. Se siente sumamente apenado. Le duele ser el portador de tan malas noticias. Le duele saber que se acercan tiempos terribles.

10

El cansancio tiene al príncipe Nezahualcóyotl en el límite de lo ilusorio y lo real. Los telones de sus párpados bajan perezosamente y suben cual avecillas espantadas. Ve el techo de la habitación y de pronto se desvanece la imagen. Sabe dónde está, pero en segundos lo invade aquella sensación intemporal. Un hormigueo recorre su piel esparciendo microscópicas gotas de sedante. Se queda totalmente dormido.

Shóchitl se encuentra acostada a su lado, conteniendo una lágrima. Hace un rato que la faena llegó a su fin. La joven concubina observa cómo el príncipe, en varias ocasiones, sufre de espasmos y esforzadamente trata de recuperar la respiración; luego lo ve regresar a su sueño con estridentes ronquidos.

Pese a que un apetito irrefrenable por escapar de aquella habitación la zarandea, la pequeña Shóchitl permanece acostada junto a Nezahualcóyotl. Nunca ha intentado salir después del acto sexual sin el permiso del príncipe. Ninguna otra lo ha hecho. No está prohibido; es una costumbre esperar a que él las despida. Una dependencia comunitaria. Si ella sale podría tomarse como una humillación a su persona. Es una concubina; no una mujer pública a la que utilizan para el coito y desechan de inmediato. La concubina permanece con él toda su vida; la mujer pública es sólo de alquiler.

En su interior se desata una batalla entre ella y la otra Shóchitl, la encarcelada, la feroz mujer ansiosa de gritar decenas de secretos.

Su salvación temporal llega en ese instante: otra de las concubinas entra en la habitación para informar al Coyote sediento que se solicita su presencia en la sala principal. Lo encuentra desnudo, acostado y roncando profundamente.

—Mi señor —dice Shóchitl y le empuja el hombro—, mi señor, lo buscan.

Nezahualcóyotl despierta con sensación de aturdimiento, torpeza y sequedad en la boca. Se cubre con la manta y se pone de pie.

—Mi señor —dice la otra concubina con la cabeza agachada—, el anciano Chichincatl solicita una audiencia.

El príncipe chichimeca manda llamar a dos de sus concubinas para que le ayuden a vestirse. Le ponen una túnica de algodón, brazaletes, collares de oro y un penacho enorme fabricado con las plumas más finas que hay en el valle. Luego sale y se encuentra al anciano Chichincatl de pie.

—Gran heredero del imperio chichimeca —el anciano se arrodilla ante el príncipe—, Mashtla me ha enviado para hacer de su conocimiento que se le solicita en su palacio de Azcapotzalco para discutir sobre el gobierno de Cilan, el cual se le da por parte de nuestro difunto Tezozómoc.

—¿Y tú crees esa farsa? —responde y camina alrededor del mensajero, con la mirada ardiendo.

—Definitivamente no lo creo —dice Chichincatl—, y también comprendo que ya la vida le ha arrebatado la gracia de la confianza.

—La confianza no es una gracia —responde el Coyote sediento al detenerse frente al anciano—, es un defecto de ingenuos. Mi padre confió en Tezozómoc y en muchos otros tetecuhtin que lo traicionaron.

—Usted está enojado con la vida.

—Sí, estoy muy enfadado con la vida, con la injusticia, con la gente, con nuestro tiempo. ¿Cómo me pide que tenga confianza cuando todo ha sido en mi contra? ¿Cómo debo sanar todas las heridas que he recibido? ¿Cómo he de sonreír si la vida no me sonríe? Mi llanto nadie lo ha secado. He tenido que huir como un coyote entre los montes, buscando alimento como un maleante, matando para salvar mi vida. Y ahora pide que tenga confianza en Mashtla.

—Yo no he pedido que tenga confianza en Mashtla —interrumpe el anciano—. He dicho que comprendo que haya perdido la confianza.

—Dime entonces, Chichincatl —camina Nezahualcóyotl sin mirar al hombre—, ¿qué puedo esperar al ir frente a Mashtla: que me encarcele como lo ha hecho con Chimalpopoca, o que me asesine en medio del lago?

—Dé la cara a lo que le ha tocado vivir. Si está en su agüero morir, no debe ocultarse, ya que de cualquier forma ha de ocurrir; de lo contrario, con mayor razón habría de acudir al llamado del tepantecutli. A las personas como él les intimida la indiferencia de sus enemigos.

Para el Coyote ayunado no es nada nuevo escuchar aquello. Muchos de sus ancestros ya han adoptado tal pensamiento. Su padre mismo lo hizo al acudir a la guerra con la certeza de que ése era su último día. Pero ¿era acaso oportuno ir en busca de la muerte? ¿Qué tan ciertos son los presagios? ¿De qué sirve entonces una profecía, sino para limitar el camino y las decisiones? ¿No se está delineando el destino al creer de una forma absoluta aquellos augurios? ¿Y cuál es el anuncio de su futuro? Chichincatl —a decir de todos— es el agorero de la muerte. Es lo único que puede ver en sus momentos de meditación. ¿Está el anciano consciente del porvenir del Coyote en ayunas? ¿Tiene por ello razones para decir al príncipe acolhua que asista al llamado de Mashtla? ¿Para qué? ¿Para que muera o para burlar al despiadado tecutli?

—Puede usted solicitar clemencia por la vida de Chimalpopoca —agrega el anciano, manteniendo la cordura.

—¿Solicitar clemencia?

—Sí, ése ha sido mi único objetivo para llevar a cabo la demanda del gran chichimecatecutli.

—¿Quieres decir que si yo solicito clemencia por su vida, Mashtla lo dejará libre? —Nezahualcóyotl abandona su postura defensiva.

—No. Pero puede evitar que lo sigan torturando. Debe usted saber que luego de haberlo hecho preso, Mashtla lo golpeó en exceso y más tarde lo mandó arrastrar por toda la ciudad. Yo personalmente le ruego no tire al olvido todas las mercedes que él, sus hermanas y hermanos hicieron por su persona cuando Tezozómoc ordenó que se le buscara por toda la Tierra para capturarlo vivo o muerto.

Si bien es cierto que Chimalpopoca le había dado albergue en aquellos tiempos, también es verdad que él y su gente habían sido partidarios de la muerte de Ishtlilshóchitl.

—¿Entonces?

Hay un largo silencio.

—Usted decida.

La mirada del chichimeca yace en la nada. El conflicto en el que se encuentra Nezahualcóyotl nubla cada una de sus ideas. Está hambriento de venganza, sediento de sangre, ansioso por cumplir con lo prometido a su padre: recobrar el imperio. Indudablemente el rencor le envenena la sangre. ¿Cómo evitarlo, si los últimos años de su vida los ha pasado en el exilio, huyendo de sus enemigos, rogando por auxilio?

—Vamos —responde.

El anciano Chichincatl deja escapar una sonrisa casi imperceptible.

—Ordenaré que se te dé alimento mientras me encargo de algunos asuntos —dice el heredero chichimeca y da instrucciones a uno de sus hombres de confianza para que lo lleven al comedor y lo traten con respeto y agasajo.

Si bien el Coyote ayunado tiene la posesión del palacio y unas cuantas tierras, no cuenta con un señorío, por lo que carece de ministros. Para deliberar sobre asuntos legales o de suprema importancia se hace aconsejar por aliados y amigos de su padre que, pese a su pobreza, se han mantenido leales al imperio chichimeca, a quienes manda llamar para darles a conocer sus pretensiones.

—Mi señor —dice uno de ellos—, no debe usted asistir a ese encuentro. Es una trampa. Lo encerrarán o, peor, Mashtla lo matará.

El Coyote sediento piensa que tienen razón, pero también comprende que de no acudir a Azcapotzalco la persecución jamás terminará. Además, siente un impulso por confrontar a Mashtla.

—Así es, mi señor —continúa uno de los consejeros—, hemos pedido a los agoreros que nos den por su ciencia y estudio de los astros una respuesta digna. Y por ellos nos hemos enterado de que sobre usted caen muchas amenazas de muerte. Difícilmente salvará la vida si continúa retando a sus adversarios.

—Todo lo contrario pienso yo —dice el príncipe—; porque si su ciencia no los engaña, ya me amenazan ciertamente las estrellas. Ni por buscarlos yo han de ser mayores, ni por evadirlos he de dejar de pasar por ellos; iré al encuentro para salir de esta zozobra. Si muero, se acabarán mis problemas; pero si sobrevivo, más pronto triunfaré sobre mis enemigos.

Una hora más tarde, entre los centenares de canoas que transportan mercancías en el lago de Teshcuco, avanza un par de embarcaciones al que nadie pone atención. En una viaja Chichincatl con dos acompañantes y en la otra Nezahualcóyotl con dos remadores y su medio hermano, de nombre Shontecohuatl. La larga cabellera del Coyote ayunado le barre la espalda, mientras éste, de pie, al frente, observa el paisaje: al norte se encuentran los cerros de Tepeyac y Tenayuca; al sur, la isla de Tenochtítlan; y al poniente, la ciudad de Azcapotzalco.

Al llegar a Azcapotzalco, Chichincatl los guía al palacio de Mashtla, donde son recibidos por los soldados.

—Venimos a una audiencia con el tecutli.

—¿Quién lo busca? —pregunta el soldado.

—El príncipe Nezahualcóyotl y Chichincatl —dice el anciano mostrando humildad, consciente de la impunidad de los soldados, que desde la llegada de Mashtla al trono se han corrompido.

—¿Quién? —pregunta el soldado haciendo evidente su indiferencia al linaje del Coyote ayunado.

—El príncipe Nezahualcóyotl.

Con un arranque de altivez el soldado les da la espalda y entra al palacio. Luego de un largo rato sale con el anuncio:

—El tecutli Mashtla los espera.

—Sólo entraré yo —Chichincatl le impide a Nezahualcóyotl que avance.

El anciano y el Coyote hambriento comparten una mirada cómplice, mientras el par de soldados abren paso para que Chichincatl entre al palacio. Ya frente al tecutli se hinca con reverencia.

—¿Dónde está el Coyote ayunado? —pregunta Mashtla desde su asiento real.

—El joven príncipe —responde Chichincatl sin levantar la mirada— se encuentra afuera, pero lo hice esperar para poder dialogar con su alteza.

—¿Y de qué quieres hablar? —pregunta el tecutli alzando el pómulo izquierdo.

—Quiero rogarle que tenga usted benignidad al oírlo. Sé muy bien que lo que este pobre anciano diga puede no tener importancia, pero aprovechando la edad que me acredita, me atrevo a decir algo que puede serle útil.

—Bien sabes que te tengo en estima, Chichincatl —Mashtla sonríe—. Y que lo que digas es bien escuchado en este palacio. Puedes levantarte.

—La Tierra está revuelta —continúa el anciano y se pone de pie—. Su gobierno yace en una pendiente. Sé muy bien que su rigor lo inclina a limitar a sus enemigos para eludir futuros peligros, mas no por ello encuentro conveniente llevar a cabo el encarcelamiento del hijo de Ishtlilshóchitl. Ya se han cumplido dos de sus órdenes: hacer preso a Chimalpopoca y acabar con la vida de Tlacateotzin. Los pueblos de Tlatelolco y Tenochtítlan se encuentran dolidos. Arrestar a Nezahualcóyotl provocará en Teshcuco otra pena. No querrá usted que estos tres, unidos por sus quejas y rencores, decidan crear una alianza para arrancarse el yugo. Lo conveniente es esperar mejores coyunturas y permitir que el joven chichimeca visite a su primo, vaya a la ciudad isla y diga a los tenoshcas que su tecutli aún se encuentra con vida, para que se calmen las aguas.

La recomendación de Chichincatl convence de tal forma al crédulo y ambicioso Mashtla que inmediatamente responde con halagos.

—Tiene usted razón, sabio Chichincatl, así lo haremos. Que manden llamar a Nezahualcóyotl.

Minutos más tarde los soldados le avisan al Coyote ayunado que el gran chichimecatecutli lo espera en la sala principal del palacio. En su andar por los pasillos el príncipe experimenta un ligero reconcomio. Se siente más solo que nunca. Tiene concubinas, hijos, aliados, conocidos, pero está inmensamente solo. Su madre y su padre han muerto. La soledad se ha convertido en su inseparable compañía. Los pasillos del palacio le hacen recordar los pocos años en que, al ignorar lo que realmente ocurrirá en el imperio, el muchacho, el ingenuo Nezahualcóyotl fue verdaderamente feliz viendo a su padre en el palacio de Teshcuco. No dejaba de admirar a los ministros, consejeros y a su padre sentado en el asiento real.

"Oh, padre mío", susurra antes de ingresar en la sala principal. Jala aire, se talla los ojos y cruza la entrada, dispuesto a asumir lo que sea.

Mashtla lo recibe desde su asiento real con una sonrisa mal fingida. Chichincatl se mantiene en silencio, de pie frente al tepantecutli. Nezahualcóyotl camina por el centro de la enorme sala, se pone de rodillas y baja la cabeza.

—Muy alto y poderoso señor —dice e inevitablemente llegan a su mente las remembranzas de los últimos encuentros entre ambos.

—Puedes ponerte de pie —dice Mashtla.

—Vengo a verlo obedeciendo su mandato, a pesar de los temores que me asaltan. Y al mismo tiempo para implorar su clemencia para mi primo, el tlatoani Chimalpopoca, a quien tiene preso, esperando por instantes su muerte. Afloje, señor, la mano y, como tecutli piadoso, eche en olvido la venganza. Ponga los ojos en un triste y miserable hombre que, según me han dicho, ya es un retrato de la muerte —Nezahualcóyotl deja de hablar por un instante—. También me han dicho que quiere usted quitarme la vida, si es cierto aquí me tiene: hágalo con sus manos, que así quedará satisfecha su indignación.

—¿Qué te parece, Chichincatl? —dice el tecutli sonriente—. ¿No te parece una maravilla que un joven que ha vivido tan poco solicite con tanto empeño su muerte? Tú, cuyas canas autorizan tus consejos, tú en quien he depositado toda mi confianza, sugiéreme lo que debo hacer en este caso.

Y sin dar tiempo a Chichincatl para que responda, Mashtla continúa con su arenga.

—Te mandé llamar para decirte que, aunque di la orden de que nadie vea ni hable con Chimalpopoca, ésta no se entiende contigo. Lo arresté por los alborotos que estaba forjando y el mal ejemplo que daba a la gente, pero ve a verlo y consuélalo, que yo te ofrezco ponerlo en libertad... Pero después de verlo, no vayas a Teshcuco, ven aquí a darme razón de él. Chichincatl te acompañará y por medio de él sabrán los guardias que tienes mi permiso y que de ningún modo se podrá interferir en su plática.

Apenas sale el Coyote ayunado de la sala en compañía del anciano Chichincatl, el enano Tlatólton emerge de su escondite.

—Ya escuchaste —dice Mashtla sin moverse—, sabes lo que debes hacer.

—Sí, mi amo —responde Tlatólton y se va columpiando sus brazos regordetes.

11

Ni un solo hijo.

Por más que Ilancueitl se esmeraba al cabalgar a su hombre todas las noches, la posibilidad de engendrar se divisaba cada día más lejana. Ni los enjambres de besos ni los menjunjes surtieron efecto. Por otro lado, las concubinas de Acamapichtli, primer tlatoani de Meshíco Tenochtítlan, procreaban hijos cada año. La secuela fue un atadero de noches de insomnio y llanto al borde del delirio.

Renuente a terminar sus días con aquella vergüenza, Ilancueitl tramó, lo que ella consideraba, la más saludable de sus mentiras: le pidió a Acamapichtli que le cediera a uno de los hijos de sus concubinas, el día en que naciera, para decirle a su pueblo que por fin la esposa del tlatoani había tenido un hijo. Acamapichtli aceptó con el único afán de ver a su esposa feliz. Entre las concubinas había una esclava tepaneca —de apenas catorce años, llamada Quiahuitzin— que estaba embarazada. El tlatoani anunció el embarazo de Ilancueitl a todos con un festejo que apenas rebasaba los límites de la austeridad de un pueblo tan pobre.

Pero el engaño no duró demasiado ya que el cuerpo de Ilancueitl no mostraba signos de embarazo. Un día se le apareció al pueblo con un bulto en el abdomen. A pesar de que el vientre artificial era no sólo disforme sino incompatible en dimensiones de un día para otro, la esposa del tlatoani invertía la mayor parte de su tiempo relatándoles a todos sobre el progreso de su embarazo. El silencio de los presentes no le arrancaba a Ilancueitl el semblante jovial que había extraviado en los últimos años. Para complementar la patraña, Acamapichtli llevó a Quiahuitzin a la casa grande y la encerró en una habitación, de donde no salió jamás.

El día en que debía nacer el niño, Ilancueitl se acostó en una habitación y con gritos enardecedores representó la labor de parto que terminó la madrugada del día siguiente. Las parteras que la acompañaron todas esas horas contaron tiempo después que Ilancueitl en verdad creía que estaba por tener un hijo. Sudaba y gritaba con las piernas abiertas. La multitud se aglutinó afuera de la casa real esperando al recién nacido. En cuanto Quiahuitzin dio a luz, llevaron al recién nacido a la habitación donde se encontraba Ilancueitl y se lo pusieron entre las piernas…

Más tarde entraron los familiares y amigos a conocer al recién nacido al que llamaron Izcóatl. Y aunque Ilancueitl actuó a la perfección aquel embarazo, nadie le creyó, y el rumor de que Izcóatl no era su hijo, se esparció. La esposa del tlatoani sabía que los rumores eran pasajeros, pero los testimonios podían trascender por siempre. Decidida a callar la única voz que podría reclamar la maternidad de Izcóatl, Ilancueitl mató a Quiahuitzin tres días después. Sin embargo, su homicidio no sepultó aquel secreto. Citlalmina, otra de las concubinas de Acamapichtli y madre de Huitzilihuitl, se había enterado de aquel embarazo desde el inicio. Bien conocía Citlalmina los celos de Ilancueitl y los horrores de los que era capaz, así que se guardó aquel secreto hasta el último día de su vida. Y en su lecho de muerte reveló la verdad a una de sus hijas: Iztashilotzin, quien no tardó en divulgar aquel secreto que le arrebató a Izcóatl el derecho de ser electo segundo tlatoani de Tenochtítlan. Su hermano Huitzilihuitl se convirtió entonces en el sucesor de Acamapichtli, y Chimalpopoca en el de su padre Huitzilihuitl.

Si bien es cierto que en ninguna de las dos elecciones anteriores se argumentó que la ascendencia de Izcóatl era un factor para no votar por él, también es verdad que los meshícas habían adoptado de los tepanecas y chichimecas el desprecio por las plebeyas.

Ahora, la situación parece repetirse. En una reunión privada los seis miembros del Consejo intentan solucionar los problemas que tienen en la isla. Es la primera vez que un tlatoani es secuestrado. Las reglas del régimen no estipulan qué hacer en estos casos. Los meshícas tienen pocos años de haber fundado su ciudad y de haber creado su sistema de gobierno. No existe alguien de mayor jerarquía. Los miembros del Consejo están atados de manos. No pueden elegir a un tlatoani mientras Chimalpopoca esté con vida. Tampoco pueden ordenar el levantamiento de armas. El pago de tributo que ha exigido Mashtla es imposible a esas alturas: no tienen suficientes granos y animales. Lo único que les queda por el momento es esperar la muerte de Chimalpopoca para elegir inmediatamente a su cuarto tlatoani. Hay pocos candidatos: Tlacaélel, Ilhuicamina e Izcóatl.

—Motecuzoma Ilhuicamina —propone Azayoltzin.

—¡Motecuzoma Ilhuicamina! —exclama Cuauhtlishtli asombrado, pues no está de acuerdo.

—Sería una buena elección —responde Azayoltzin con seguridad.

—¡Me niego rotundamente! —exclama Yohualatónac—. ¡No debemos elegir a otro jovencito para que nos gobierne! Suficiente tuvimos con Chimalpopoca.

—No es lo mismo —insiste Azayoltzin—. Ilhuicamina no está al servicio de Mashtla. Chimalpopoca no hacía otra cosa que no le ordenara su abuelo.

—¿Por qué te interesa que nos gobierne Motecuzoma Ilhuicamina? —pregunta el anciano Totepehua con desconfianza.

—Porque es hijo del difunto tlatoani Huitzilihuitl —responde Azayoltzin.

—Izcóatl es hijo del difunto Acamapichtli y hermano de Huitzilihuitl —explica Totepehua con la mirada fija en su interlocutor—. Es mucho mayor que Ilhuicamina. Más sabio y mejor preparado.

—Pero es hijo de una sirvienta tepaneca —responde Tochtzin con desprecio.

Todos callan.

—¿Eso qué tiene de malo? —pregunta Cuauhtlishtli.

—Que no pertenece a la nobleza —agrega Tlalitecutli—. Debemos mantener el linaje de nuestra raza. De lo contrario nuestros descendientes terminarán siendo nietos de plebeyos de todas partes.

—Izcóatl es un hombre sabio —expone Yohualatónac—. Ha llevado el gobierno desde que Tezozómoc nos ordenó que eligiéramos a Chimalpopoca.

—Lo llevó tan bien que secuestraron a nuestro tlatoani —interviene Tlalitecutli.

—No fue su culpa —responde Totepehua—. Nadie se dio cuenta de cuando lo secuestraron. Como si alguien los hubiera dejado entrar en el palacio.

—Motecuzoma Ilhuicamina también es un joven muy sabio —interrumpe Azayoltzin—. Sabrá guiar a nuestro pueblo.

—¿Y por qué no proponen a Tlacaélel? —pregunta Yohualatónac—. Ese muchacho es mucho más audaz que su hermano.

—Él quiere ser sacerdote —explica Tochtzin—. Así lo ha expresado siempre.

—Entonces dejemos que Izcóatl nos gobierne. Y cuando muera elegimos a Ilhuicamina —propone Cuauhtlishtli.

—No hay razón para esperar. Ilhuicamina debe ser electo —asegura Tochtzin.

—¿Qué les está ocurriendo? —pregunta Yohualatónac molesto—. Están más preocupados por elegir a un nuevo tlatoani que en rescatar a Chimalpopoca.

—No hay nada que podamos hacer —responde Azayoltzin indiferente—. Mashtla lo matará en cualquier momento.

—No puedo creer lo que estoy escuchando —Yohualatónac niega con la cabeza—. Deberían sentir vergüenza.

—¿Vergüenza? ¿Por qué? —Azayoltzin se comporta con arrogancia—. Chimalpopoca fue un pésimo tlatoani. Ni siquiera lo elegimos nosotros. Fue una imposición de Tezozómoc. Deberíamos agradecerle a Mashtla que nos haya quitado una carga tan pesada.

—¿Carga? ¿Te has vuelto loco? —Yohualatónac empieza a perder la paciencia.

—¡Por supuesto! —Azayoltzin deja escapar una sonrisa mordaz—. Chimalpopoca era una carga para los tenoshcas. ¿Se imaginan lo que hubiera sido tenerlo en el gobierno hasta que envejeciera? Con Tezozómoc y Chimalpopoca muertos nos liberamos del linaje tepaneca y volvemos a nuestras raíces meshícas.

Yohualatónac mira con desconfianza a Azayoltzin. Camina alrededor de él, como si lo estuviera cazando. Azayoltzin no se intimida.

—¿Tuviste algo que ver con el secuestro de Chimalpopoca? Azayoltzin sonríe arrogante.

—¿En verdad crees lo que acabas de decir? —mira directamente a su interlocutor.

Yohualatónac aprieta los labios. El resto de los miembros del Consejo permanece en absoluto silencio. Saben que la discusión se salió de control y no es momento para intervenir.

—Si descubro que tuviste algo que ver en eso, te voy a matar —Yohualatónac, furioso, abandona la sala.

Los demás miembros del Consejo evitan hacer cualquier tipo de comentarios. Azayoltzin los mira con atención. Sabe que ellos ya lo creen culpable. Asimismo, comprende que tratar de demostrar su inocencia es un desgaste innecesario. Se retira del lugar sin despedirse. Se dirige a la casa de los sacerdotes, donde pasa la mayor parte de su tiempo.

En el centro descansa una fogata que nunca se apaga. Los sacerdotes hacen sacrificios frente a ésta, meditan o simplemente hablan. El único que se encuentra en el lugar en este momento es el joven aprendiz de sacerdote, Tlacaélel, quien lleva varias horas meditando. Azayoltzin se arrodilla frente al fuego, cierra los ojos y permanece en silencio por un largo rato.

—¿Se encuentra bien, maestro? —pregunta el aprendiz.

—Sí —Azayoltzin mantiene los ojos cerrados—. Estoy bien.

—Lo veo preocupado. ¿Es por la junta que tuvieron en el Consejo?

—¿Cómo sabes de la junta?

—Ninguno de los miembros del Consejo se presentó a venerar a los dioses esta mañana.

—Estuvimos dialogando sobre la posible elección de tlatoani.

—¿No cree usted que sea demasiado apresurado? —Tlacaélel se muestra consternado.

—Tenemos que estar preparados. Chimalpopoca no regresará con vida.

—Aún guardo la esperanza de que logremos rescatarlo. Es mi hermano y como tal me duele más que a nadie lo que le está ocurriendo.

—Lo sé, Tlacaélel. Siempre has sido el mejor de todos tus hermanos. El que más los protege. El que más se preocupa por su bienestar. Recuerdo perfectamente el día que rescataste a Chimalpopoca del lago. Ambos tenían seis o siete años de edad. Yo iba caminando a la orilla cuando escuché los gritos de tu hermano. Lo más sorprendente fue verte brincar al lago para salvarlo.

—Todavía no sabíamos nadar bien y mi padre nos había prohibido meternos al lago.

—¿Y por qué se metió Chimalpopoca?

—Por necio.

—Supongo que ese día aprendió a no ser necio. Nunca lo vi comportarse como tal.

—Se llevó un gran susto —Tlacaélel aprieta los labios al mismo tiempo que se pone de pie—. Si me disculpa, me tengo que retirar. Voy a hablar con mi tío Izcóatl. Intentaré convencerlo de que vayamos a hablar con Mashtla para solicitarle que libere a mi hermano.

—Ve y mantenme informado.

12

—¿Dónde estoy? —pregunta Chimalpopoca acostado bocabajo dentro de una jaula de madera. Por más que se esfuerza en abrir ambos ojos, le es imposible levantar el párpado izquierdo, el cual es una enorme burbuja de sangre cuajada. Quiere reconocer al hombre que se ha arrodillado para hablarle y verle a la cara, pero la escena se desvanece. Nuevamente se encuentra sumergido en la oscuridad.

—Primo, ¿me escuchas? Primo…

El tlatoani carraspea y jala aire con profundo sufrimiento. "Es verdad", piensa, o quiere decir. "Todo esto es cierto", y un punzante dolor en su ojo izquierdo le comprueba que la golpiza recibida no ocurrió en los recónditos calabozos de sus pesadillas.

—Soy tu primo, Nezahualcóyotl.

Gira con dificultad su maltratado cuerpo para acostarse bocarriba. Abre el ojo derecho y encuentra al Coyote ayunado tras una cortina roja. No lo reconoce. No puede reconocer a nadie debido a la opacidad de las imágenes que vagan como espejismos frente a él. Se lleva una mano a su ojo derecho y se talla con suavidad para quitar la telilla de sangre que le nubla la visión. Intenta enfocar y con trabajo logra registrar la silueta del joven chichimeca. A un lado se encuentra Shontecohuatl.

—He pedido al tecutli Mashtla que te deje en libertad.

—Eso... ya no es... posible... —dice con mucha dificultad Chimalpopoca.

Es indiscutible que el tlatoani se encuentra en el umbral de la muerte y, aunque el joven príncipe logre liberarlo, difícilmente le salvará la vida. Nezahualcóyotl siente rabia e impotencia al verlo tan vapuleado, debilitado, sediento y hambriento. Enfurecido, se pone de pie y se dirige a los guardias de la celda.

—¿Cuándo le dieron de beber? —pregunta clavando los ojos en los del soldado.

—En la mañana, por órdenes del gran chichimecatecutli.

—¡Tráiganle agua! —exige.

—El gran chichimecatecutli ordenó que sólo se le dé de beber una vez al día. Se le dio su porción esta mañana.

Con un ágil e inesperado movimiento el Coyote hambriento apresa al soldado de la yugular, oprimiendo fuertemente con los dedos hasta cerrarle la entrada de aire y empujándolo hasta los palos de madera que forman aquella cárcel.

—¡No te atrevas a retarme! —la ardiente mirada del príncipe chichimeca intimida al soldado, quien, inhabilitado para defenderse, comienza a enrojecer. El otro guardia, Shontecohuatl y Chichincatl se apresuran a detener al príncipe chichimeca.

—¡Mi señor! ¡Escuche! ¡No haga esto! —lo jalan del brazo y el soldado cae al suelo abatido por una intensa tos.

—Traigan agua para el tlatoani —dice Chichincatl con humildad a los soldados.

—Pero...

—Si ha de haber castigo por esto, yo me haré responsable frente al gran chichimecatecutli.

El soldado da la orden a uno de los sirvientes para que lleve agua a la celda. Luego de que se le da de beber al tlatoani Chimalpopoca, el Coyote ayunado le limpia las heridas con el líquido sobrante.

—¿Qué atrevimiento es el tuyo en exponer tu persona a tanto riesgo? —dice Chimalpopoca, acostado bocarriba, esforzándose cuanto puede—. Guárdalo para recobrar tu imperio

—el tlatoani cierra el ojo derecho y respira profundo—. Poco se pierde con mi muerte —Chimalpopoca hace un doloroso gesto. Intenta levantar la cabeza y se lleva la mano a su ojo izquierdo totalmente inflamado—. Te suplico que te unas estrechamente con tu tío Izcóatl y con tus primos Ilhuicamina y Tlacaélel. Juntos lograrán triunfar sobre sus enemigos —el tlatoani pierde el conocimiento.

—Chimalpopoca...

—No tiene fuerzas —interviene Chichincatl—, dejémoslo dormir.

—Aquí me voy a quedar —dice el príncipe acolhua—, voy a cuidarlo.

Chichincatl y Shontecohuatl se sientan en una orilla de la celda y Nezahualcóyotl los mira con sorpresa. Pues al manifestar que pensaba quedarse no pretendía que así lo hicieran el anciano y su hermano. Los tres permanecen sentados en silencio por un largo rato, mientras los soldados se mantienen de pie, temerosos de que haya algún plan para liberar al tlatoani.

Chichincatl suspira y baja la mirada.

—¿Se siente usted cansado? —pregunta Nezahualcóyotl a Chichincatl sin quitar la mirada del tlatoani Chimalpopoca que sigue tendido en el piso.

—Un poco —el viejo se endereza y mira a los soldados afuera de la celda.

—Vaya a su casa a descansar.

—Si me da sueño dormiré aquí.

Mientras la noche transcurre lentamente Nezahualcóyotl escucha los grillos y las aves noctámbulas. Observa el interior de la celda, a los soldados que en ocasiones parecen estar dormidos de pie y piensa en las leyes que deberían regir toda la Tierra. Está convencido de que las que sus ancestros dictaron han caducado.

—¿En qué piensas? —pregunta el anciano Chichincatl.

—En las leyes que instituyeron mis abuelos —dice Nezahualcóyotl—. Cada ciudad, cada generación, cada escuela, cada tlacuilo tiene su propia interpretación. Los pueblos suelen enfocarse en el estudio de su propio señorío, relegando a un tercer plano la historia general. Por ello, pretendo en el futuro reformar las escuelas con un sistema que fomente especialmente las actividades de los cronistas de los libros pintados, filósofos, artistas, poetas, cantores, constructores y artesanos...

De pronto lo interrumpe un gemido jadeante del tlatoani Chimalpopoca. El príncipe chichimeca se apresura a atenderlo.

—¿Qué necesitas?

—Si pudieras traerme un poco de alimento —dice con mucha dificultad—, podría sentirme un poco mejor.

El joven heredero dirige la mirada al anciano Chichincatl y respira profundo. Sabe que a esas horas los soldados no le permitirán llevarle de comer al tlatoani, pues de acuerdo con las órdenes de Mashtla sólo debe ser alimentado una vez al día y de la forma más limitada.

—Vamos —dice Nezahualcóyotl y se pone de pie.

—¿Adónde? —pregunta Chichincatl.

—¡Abran! —grita Nezahualcóyotl golpeando los palos de madera de la celda.

Los guardias obedecen y el Coyote sediento, su hermano Shontecohuatl y Chichincatl salen.

—Volveremos más tarde —dice, al tiempo que mira de forma amenazante a los soldados.

El objetivo del príncipe heredero es ir en busca de un conocido para que les proporcione algo de alimento, el cual pretende llevar escondido hasta la celda y dárselo a Chimalpopoca.

Recién salen los tres hombres, llega Tlatólton ante los soldados.

—El gran chichimecatecutli quiere verlos —ordena.

Los guardias dirigen los ojos al preso y luego se observan entre sí. No dudan de la palabra del enano, pues es ya por todos sabido que es el criado de confianza de Mashtla.

—¿Y el tlatoani Chimalpopoca? —pregunta uno de ellos.

—Yo lo cuidaré.

—Pero... —los guardias bajan la mirada y con un gesto ponen en tela de juicio su capacidad para hacer guardia.

—¿Dudan que pueda hacerme cargo?

Sin responder, los soldados se encaminan al palacio de Mashtla y se preguntan el motivo para que los llame a esa hora de la noche. "¿Es que acaso Nezahualcóyotl no tenía permiso para ver a Chimalpopoca? ¿Nos mandará a castigar? ¿Por qué no espera al amanecer?" Y augurando lo peor, los dos hombres resuelven darse a la fuga.

En cuanto el enano se halla solo, corre a unos arbustos cercanos, extrae una soga fabricada de hilo de maguey y entra en la celda. Chimalpopoca yace dormido en el piso, bocarriba, respirando con dificultad, cuando de pronto las manos de Tlatólton lo despiertan al cargarle la cabeza. Abre el ojo derecho y distingue la silueta del enano que le pone la soga en el cuello. Intenta quitársela, pero su estado físico es tan débil que sólo puedo palparla por un instante. Tlatólton aprieta la soga, camina a la orilla de la celda, coloca el otro extremo de la soga entre sus dientes, comienza a escalar, llega a los troncos horizontales, se cuelga y se columpia mientras avanza hasta el centro de la celda, pasa la soga por arriba de la viga central, la jala lo suficiente para tensarla, se la enreda entre las manos y se deja caer. El cuello del tlatoani Chimalpopoca se eleva unos cuantos centímetros mientras el enano se columpia en círculos. El tlatoani carraspea por unos minutos, intenta jalar aire. No puede hacerlo, menos aún ponerse de pie, con lo cual se podría liberar con facilidad. Tlatólton disfruta tremendamente mientras brinca una y otra vez para ejercer mayor presión en el cuello del tlatoani meshíca, que pierde la vida muy lentamente.

Cuando por fin sabe que su tarea ha sido llevada a cabo tal cual ordenó Mashtla, el enano se desamarra la soga de las manos y se deja caer sobre el cadáver de Chimalpopoca. Se sienta sobre el pecho del tlatoani, pasa sus cortas piernas por arriba de los hombros y lo mira un rato. Luego se pone de pie y camina alrededor del difunto, toca sus brazos y sus piernas largas.

Debido a su diminuta estatura, las piernas son lo que ve y admira con envidia. "Qué hermosas", dice al pasar sus dedos por uno de los muslos. Se detiene por un instante y dirige la mirada en varias direcciones; luego vuelve su atención al cadáver, le quita la soga y se marcha directo al palacio de Azcapotzalco y da un informe completo a su amo.

—¿Y los guardias? —pregunta Mashtla.

—Les dije que vinieran a verlo —responde el enano.

El tecutli Mashtla envía a otro par de soldados a buscarlos y a otros dos a que hagan guardia en la cárcel, para que llegado el momento digan a todos que el tlatoani Chimalpopoca murió en la madrugada.

13

La madrugada en que Chimalpopoca nació, regresó un poco de la lucidez que Ayauhcíhuatl había extraviado tras la muerte de su hijo primogénito. La trágica escena del recién nacido degollado en la sala principal del palacio de Tenochtítlan se desvaneció de la memoria de la princesa tepaneca de la noche a la mañana. Atrás quedaron las noches de llanto. El nacimiento de su segundo hijo le regalaba un nuevo aliento.

Azcapotzalco y Tenochtítlan estaban más unidas que nunca. Tezozómoc dedicó todo su tiempo libre en consentir a su hija Ayauhcíhuatl y su nieto Chimalpopoca. Pero la felicidad que parecía haber llegado a la isla para establecerse, se esfumó la mañana en la que la princesa tepaneca se dirigió al recién nacido Chimalpopoca con el nombre de su hijo primogénito: Acolnahuacatl.

—Chimalpopoca —la corrigió Huitzilihuitl.

—¿Qué? —preguntó Ayauhcíhuatl desconcertada.

—Se llama Chimalpopoca.

—No —alzó los pómulos y apretó los labios—. Mi hijo se llama Acolnahuacatl.

El tlatoani dejó pasar aquel momento insólito con la esperanza de que al día siguiente todo volviera a la normalidad, sin imaginar que ésa sería la norma a partir de entonces. Huitzilihuitl, temeroso de que Mashtla repitiera su atroz crimen, decidió extremar precauciones. Chimalpopoca creció rodeado de guardias y atendido por su madre y media docena de mujeres.

Mientras tanto, los demás vástagos de Huitzilihuitl crecían en el abandono. Como si no fueran hijos del tlatoani. Los gemelos Tlacaélel e Ilhuicamina vivían como liebres silvestres corriendo de un lado a otro sin que nadie los detuviera. La prioridad era Chimalpopoca, nieto de Tezozómoc. Hasta entonces los meshícas no habían establecido leyes para la sucesión en el gobierno. Huitzilihuitl había sido electo por ser hijo legítimo de Acamapichtli, mas no por sus méritos. Si bien, jamás se le nombró heredero a Chimalpopoca, tampoco se habló de una posible competencia. Por ello muchos aseguraban que el nacimiento de Chimalpopoca le arrebató el derecho al trono a su hermano mayor, y que por eso le cambiaron el nombre a Tlacaélel, el Desposeído.

Sin embargo, el Desposeído no comprendía el significado de su nombre. Nadie se lo explicó. Aquel niño veía su vida desde su propia y única perspectiva. Era dueño de su entorno y líder entre sus hermanos, primos y vecinos. El infante de siete años no conocía el temor. La curiosidad era la mayor de sus virtudes y el peor de sus defectos. Nunca supo quedarse quieto. Jamás obedeció las advertencias. Pasó la primera década de su existencia con moretones y raspones en todo el cuerpo a causa de sus innumerables caídas. Si algo estaba prohibido, él tenía que descubrir por qué lo prohibían los adultos. Aprendió a nadar y a escalar árboles por sí solo.

Por ello asumía que todos los niños debían tener las mismas aptitudes. Todos, sin importar estatura, edad o linaje. Le era incomprensible la cobardía de algunos. Lo veía como algo que se podía quitar con tomar riesgos. Por eso mismo, cuando Chimalpopoca, de seis años, hizo evidente su temor a nadar en el lago, Tlacaélel lo empujó sin pensar en las consecuencias.

—¡Se está ahogando! —exclamó Ilhuicamina asustado.

Tlacaélel no se inmutaba. Contemplaba absorto el zarandeo de su hermano menor dentro del agua.

—¡Tenemos que sacarlo! —Ilhuicamina gritó.

—Espera —respondió Tlacaélel con tranquilidad—. Tiene que aprender.

En ese momento apareció a lo lejos la imagen de un hombre que caminaba junto al canal. Inmediatamente Tlacaélel se lanzó al agua y rescató a Chimalpopoca, quien segundos antes había dejado de patalear para hundirse hasta el fondo. En cuanto ambos niños salieron, fueron auxiliados por el sacerdote Azayoltzin, quien cargó a Chimalpopoca hasta el palacio de Huitzilihuitl.

—¿Qué ocurrió? —preguntó el tlatoani al mismo tiempo que revisaba a su hijo predilecto.

—Se metió al agua a nadar —respondió Tlacaélel.

—¡Chimalpopoca no sabe nadar! —respondió Huitzilihuitl exaltado y furioso.

—Lo sé, pero dijo que quería aprender —respondió Tlacaélel con un gesto de timidez.

—¿Y por qué lo permitiste? —lo regañó el tlatoani—. ¡Tú eres el hermano mayor!

—Tlacaélel lo salvó —intervino Azayoltzin.

Entonces Huitzilihuitl cambió su actitud por completo. Ayauhcíhuatl se apresuró a abrazar a Tlacaélel.

—Gracias, gracias, gracias —repitió entre lágrimas la madre de Chimalpopoca.

En ese momento la vida de Tlacaélel cambió por completo. Descubrió que el dolor ajeno lo fortalecía. El temor de los demás lo hacía sentirse poderoso. Comprendió entonces por qué no sintió el más mínimo interés por rescatar a Chimalpopoca del lago. Aquellos gritos de auxilio no despertaban nada en él. En cambio, el rostro aterrado de su hermano menor lo llenó de curiosidad. Le pareció interesante ver en Chimalpopoca algo que él jamás había experimentado, algo absolutamente ajeno para él: el pánico.

Obsesionado con conocer más acerca de ese comportamiento, decidió averiguar si los animales experimentaban lo mismo.

Un día lanzó un conejo al agua, pero éste, a pesar del susto, logró mantenerse a flote sin generar mayor exaltación. Repitió el experimento con un perro y éste tampoco mostró señales de pánico.

Decidió dar el siguiente paso. En compañía de sus hermanos, amarró al perro de las cuatro patas y el pescuezo y le enterró un cuchillo de obsidiana. Ilhuicamina y Chimalpopoca estaban aterrados. No podían creer lo que estaban presenciando. Tlacaélel les había dicho que sólo era un juego.

—¡Ya déjalo! —gritó Chimalpopoca con lágrimas en los ojos. El perro aullaba de dolor.

—¿Crees que en verdad le duele o sólo está asustado? —preguntó Tlacaélel, mientras contemplaba la herida que le había causado al animal.

—¡Claro que le duele! —gritó Ilhuicamina—. Vamos a soltarlo.

—¡No! —ordenó Tlacaélel—. Yo decido cuándo se termina el juego.

—¡Esto no es un juego! —respondió Chimalpopoca.

—¿Tienes miedo? —se puso de pie y observó a su hermano directo a los ojos.

—Sí… Sí… —respondió el niño.

—Te voy a enseñar a no ser tan cobarde… —Tlacaélel se dio media vuelta, se arrodilló frente al animal herido y le enterró el cuchillo nuevamente hasta abrirle la panza. En ese momento las tripas se desparramaron. El animal aulló hasta perder el último aliento. Chimalpopoca e Ilhuicamina lloraban horrorizados.

—Le voy a decir a papá —amenazó Chimalpopoca.

—Tú no le dirás nada —Tlacaélel le apuntó al rostro con el cuchillo cubierto de sangre.

Chimalpopoca se llevó aquel secreto a la tumba. Ilhuicamina se lo confesaría años más tarde a su tlacuilo. Asimismo, le relató que al cumplir los doce años, los tres hermanos fueron de cacería al bosque y ahí se encontraron un niño de cuatro con retraso mental. Cuando le preguntaron su nombre, descubrieron que el niño era incapaz de decir una palabra correcta. Todo eran ruidos raros. Tlacaélel convenció a sus hermanos de que se lo llevaran a una cueva. Luego encendieron una fogata. Hasta ese momento el niño se había mantenido tranquilo y amigable. De pronto, Tlacaélel decidió amarrar al niño, quien inmediatamente comenzó a gritar. Ilhuicamina y Chimalpopoca intentaron convencer a Tlacaélel de que llevara al niño con su familia.

—¿Cuál familia? —preguntó Tlacaélel.

—No sé. Debe tener familia —respondió Chimalpopoca.

El niño gritaba desesperado sin decir una sola palabra.

—¡Es un idiota! —exclamó Tlacaélel—. Ni siquiera sabe hablar.

—Con mayor razón debemos llevarlo con alguien que lo ayude —insistió Chimalpopoca.

—Ya vámonos —intervino Ilhuicamina.

—Piensa en su futuro —dijo Tlacaélel—. ¿Qué tipo de vida tendrá este niño cuando sea adulto?

—No sé —Chimalpopoca se encontraba consternado—. No sé. No sé. Ya déjalo ir.

—Tienes razón. Lo voy a dejar libre. ¿Qué le ocurrirá?

—¡No sé! —Chimalpopoca alzó la voz.

El niño gritaba y lloraba con desesperación. Tlacaélel sacó una flecha, la colocó en su arco y apuntó hacia el niño.

—Si no me respondes voy a disparar esta flecha.

—¡No sé! —gritó Chimalpopoca.

Tlacaélel disparó la flecha, que dio en una pierna del niño. Los gritos del infante se incrementaron.

—¡Ya basta! —gritó Ilhuicamina.

—No —respondió Tlacaélel con voz baja al mismo tiempo que preparaba la siguiente flecha—. Quiero que los dos piensen y me digan qué le espera a este niño en el futuro.

—Nada... —Ilhuicamina respondió sumamente nervioso.

—¿Nada? ¿Por qué?

—Porque es incapaz de hablar. Seguramente será incapaz de ejercer algún trabajo…

—¿Estás de acuerdo, Chimalpopoca? —Tlacaélel apuntó la flecha al niño.

—Sí.

—¿Sí?… —Tlacaélel disparó la segunda flecha, la cual dio en el brazo del niño—. ¿Qué clase de respuesta es ésa?

El niño gritó de dolor.

—Lo voy a soltar —Ilhuicamina se acercó al niño. Pero fue demasiado tarde. Una flecha había dado en el corazón del infante, quien murió en ese momento. Chimalpopoca e Ilhuicamina, llenos de pánico, voltearon a ver a Tlacaélel.

—Estos niños son inútiles. Son un desperdicio de la vida. Sólo generan gastos y problemas a sus familias —Tlacaélel se acercó al niño, le arrancó las tres flechas que le había clavado, las guardó en el carcaj que llevaba atado a la espalda y se dirigió a la salida de la cueva—. Deben ser sacrificados.

14

Cuando Nezahualcóyotl, Chichincatl y Shontecohuatl regresan a la prisión con el alimento para el tlatoani de Tenochtítlan, lo primero que notan es el cambio de guardias. Apenas entran en la celda, descubren que Chimalpopoca está muerto. Nezahualcóyotl sale enfurecido:

—¿Qué le han hecho al tlatoani?

—No sé —responde el guardia y el otro apunta con su lanza.

—¡No los provoques! —exclama su hermano.

Vuelven a su mente las órdenes de Mashtla al permitirle ver a Chimalpopoca: volver al palacio para darle cuentas. Y aunque en sus planes no estaba regresar al palacio de Azcapotzalco, decide acudir ante el tecutli para informarse, pues está seguro de que la muerte del tlatoani no ha sido natural. Salen de la celda y se encaminan a la orilla del lago donde siguen esperando los hombres con quienes han llegado en las canoas a Azcapotzalco. Les da instrucciones de que sigan esperando, pero que estén atentos ante cualquier emergencia.

—Mashtla te tendió una trampa —Chichincatl advierte al príncipe chichimeca, quien le agradece al anciano y sigue su camino rumbo al palacio.

—Te voy a pedir otro favor, Chichincatl —dice el príncipe acolhua—. En cuanto lleguemos quiero que entres tú primero y le des a Mashtla la noticia de mi regreso. De esta manera no sentirá que lo has traicionado.

—Yo jamás lo he traicionado —agrega Chichincatl—. No se puede traicionar a quien no se le tiene lealtad. Y yo en ningún momento he tenido sentimientos afectivos hacia el tecutli. Es mi obligación obedecerle y callar. Si él es tan ciego y sordo que no se percata de quiénes son sus aliados y sus enemigos, yo no puedo más que dejarlo en sus tinieblas.

—Aun así —responde Nezahualcóyotl— quiero que te presentes ante él, te despidas y salves tu vida. Ve a donde quieras pero aléjate de las tropas tepanecas.

De esa manera se lleva a cabo su entrada al palacio. Mashtla, sonriente, recibe a Chichincatl.

—Debo confesarte, anciano que he quedado muy complacido con la precisión con la que has cumplido con tu misión. Nadie más habría logrado llevar y traer al príncipe como lo has hecho tú. Puedes ahora volver a tu casa, con tu gente y descansar, que pronto te haré llegar tus premios.

—Eso no es necesario —responde Chichincatl con gran humildad y se retira mostrando reverencia.

El Coyote ayunado entra en la sala y el tecutli no le dirige la mirada ni a su hermano. Permanece en su asiento real, en un largo silencio. El joven príncipe piensa en las palabras que dirá para hacer mención de la muerte de Chimalpopoca. "Ha muerto el tlatoani." "¡No, no ha muerto, lo han asesinado!" ¿Lo culpará? Insinuar que Mashtla es el responsable puede hacerle merecedor de un castigo. Respira profundamente y cierra los ojos.

—Vengo de la celda… —dice el príncipe sin corona.

—Ya me han informado mis soldados —interrumpe Mashtla moviendo la cabeza de izquierda a derecha—. Los mismos meshícas lo mataron para castigar su cobardía.

Hay nuevamente un largo silencio. El Coyote ayunado y las mujeres de Chimalpopoca evitan mirarse. Tienen en sus mentes una decena de preguntas que finalmente nadie se atreve a realizar.

—Me siento algo indispuesto —dice Mashtla de pronto—. La noticia de la muerte de mi sobrino me ha afectado bastante. No estoy en condiciones para hablar. Por ello te invito, joven Nezahualcóyotl, a esperarme en los jardines mientras me recupero.

El príncipe chichimeca se despide con reverencia y sale acompañado de su hermano. Al llegar a los jardines, uno de los sirvientes les indica que esperen en un jacal de carrizos para que el sol no los irrite, y sin despedirse les da la espalda y se marcha.

—Esto es una trampa —dice Shontecohuatl.

—¿Para qué nos enviaría a los jardines si quiere arrestarnos? —responde Nezahualcóyotl y observa detenidamente el interior del jacal—. ¿Por qué no lo hizo cuando nos tenía en la sala principal del palacio?

—Porque es un cobarde.

—O un idiota que no sabe planear un homicidio —el Coyote hambriento se asoma a los jardines y nota la presencia de una tropa que se encamina al jacal.

—Ahí vienen unos soldados.

Sin decir más, Shontecohuatl camina a la parte posterior del jacal, saca su macuahuitl y comienza a romper los carrizos de la pared. El Coyote ayunado se apresura a ayudarlo. Luego de abrir un hueco, Shontecohuatl dice a su hermano que se vaya corriendo.

—¿Cómo? —responde alterado—. ¡No!

—Si ambos huimos irán tras nosotros —explica Shontecohuatl—, lo más adecuado es que yo me quede y los distraiga para que te dé tiempo de llegar a la orilla del lago.

—¡No!

—¡Entiende, Coyote! Si salimos los dos nos alcanzarán y nos matarán como a Chimalpopoca, Tlacateotzin y Tayatzin.

Apenas Nezahualcóyotl sale por el boquete, irrumpen los soldados en el jacal.

—¿Dónde está el príncipe chichimeca? —pregunta el capitán casi gritando. Luego se dirige a sus soldados—: ¡Vayan a buscarlo!

Para engañar a los soldados, Shontecohuatl había tapado el hueco con todos los objetos posibles que encontró dentro del jacal antes de que llegaran. El capitán da la orden de que inspeccionen el lugar. Uno de los soldados descubre el boquete.

—¡Mi capitán! —grita señalando el hueco.

—¡Te vas a arrepentir! —exclama con furia el capitán y golpea a Shontecohuatl en el rostro—. ¡Vayan tras Nezahualcóyotl!

La persecución se da por toda la ciudad de Azcapotzalco. Los soldados gritan: "¡Muerte a Nezahualcóyotl! ¡Atrapen a Nezahualcóyotl! ¡Que no escape!".

Los pobladores observan desconcertados. Nezahualcóyotl corre entre los comerciantes que ofrecen todo tipo de granos, animales y artículos para el hogar. Brinca por arriba de un grupo de guajolotes. Se tropieza con las mazorcas de maíz que se encuentran desparramadas en el piso en la esquina de una calle. Los soldados empujan a todos los que se cruzan en su camino. Destruyen los puestos de los comerciantes. Las mujeres y ancianos se orillan para permitir el paso del Coyote sediento que corre extremadamente rápido hasta llegar a la orilla del lago. Los hombres que lo esperan, al verlo correr, se apresuran a meter las canoas al lago y comienzan a remar. El príncipe heredero llega a la orilla y avanza varios metros en el agua para alcanzarlos. Se sumerge y nada aguantando la respiración lo más posible al mismo tiempo que se quita las prendas que lo distinguen como príncipe y sale casi desnudo. Los gritos se escuchan a lo lejos. Busca la canoa de sus hombres y al hallarla jala aire, se sumerge y nada hacia ellos. Al volver a la superficie sus hombres lo jalan de los brazos y lo suben. Cuando llegan los soldados, Nezahualcóyotl y sus hombres ya se han perdido entre centenares de canoas que transitan ahí todos los días.

Camino a Teshcuco, el heredero chichimeca se mantiene en silencio. Lo acongoja la incertidumbre. Le preocupa la vida de Shontecohuatl. Está tentado a volver a Azcapotzalco y retar a Mashtla con tal de salvar a su hermano, pero algo inesperado le cambia el semblante: escucha su nombre a lo lejos. Busca en todas direcciones en medio del lago y encuentra a Shonte-cohuatl en una canoa agitando los brazos. Pronto las canoas se encuentran y Nezahualcóyotl brinca a la otra para abrazar a su hermano, quien le cuenta que para salvar la vida tuvo que matar al capitán tepaneca que se quedó solo con él mientras la tropa iba en persecución del príncipe acolhua.

15

La noche acaricia la madrugada. Una neblina espesa ha caído sobre la isla de Tenochtítlan. No hay luna. El lago parece un pantano desolado. Nada se mueve. Los sonidos nocturnos parecen haber fenecido. Unos pies femeninos caminan muy lentamente entre los matorrales. Cruje una pequeña rama al ser partida en dos por el pie derecho de la joven. Un tecolote sacude su plumaje y emprende la huida. Una parvada de pajarillos se despierta alertada y vuela detrás del tecolote. La mujer se asusta. A estas alturas todo le provoca miedo.

Matlalatzin aún no sabe que su esposo Chimalpopoca está muerto. No sabe que el tlatoani fue asesinado. No sabe que ya no es la reina de Meshíco Tenochtítlan. No sabe que ha perdido todos sus privilegios. No sabe que a partir de hoy puede ser desposada por cualquier familiar de Chimalpopoca. No sabe que ya nada de lo que haga servirá para honrar la memoria de su esposo. No sabe nada, pero quiere descubrir cómo entraron las tropas tepanecas a la isla. Lleva varias horas caminando a la orilla del lago. En pocos minutos habrá rodeado toda la isla. Ha analizado cada paso que da. Contempla el lago pacientemente. Voltea al interior de la isla y estudia el camino rumbo al palacio del tlatoani. Hay casas por doquier. Meshíco Tenochtítlan es muy pequeña y está sobrepoblada. Las chinampas que han construido en los últimos años son muy débiles aún para construir viviendas sobre ellas. Por lo tanto, sólo las utilizan para los huertos.

"¿Cómo salieron de la isla con mi esposo sin que nadie se diera cuenta?", se pregunta mientras avanza.

Cada cincuenta metros hay dos soldados cuidando la orilla del lago. Esta disposición de seguridad fue implementada por el tlatoani Huitzilihuitl luego de que Mashtla enviara a dos hombres a asesinar a su hijo primogénito.

"Nadie entra ni sale de la isla sin ser visto por los guardias", piensa Matlalatzin y se lleva las manos al rostro. Se encuentra acorralada ante tanta impotencia. Está al borde del llanto. Respira profundo. Sabe que no es momento de partirse en dos. Baja las manos y aprieta los puños. Comienza a temblar de desesperación. La incertidumbre la atormenta. Una lágrima la traiciona. Inmediatamente se limpia con la mano derecha. Exhala largo.

"No —se dice a sí misma—. No. No llores." Sigue su camino.

Dos guardias, que vigilan más adelante, se percatan de la presencia de la joven y se acercan apresurados con sus lanzas a la defensa, pues no imaginan quién es. Pocos metros antes de llegar, se detienen, observan con atención y reconocen a la reina de Meshíco Tenochtítlan. Bajan sus armas y se arrodillan avergonzados.

—Disculpe —ruegan mirando al piso.

—Pónganse de pie.

—¿Se encuentra bien? —pregunta uno de ellos.

—¿Necesita que le ayudemos en algo? —cuestiona el otro.

Matlalatzin duda en responder. Los observa en silencio. Ellos se encuentran confundidos. No saben qué hacer ni qué decir.

—¿Dónde estaban ustedes la noche en que los soldados tepanecas se llevaron al tlatoani Chimalpopoca?

—Aquí mismo —los dos soldados se muestran desconcertados.

—¿Vieron algo?

—No... —responde uno.

—Soldados tepanecas no vimos… —declara el otro.

—Tampoco al tlatoani… —agrega el primero.

—¿No vieron nada extraño? ¿Nada fuera de lo usual?

—Nada… —responde el primero.

—Lo de siempre —agrega el segundo.

—¿Qué es lo de siempre?

—Borrachos que regresan a la isla de madrugada y pescadores que salen muy temprano.

—¿Y ustedes los interrogan o investigan quiénes son?

—No —los dos soldados agachan las miradas.

—¿Entonces qué hacen? —cambia su tono de voz. Ahora es más enérgico. Matlalatzin comienza a atar cabos sueltos.

—Vigilamos —el soldado sabe que la reina está molesta.

—Vigilar implica resguardar la seguridad de la isla y para ello deben informarse quién entra y quién sale, interrogar a cada uno de los que cruzan nuestra tierra.

—Nadie nos dijo que hiciéramos eso —el hombre se justifica.

—¿Qué es lo que les ordenaron que hicieran exactamente?

—Que cuidáramos que no entraran extranjeros.

Matlalatzin cierra los ojos y desvía el rostro con el deseo de ocultar la ira que le hierve por dentro. Aprieta los puños. Tiene ganas de golpearlos y gritarles que son unos ineptos.

—¿Y cómo saben que los que entran y salen no son extranjeros?

—Porque los conocemos.

—¿Conocen a cada uno de los meshícas?

—No…

—Pero sabemos que son meshícas…

—¿Cómo?

—Así a simple vista…

Matlalatzin se da por vencida y sigue su camino. De pronto uno de los soldados la intercepta.

—No puede pasar…

—¿Por qué? —pregunta desconcertada.

113

—Porque a partir de aquí es territorio tlatelolca.

—No se preocupen. No me harán daño —la joven reina cruza la frontera entre Tenochtítlan y Tlatelolco, su tierra natal.

Al mismo tiempo los soldados se alejan del punto de encuentro. Matlalatzin no se percata de ello. Sigue caminando. A estas alturas lo único que le interesa es llegar al palacio de su padre, Tlacateotzin, donde la familia sigue velando sus restos. Quiere ver a su madre y sus hermanas para envolverse con ellas en un inmenso abrazo y liberar el torrente de lágrimas que tiene empantanado desde hace varios días. De pronto una flecha le perfora la garganta. Con los ojos abiertos al máximo, la boca hecha una cascada de sangre y la respiración con estertores de agonía, la joven reina lleva las manos a la saeta e intenta extraerla. Al fondo, entre la neblina, alcanza a ver la silueta opaca de su ejecutor, que en ese momento se dirige hacia ella. Matlalatzin cae de rodillas y entre débiles sonidos guturales deja escapar sus últimas lágrimas. Identifica prontamente el rostro de quien le acaba de arrebatar la vida y se desploma sobre la hierba para no levantarse jamás.

16

El manto de neblina que cubrió la ciudad isla Meshíco Tenochtítlan desde la medianoche, debilitado, comienza a desvanecerse conforme renace la mañana. Al mismo tiempo, tres embarcaciones surgen de entre la bruma que flota sobre el lago y suavemente se acercan a la costa de la isla. De las canoas bajan cuatro embajadores y seis soldados que, sin hacer pausa, se dirigen al palacio tenoshca.

La ciudad parece abandonada. En su paso por las calles, se cruzan con algunos pobladores desanimados, silenciosos, indiferentes a la presencia de aquellos extranjeros. Finalmente llegan a su destino y solicitan una audiencia con Izcóatl y los miembros del Consejo.

—Ilustres miembros de la nobleza meshíca —saluda de rodillas el embajador principal—. El príncipe chichimeca, Nezahualcóyotl, nos ha enviado para informarles sobre la trágica muerte de su tlatoani.

Izcóatl y los miembros de la nobleza no se muestran sorprendidos con la noticia. Más bien, dan la impresión de sentirse aliviados.

—¿Y su señor cómo se enteró de esto? —inquiere con desconfianza uno de los ministros.

—Mi amo y señor, el príncipe Nezahualcóyotl acudió ante el tepantecutli Mashtla para solicitar piedad por la vida del tlatoani Chimalpopoca; entonces el señor de Azcapotzalco le concedió el permiso al príncipe para que entrara a la prisión donde tenían al tlatoani. Nezahualcóyotl habló con Chimalpopoca un momento y luego salió para llevarle alimento, pero cuando regresó, el tlatoani ya estaba muerto. Luego Mashtla ordenó a sus soldados que mataran al príncipe chichimeca, pero él y su hermano lograron escapar. Mi señor me pidió que les informara que él quería venir a verlos, pero tuvo que permanecer en el palacio de Cilan para proteger a sus esposas e hijos.

—¡Es momento de levantarnos en armas en contra de Azcapotzalco! —exclama enardecido uno de los ministros.

—Debemos esperar —responde Izcóatl.

Se escuchan gritos afuera del palacio. Los miembros del Consejo y los ministros acuden a ver qué ocurre. Los habitantes han salido a las calles a exigir justicia por la muerte de su tlatoani.

—¿Usted habló con alguien antes de informarnos a nosotros? —le pregunta Izcóatl al embajador.

—¡No! —el hombre responde atemorizado—. Yo sería incapaz.

Una tropa ya se encuentra en la plaza principal. La noticia se esparció por todos los rincones de la ciudad isla. Hay gran movimiento. La gente va y viene llena de furia.

—¡Muerte al tirano Mashtla!

—¡Destruyamos a los tepanecas!

—¡Muerte a los tepanecas!

—¡Muerte a Mashtla!

Todo parece indicar que nada ni nadie logrará detenerlos. Hasta que el anciano Totepehua se dirige a los capitanes, les pide que lo acompañen al patio del palacio y, alejados de la muchedumbre, les habla serenamente:

—Oh, meshícas, las cosas sin consideración no van bien ordenadas. Repriman la pena considerando que, aunque nuestro tlatoani está muerto, no se acaba con él nuestra generación y descendencia de los grandes señores. Tenemos hijos de los tetecuhtin pasados que puedan suceder en el señorío con cuyo amparo harán mejor lo que ustedes pretenden. ¿Qué caudillo, a qué cabeza tienen que en su determinación los guíe? No vayan a ciegas, calmen sus corazones y elijan primero a un tlatoani que los anime, guíe, esfuerce y ampare contra sus enemigos. Y mientras esto ocurre, actúen con cordura y hagan las ceremonias pertinentes a su tlatoani muerto. Después habrá mejor coyuntura y lugar para la venganza.

Si algo logra calmar los ánimos de la gente es la palabra sabia de un anciano. Ignorarlo es presagio de fracaso, la historia lo ha comprobado; muchos señores han perdido tierras, gente, señoríos por no dar oídos a los viejos que comúnmente permanecen en silencio, observando, escuchando, cavilando para asombrar a todos con un par de pensamientos bien elaborados llegado el momento.

Los capitanes bajan sus armas, se quitan los penachos y se arrodillan frente al anciano. Luego de solicitar mayores consejos salen a tranquilizar al pueblo frenético.

—¡Tenoshcas! —dice Tlacaélel frente la multitud—. ¡Hemos recibido los sabios consejos de uno de nuestros ancianos! ¡Y obedeciendo la costumbre de dar mayor valor a la palabra ilustrada que a los impulsos del corazón encontramos más cuerdo llevar a cabo las ceremonias fúnebres de nuestro difunto Chimalpopoca! ¡Como ustedes, me siento enojado por la forma cruel en que se le dio muerte a nuestro tlatoani, pero también comprendo que es prudente esperar, para luego, como es recomendación del anciano, elegir a un nuevo tlatoani!

La gente se niega por un rato. Exigen la muerte de Mashtla. Tlacaélel muestra el colmillo. Habla como ellos. Les dice lo que ellos quieren escuchar. Los convence.

—¡Yo les prometo que muy pronto los meshícas cobraremos venganza! ¡Les juro que un día, no muy lejano, los tenoshcas seremos uno de los pueblos más poderosos del Anáhuac!

Poco a poco la gente va cediendo. Los miembros del Consejo se asombran al descubrir la destreza de aquel joven. Los pobladores vuelven a sus casas. La ciudad isla se queda casi vacía. Los miembros de la nobleza regresan al palacio y ahí se encuentran con el cadáver de la joven Matlalatzin con una flecha enterrada en la garganta. La imagen es demoledora. Los ministros y consejeros, azorados, se aproximan al cuerpo que yace tieso y verdoso sobre el piso.

—Pobre mujer.

—¿Quién le hizo esto?

—¿Quién habrá sido capaz de algo tan atroz?

—Esto es imperdonable.

Izcóatl se arrodilla junto a ella y le toma la mano. Observa los ojos asustados de Matlalatzin. Intenta inferir qué fue lo último que vio la joven reina. Deduce que tuvo que ser alguien que ella conocía.

—Ella murió por nuestra culpa —sentencia Izcóatl y los miembros de la nobleza se muestran indignados.

—¿Cómo te atreves a decir algo así? —reclama uno de los ancianos.

—Nosotros seríamos incapaces de hacerle daño —se defiende otro de los ministros.

—Pero no le dimos la protección que ella requería —responde Izcóatl, al mismo tiempo que se pone de pie.

—¿Cómo íbamos a imaginar que su vida estaba en peligro? —uno de los ministros se justifica.

—Por obvias razones —responde Izcóatl con molestia—. Mataron a su padre y a su esposo.

—Tienes toda la razón, Izcóatl —interviene el anciano Totepehua con mucha calma—. Debimos tomar precauciones. Todos somos culpables. Ignoramos a nuestra reina cuando más nos necesitaba. Lo único que ella deseaba era que rescatáramos a nuestro tlatoani, a su esposo. No hicimos nada por cobardes. Teníamos miedo de las represalias. No fuimos capaces de demostrar de qué estamos hechos los meshícas. Nos arrinconamos. Nos rendimos mucho antes de iniciar la batalla.

Los ministros y consejeros agachan las miradas sin decir una sola palabra.

—Propongo que elijamos al nuevo tlatoani —dice uno de los miembros del Consejo.

—No —responde otro—. Debemos honrar la memoria del difunto Chimalpopoca.

—Que sea entonces de esa manera.

Ese mismo día una embajada meshíca acude a la presencia de Mashtla:

—Mi señor —dice el embajador tenoshca—. Venimos ante usted para solicitar el cuerpo de nuestro amado tlatoani, Chimalpopoca, sobrino suyo y nieto de su padre Tezozómoc.

—No entiendo —Mashtla finge desconcierto—. No sé de qué hablan.

El embajador mantiene la mirada al piso para que el tepantecutli no note la rabia que siente en ese instante.

—Nos informaron que nuestro tlatoani murió ayer —responde el embajador.

—¿Murió? —simula estar consternado—. ¿Qué le ocurrió a mi sobrino?

La burla de Mashtla enfurece al embajador.

—No sabemos cómo murió. Sólo le pedimos que nos devuelva su cadáver para honrarlo como se merece.

—Se lo devolvería, pero yo no lo tengo. No he visto a Chimalpopoca desde hace mucho.

—Nuestro tlatoani fue secuestrado hace algunos días. Luego se nos informó que usted lo tenía preso y que antier lo arrastraron por las calles de Azcapotzalco.

—Rumores —Mashtla niega con la cabeza al mismo tiempo que sonríe—. Se dicen tantas cosas en las calles. Y todos se las creen. Pero la verdad es que yo no secuestré a su tlatoani ni le hice nada de lo que la gente afirma.

El embajador levanta la cara y observa a Mashtla con furia.

—Cuidado con esa mirada… —el tepantecutli lo amenaza con una sonrisa sarcástica.

—Siendo así, no me queda más que regresar a mi ciudad e informar a los miembros de la nobleza lo que usted me acaba de decir.

—Llévele mis condolencias a la esposa de Chimalpopoca.

—Nuestra reina fue asesinada esta madrugada.

—¡¿Qué?! —Mashtla se endereza sorprendido.

—Con una flecha en la garganta —el embajador observa con atención al tepantecutli y comprende que Mashtla no tuvo nada que ver con la muerte de Matlalatzin.

—Tengan cuidado —advierte el tepantecutli ya más reflexivo con sus palabras—. Tal vez el verdadero enemigo se halle entre ustedes.

Los embajadores se despiden y vuelven a su ciudad isla con la triste noticia de que el tepantecutli se negó a devolverles el cadáver de Chimalpopoca, con el argumento de que él no sabía de qué hablaban.

Esa misma noche se reúne la sociedad tenoshca en la plaza principal para celebrar las ceremonias fúnebres en honor al difunto tlatoani. Luego de varios días de luto se juntan los miembros del Consejo para deliberar sobre los candidatos a la elección. Finalmente deciden nombrar tlatoani a Izcóatl. Pronto se le notifica de esto al pueblo, que alegremente aplaude aquel acontecimiento y van en busca del recién electo tlatoani.

Entre festejos llevan a Izcóatl a la sala donde se encuentra reunido el Consejo. El primero en hablar es Totepehua, el ministro más anciano de la nobleza meshíca:

—Hijo nuestro y valeroso tecutli, ten fortaleza, ánimo y firmeza. No desmaye tu corazón ni pierda el brío necesario para el cargo real que te es encomendado. Si tú desmayas, ¿quién piensas que ha de venir a animarte y a darte fuerzas en lo que conviene al gobierno y defensa de tu señorío? Ánimo, valeroso príncipe. Hijo mío, no temas al trabajo, que el dios Huitzilopochtli estará en tu favor.

Con gran atención escucha el tlatoani electo las palabras del anciano, responde con gratitud y promete trabajar arduamente por su pueblo.

Entonces dos de los sacerdotes, Cuauhtlishtli y Totepehua, caminan hacia el tlatoani electo y lo llevan de los brazos hasta el asiento real donde le cortan el cabello y le hacen cuatro perforaciones: una en el labio inferior para colocarle un bezote de oro, uno en la nariz donde le ponen una piedra de fino jade, y en las orejas unos pendientes de oro. Luego le colocan en los hombros una manta adornada con piedras preciosas y en los pies unas sandalias doradas. El sacerdote Yohualatónac se acerca para rociarlo con incienso sagrado. Entonces el anciano Totepehua lo proclama huey tlatoani. Enseguida le entrega a Izcóatl el pebetero que trae en las manos para que él haga el servicio a los dioses: caminar alrededor del brasero esparciendo el incienso. Luego el sacerdote Totepehua le entrega tres punzones para que él mismo se sangre las orejas, los brazos, las piernas y las espinillas al mismo tiempo que su sangre se derrama sobre el fuego. Después, los miembros del Consejo y varios de la nobleza le entregan, uno a uno, una codorniz viva, a las que el nuevo tlatoani debe romper el pescuezo para derramar su sangre sobre el fuego en forma de ofrenda a los dioses.

Al terminar la ceremonia el nuevo tlatoani es llevado a la cima del Coatépetl,* también llamado huey teocali, donde le quitan las prendas y lo dejan tan sólo con un mashtlatl. Izcóatl entra en pequeño aposento dedicado al dios portentoso Huitzilopochtli y permanece ahí, en meditación, hasta el día en que debe ser presentado ante el pueblo meshíca como el nuevo huey tlatoani. Come y bebe sólo una vez al día. No habla con nadie, ni siquiera con la persona que le lleva los alimentos, pues se le deja afuera de manera muy silenciosa.

Tres días más tarde, en absoluta oscuridad, el tlatoani escucha el sonido de la caracola que anuncia el inicio de la celebración. Tañen los teponashtles, silban las flautas, repican los

* Templo mayor.

cascabeles y gritan jubilosos los danzantes. Mientras afuera festejan día y noche con banquetes, bailes y juegos de pelota, el tlatoani electo debe continuar con su meditación en la oscuridad frente al dios portentoso Huitzilopochtli.

Al cuarto día se callan los tambores, las flautas y las caracolas. Los miembros del Consejo y la nobleza van por el nuevo tlatoani. Lo bañan y luego le embadurnan todo el cuerpo con el ungüento negro. Izcóatl se sienta en cuclillas ante el sacerdote Totepehua que le salpica el cuerpo de agua con un cepillo hecho con ramas de cedro y sauce. Después los miembros de la nobleza lo visten con un huipili verde. Hay mucho silencio tanto en la cúspide del Coatépetl como abajo en todo el recinto sagrado. El sacerdote Totepehua le coloca en el cuello unas largas correas rojas, en la cabeza dos mantas —una negra y otra azul— y una fina tela verde que le cubre el rostro. Algunos miembros de la nobleza también participan calzándole unas sandalias y sobre la espalda una pequeña calabaza llena de picietl,* para combatir las enfermedades y la hechicería.

A la sazón, el sacerdote Totepehua lleva al tlatoani del brazo hasta la orilla de los escalones. Los miembros de la nobleza permanecen detrás. La multitud comienza a vociferar de alegría. Totepehua hace una señal para que todos guarden silencio, pues el tlatoani debe, una vez más, ahora frente al pueblo, hacerse otras heridas en las orejas, los brazos, las piernas y las espinillas para ofrendar su sangre a los dioses. También sacrifica algunas codornices y rocía su sangre en el fuego que refulge en el patio superior del Coatépetl. Otros miembros de la nobleza le entregan un pequeño costal hecho con una tela muy fina, lleno de copal y un pebetero redondo, hermosamente decorado con dibujos, fabricado días antes para esta ocasión, con el cual inciensa la imagen del dios portentoso y luego los cuatro puntos cardinales.

Se escucha el grueso y lerdo graznido de la caracola; enseguida hay una ovación y luego los teponashtles. El tlatoani baja

* Tabaco.

al recinto sagrado acompañado de los sacerdotes y toda la nobleza. Ya en la parte inferior del huey teocali, Izcóatl recibe, por varias horas, los obsequios y escucha las palabras de todos los invitados. Luego, los guerreros, los macehualtin, ofrecen al mismo tiempo su vasallaje. Acto seguido se llevan a cabo el banquete, las danzas y los juegos de pelota.

Debido a las circunstancias conflictivas con Azcapotzalco, son invitados muy pocos tetecuhtin, entre los cuales se encuentran el príncipe Nezahualcóyotl y Cuauhtlatoa, hijo del difunto Tlacateotzin y a quien los tlatelolcas nombraron esa misma semana como su tlatoani.

Concluidas las celebraciones, el nuevo tlatoani nombra a Oquitzin como nuevo tlacochcálcatl,* el rango más alto que existe en la milicia. Oquitzin —un hombre maduro con larga experiencia en el ejército— e Izcóatl se conocen desde la infancia, lucharon juntos en las guerras de Tezozómoc y son amigos leales. El recién electo tlatoani tiene la certeza de que, pase lo que pase, Oquitzin no lo traicionará jamás. Por ello, apenas concluye la ceremonia del nombramiento del nuevo tlacochcálcatl, el tlatoani se reúne en privado con Oquitzin y le delega una misión: encontrar al asesino de Matlalatzin.

Más tarde el tlatoani se reúne en privado con Nezahualcóyotl, algo que genera mucha curiosidad entre los miembros de la nobleza, los consejeros, ministros y capitanes de guerra, quienes entran a la sala en cuanto el príncipe chichimeca se retira.

—Es menester mío —dice Izcóatl— hablar sobre el futuro que pronto nos acechará. Sé muy bien que Mashtla no estará a gusto con mi nombramiento, pues se me ha informado que sus planes eran mandar un administrador, dando por concluido cualquier señorío en esta ciudad. Por consecuencia, comprendo que enviará sus tropas y solicitará que ustedes lo apoyen para hacernos la guerra. Les ruego se mantengan pacíficos.

* Gran general.

—¿De qué hablaron usted y el príncipe chichimeca? —pregunta uno de los consejeros.

—No fue nada importante —responde Izcóatl.

—Si no fue nada importante, ¿podría contarnos?

—Lo importante en este momento es mantenernos firmes ante las amenazas de Mashtla —Izcóatl evade la pregunta.

—¿Llegaron a algún pacto? —insiste el consejero—. Es importante para nosotros saberlo.

—Uno de nuestros espías me ha informado que el tecutli Mashtla ha ordenado que se nos cierren los caminos y comercios, poniendo guardias en la calzada de Tlacopan —agrega el nuevo tlatoani.

El consejero desiste de su interrogatorio.

—Yo propongo —agrega otro de los ministros— que enviemos una embajada a solicitar el perdón de Mashtla y nos atengamos a su vasallaje para evitar otra guerra.

—¿Qué es esto, meshícas? ¿Qué hacen? —interrumpe Tlacaélel molesto y luego se dirige al tlatoani—: ¿Cómo permites esto? Háblale a tu pueblo. Busca los medios para mantener nuestra defensa y honor.

El tlatoani Izcóatl mira a su sobrino Tlacaélel y aprieta los dientes con rabia.

17

A la mañana siguiente, terminadas las fiestas en Meshíco Te-nochtítlan, el Coyote ayunado decide volver a su palacio de Cilan. En el camino recuerda a Miracpil, a la cual conoció en su última visita a la ciudad isla. Sin pensarlo dos veces se dirige a la casa de la joven.

Miracpil lo reconoce y lamenta no haberse desviado en el camino aquel maldito día, para que el príncipe no supiera dónde vivía. Una cascada de temores le escurre por la piel. Camina hacia el interior de su casa. "¡Detente! —piensa—. No entres. Vete." Llena de miedo decide rodear la casa y escapar por la parte trasera. Corre desesperada. Llega hasta la orilla del lago. Se detiene exhausta. Trata de recuperar el aliento. Observa el agua, las canoas que transitan, las aves que se bañan o flotan como pequeñas bolas de algodón y, llena de ira, toma una piedra y la lanza al lago. Las aves espantadas se alejan volando. Miracpil toma otra piedra y la arroja con mayor fuerza. Luego otra. Una más. No es suficiente. ¡Otra! Enfurecida, lanza todas las piedras que puede hasta caer de rodillas, empapada en llanto.

Tras un largo rato se pone de pie, consciente de que su destino es inevitable; vuelve a casa con pasos lerdos. Arranca ramilletes de los arbustos conforme avanza y deja a su paso una larga serie de hojas que marcan su impostergable salida del seno familiar.

No logra apartar de su mente la tarde en que por curiosidad se detuvo en el jacal de la vieja Tliyamanitzin. Miracpil recién había cumplido los doce años cuando conoció personalmente a aquella misteriosa mujer, sin cruzar palabra alguna. Temerosa de lo que había escuchado acerca de ella, se quedó muda e inmóvil frente a la anciana de largas canas y arrugas interminables.

De Tliyamanitzin se murmuraba que era bruja y nahuala. Los niños solían decir que había muerto cien años atrás pero que gracias a su brujería logró resucitar una semana después; y que, desde entonces, vivía como anciana a la luz de sol y al caer la noche se transformaba en una bestia, mitad mujer y mitad fiera. Otros decían que se convertía en tecolote. También aseguraban que su cuerpo podía reposar en el petate mientras su espíritu se introducía en las consciencias de las personas para obligarlas a cometer actos atroces.

Al cumplir los trece años, la pequeña Miracpil —con la creencia de que lo que ella experimentaba no era más que una enfermedad, o quizá los efectos de algún hechizo que alguien le habría preparado— decidió detenerse frente al jacal de la anciana Tliyamanitzin. Con las cuerdas vocales hechas un nudo llamó a la entrada sin atreverse a entrar.

—¿Quién te manda? —preguntó la anciana sin dejar de atender lo que estaba haciendo.

—Nadie.

Tliyamanitzin caminaba de un lado a otro en el interior de su pequeño jacal. Miracpil introdujo temerosamente la mano entre los hilos que hacían de cortina en la entrada y vio cautelosa a la mujer que servía agua de un pocillo en una olla de barro. La pequeña imaginó que la mujer estaba preparando algún hechizo.

—¿Qué quieres? —la anciana arrastró los pies para llegar al otro lado del jacal sin mirar a la niña en la entrada.

—Pedirle…

—Entra —se detuvo en el centro del jacal con un ramillete de yerbas en la mano.

—Yo... —titubeó— No sé si deba...

—Si vienes a hacer las mismas preguntas que hacen todos los niños, lárgate.

—¡No! —respondió asustada.

—Mírame —dijo la anciana postrando su rostro frente a la niña—. ¿Te parece que tengo doscientos años?

—No, lo que pasa es que...

—Sí, los críos.

La anciana caminó a la olla e introdujo las yerbas que tenía en la mano.

—¿Qué hace?

—Comida. ¿En tu casa no cocinan?

—¿Qué hace? —insistió.

—Ya te dije —respondió con tono de regaño.

—No —corrigió Miracpil—. Pregunto qué hace usted de su vida.

—Soy curandera y agorera. Pero no soy nada de eso que cuenta la gente.

—¿Me puede curar?

La anciana se detuvo frente a la olla, cerró los ojos y se llevó una mano al pecho. Se dio media vuelta y caminó hacia la niña:

—Yo no te puedo curar de eso que sientes. Eso no se cura, mi niña.

—¿Cómo lo sabe? —Miracpil observó las incontables arrugas en el rostro de la mujer, que con un ligero gesto de complicidad le sonrió y le acarició el cabello.

—Lo sé, eso es lo que importa. Y también sé que un día conocerás a un joven y te pedirá por concubina, luego encontrarás tu felicidad.

—¡No!

—Está en tu agüero.

—¿Cuándo será eso?

—Después de la muerte de Chimalpopoca.

Desde que se dio la noticia del fallecimiento del tlatoani, Miracpil sufrió de insomnio, miedo, hambre y pena. Las palabras de la anciana se hicieron cada vez más presentes. "No, no quiero eso, no." ¿Y si es cierto lo que le dijo Tliyamanitzin? ¿Estará ahí la felicidad? No es posible. Miracpil quiere una flor, pero el jardín está seco.

El plazo se cumplió. La joven sabe que no puede escapar de su destino. Entra a casa con el corazón devastado. Respira profundamente. Saluda a sus padres, a sus hermanos y al desconocido.

—Hija, mía —dice su padre con una sonrisa enorme—, los dioses te han enviado un regalo único. El príncipe Nezahualcóyotl te ha elegido por concubina y ha venido a pedirte.

Estrangulando sus deseos por salir de ahí, Miracpil finge una sonrisa. El Coyote ayunado camina hacia ella y se presenta con dulzura. No hay más conversación. Aquella joven no puede decir una palabra. No sabe qué decir.

—Ve a ayudarle a tu madre con la comida —dice el padre. Miracpil obedece, como siempre, como es debido, como es la costumbre, como es la obligación de todas las mujeres.

Más tarde sirven la comida para festejar aquella unión. Al terminar, su madre le dedica unas palabras a su hija: "Hija mía, yo te parí con dolor, te alimenté con mis pechos, te eduqué con el mayor cuidado. Tu padre te pulió como una esmeralda. Trata de ser buena, porque si no, ¿quién te querrá por mujer? Serás el desecho de todos. La vida es trabajosa y es menester consumir nuestras fuerzas para alcanzar los bienes que los dioses nos envían; por tanto, no seas perezosa y descuidada sino muy diligente en todo. Sé limpia y trabaja en tener bien concertada la casa. Sirve el agua de manos de tu marido y haz el pan para la familia. No te des demasiado al sueño y el descanso, porque la pereza enseña otros vicios. Si eres llamada por tu esposo, no esperes a que te hable dos veces. Acude pronto. Oye bien lo que te manda y ejecútalo diligentemente. No des malas respuestas ni muestres repugnancia. Si no puedes hacer lo que se ordena, excúsate con humildad. Nunca prometas hacer lo que no puedes. De nadie te burles ni engañes, pues te están viendo los dioses. Vive en paz con todos para que seas amada. No seas codiciosa. No interpretes mal lo que veas dar a otros, ni lo envidies; porque los dioses, dueños de todos los bienes, los reparten como quieren. A nadie des motivo de enojo, porque si lo das a otro, tú también lo recibirás."

Luego de un par de horas llega el momento de partir. Obedeciendo los reglamentos y las enseñanzas de su madre, Miracpil se despide de todos con falsos agradecimientos por la decisión tomada y se encamina con el príncipe Nezahualcóyotl rumbo a su nueva vida.

Al llegar al palacio de Cilan, el heredero chichimeca le presenta a las otras once concubinas reunidas en la habitación principal.

—Me llamo Papalotl —dice una de ellas y le entrega un brazalete de oro.

De la misma forma van pasando al frente las demás concubinas para otorgarle en regalo algo personal, como muestra de que están dispuestas a compartir incluso lo más íntimo. Ayonectili le regala un arete; Citlali le brinda un arreglo de plumas para el cabello; Ameyaltzin le otorga unas piedras preciosas para la ropa; Cihuapipiltzin le regala un pendiente de oro; Hiuhtonal, Yohualtzin, Zyanya, Huitzilin e Imacatlezohtzin le dan vestiduras; Shóchitl le regala tres lirios rojos salpicados de puntos blancos.

Cumplidas las presentaciones, Nezahualcóyotl sale de la habitación y las deja para que orienten a la nueva concubina, le muestren su habitación y le instruyan en sus futuras obligaciones.

Cual prisionera, Miracpil observa a las demás con tristeza, se pregunta cómo ha llegado cada una de ellas hasta ese lugar. Se cuestiona cuántas son verdaderamente felices. Y como si hubiese hecho la pregunta en voz alta, la respuesta llega a sus oídos, justo cuando todas vuelven a sus rutinas.

—Ésa que ves ahí —dice una voz—, Zyanya, es la más ambiciosa. No ama a Nezahualcóyotl, pero busca en todo momento ser la esposa. Pues has de saber que nuestro amado príncipe aún no ha elegido esposa. Imacatlezohtzin es remilgada e infantil. Ella acepta todo lo que ordene nuestro señor.

Miracpil dirige su mirada a la mujer que le habla al oído y se encuentra con Shóchitl.

—Ayonectili también se desvive por el amor de Nezahualcóyotl, pero es calumniadora. Citlali llora por todo. Ameyaltzin miente todo el tiempo. A Cihuapipiltzin no le importa nada, pero hace lo que se le ordena. Hiuhtonal es la más vanidosa. Yohualtzin, por el contrario, se siente la mujer más fea sobre la Tierra. A Huitzilin le vuelve loca regocijarse, incluso con los sirvientes. Papalotl es soñadora e ingenua. Casi todas, como te darás cuenta, son felices con esta vida.

—¿Y tú? —pregunta Miracpil.

—Estoy empezando a ser feliz —sonríe Shóchitl.

18

Una sonrisa pueril se dibuja en el rostro de Mashtla al ver al enano Tlatólton caminando al frente de la sala principal. Se ladea abultadamente de izquierda a derecha con cada paso. Usa penachos con plumas pequeñas y adornos menos ostentosos, generalmente fabricados para los niños.

Entonces Mashtla recuerda a los enanos que Tezozómoc tenía para su entretenimiento cuando Mashtla era niño. En aquella época los hijos de la nobleza eran invitados con frecuencia a esas diversiones. Mashtla, de escasos seis años, aún no comprendía que los enanos eran adultos utilizados solamente para recreo de los tetecuhtin y para sacrificios.

Sigue viva en su memoria la risa de su padre al ver cómo el enano corría de un lado para otro en medio de la sala principal del palacio tepaneca, perseguido por un perro que le intentaba morder el trasero.

—Mi amo y señor —dice Tlatólton y Mashtla reacciona con demora—, los tenoshcas han desobedecido sus órdenes y con apuro han llevado a cabo la jura de Izcóatl.

La mirada del tepantecutli enardece al escuchar la noticia. Piensa en los pasos a seguir: "Declararles la guerra es aún muy aventurado con el príncipe Nezahualcóyotl rondando por el valle". Sabe perfectamente que el enojo de los tenoshcas, tlatelolcas y chichimecas puede llevarlos a una alianza fatal para

Azcapotzalco. Asimismo, comprende que haber ordenado que les cerraran los caminos y el comercio a los meshícas es ya una afrenta. Si el Coyote ayunado logra llevarlos a su partido, será muy peligroso. Él es su principal enemigo. Urge acabar con el hijo de Ishtlilshóchitl. Si los tlatelolcas y los tenoshcas se sienten desamparados del cobijo chichimeca volverán a ser los mismos súbditos obedientes que tuvo Tezozómoc.

—Mi señor… —Tlatólton interrumpe los pensamientos de su amo.

—Ve a Teshcuco —ordena Mashtla esforzándose para controlar su ira—. Sin que nadie te vea, busca a Tlilmatzin, el hermano bastardo de Nezahualcóyotl y dile que venga inmediatamente.

Tlatólton se muestra asombrado y pregunta:

—¿Al hermano de Ne…? —pero no puede concluir su pregunta ya que Mashtla lo interrumpe:

—¡Haz lo que te ordeno!

Con la mirada hacia arriba el enano Tlatólton intenta descifrar los pensamientos de su amo: "¿Para qué quiere hablar con el hermano del Coyote sediento? ¿Para encerrarlo como a Chimalpopoca y obligar a Nezahualcóyotl a que vuelva a Azcapotzalco?".

—¡Largo! —grita el tecutli.

Apenas Tlatólton abandona la sala principal, Mashtla manda a uno de sus soldados a que reúna a todo el ejército en la plaza principal.

—Ordena que los soldados que permitieron la huida de Nezahualcóyotl se formen al frente —dice el tecutli.

—Así lo haré, mi amo.

Pero Mashtla no sale en ese momento. Se encuentra perturbado. No reacciona. Nadie lo interrumpe. Los minutos avanzan lentamente. Él no se cuestiona si lo que hizo estuvo bien o mal. Sólo se preocupa por lo que pueda pasar, por los que lo quieran traicionar, por los errores de los demás. Pues en su mente, él jamás se equivoca.

Una hora más tarde los soldados siguen de pie frente al palacio, soportando los estragos del clima, el aburrimiento y el hambre. En cuanto se anuncia la aparición de Mashtla frente a las tropas todos se arrodillan y bajan las cabezas, hasta que el gran tepantecutli les permite ponerse de pie. Camina de un lado a otro y observa con enfado a los guardias que debían matar a Nezahualcóyotl. Se dirige a uno de los soldados.

—¿Tú perseguiste al hijo de Ishtlilshóchitl? —lo mira a los ojos.

—Sí, mi amo.

—Da un paso al frente y entrégame tu arma —ordena Mashtla con seriedad. El soldado obedece. Mashtla recibe el macuahuitl con las dos manos, lo observa unos segundos, lo sostiene con fuerza, lo alza a la altura de su hombro y súbitamente lo entierra en el cuello del joven soldado, sin lograr decapitarlo. Cualquiera que se ejercite en las armas es capaz de cortar cabezas con un solo golpe, no hacerlo es muestra de ineptitud y causa de vergüenza. El hombre se derrumba en el suelo con el arma incrustada en el cogote. Convulsiona mientras la sangre se le fuga en una cascada. Nadie se atreve a proporcionarle auxilio, ni siquiera para apresurar su muerte.

—Bien pude yo haber cortado la cabeza de este inútil —dice justificando su incapacidad en el uso de las armas y señala al soldado que patalea en el piso—, pero he querido provocarle mayor sufrimiento por su ineptitud. No es posible que tantos soldados no hayan podido dar alcance a un solo hombre.

El joven soldado deja de sacudirse. Comienza a respirar cada vez con mayor dificultad. Sus ojos se pierden en dirección de los tobillos de Mashtla. Se quita el macuahuitl del cuello e intenta vengar su pronta muerte enterrando el arma en una de las piernas del tecutli que le da la espalda, pero el corazón le deja de retumbar justo en el intento: su brazo cae débilmente en el piso con el macuahuitl en la mano.

—Estos soldados no me sirven —Mashtla mira a las tropas y señala a los hombres que fracasaron en la persecución de

Nezahualcóyotl—. Ya no puedo confiar en ellos. ¿Cómo sé yo que no son aliados del Coyote ayunado? ¿Cómo puedo tener la certeza de que mañana no me traicionarán? ¿Cómo estar seguro de que protegerán mi señorío? ¿Cómo saber que ustedes lo harán? Sin castigo no hay obediencia. Sin temor no hay esfuerzo. Sin hambre no hay búsqueda de alimento. Estos traidores morirán hoy, para que ustedes vivan mañana. Su muerte será el detonador de su destreza para la guerra. Sólo así habrá victoria tepaneca.

Tras decir estas palabras el tecutli da la orden a uno de los capitanes para que ahí mismo degüellen a todos los soldados que permitieron la huida de Nezahualcóyotl. Uno a uno, van pasando para recibir la muerte injusta a la que Mashtla los ha condenado. Algunos con llanto, otros con la frente en alto, indiferentes a su perentorio destino. Sólo uno intenta huir, pero es alcanzado por una lanza que le perfora la espalda.

Terminada aquella masacre, Mashtla da la orden de que sus soldados bloqueen la isla de los tenoshcas.

—¡No permitan que nadie entre ni salga de Tenochtítlan! —grita, les da la espalda y se dirige a su habitación, donde permanece el resto del día sin hablar con nadie.

Mashtla suele dormir en exceso y cuando está despierto se ocupa poco de las tareas del gobierno, delegándolas a sus ministros y consejeros.

A la mañana siguiente llega el enano Tlatólton con el hermano del Coyote hambriento. Tiene que esperar un par de horas a Mashtla, quien, sólo hasta que se libera de la holgazanería que lo abate cada mañana, sale a la sala principal.

Tlilmatzin se encuentra nervioso. Está seguro de que no saldrá vivo de ahí. Por más que intentó convencer a Tlatólton de que le dijera cuál era el motivo por el que lo llevaron a Azcapotzalco, no lo consiguió. En cuanto Mashtla entra a la sala principal, Tlilmatzin se arrodilla, pone su frente en el piso y comienza a llorar. El tepantecutli lo observa un instante. Disfruta la escena. Sonríe. Tlatólton espera lo peor. También sonríe, imitando a su amo. Le gusta ser su espejo. Mashtla se dirige a su asiento real, y luego de acomodarse tranquilamente se dispone a hablar:

—Levántate, Tlilmatzin.

El hermano de Nezahualcóyotl obedece atemorizado.

—Mírame…

Tlilmatzin alza la mirada.

—¿Por qué estás llorando?

—Por… —Tlilmatzin no se atreve a decir lo que piensa—. Porque tengo algunos problemas.

—¿Crees que te voy a matar? —Mashtla pregunta con una sonrisa y Tlilmatzin comienza a temblar.

—No me mate —suda de miedo.

—¿Por qué querría hacerlo?

—Lo mismo digo. Yo sólo soy un bastardo sin riquezas ni privilegios.

—Lo sé… Y de eso quiero hablar contigo.

El hermano de Nezahualcóyotl se sorprende.

—Quiero ayudarte —le dice Mashtla a Tlilmatzin en una pésima imitación de bondad.

Tlilmatzin arruga las cejas. Ha dejado de temblar y de sudar. Su respiración se encuentra más pausada. Observa a Mashtla y trata de descubrir la trampa. Sabe que es una trampa. "Tiene que ser una trampa", piensa.

—Te he mandado llamar porque sé muy bien que entre todos tus hermanos eres el menos agraciado. Tu padre te ignoró al elaborar su herencia, poniendo siempre por delante a Nezahualcóyotl. Pero no veo por qué desheredar a un hijo bastardo. Disculpa, no lo digo para ofender, pero debes saber que en Meshíco Tenochtítlan han jurado por tlatoani a Izcóatl, el hijo bastardo de Acamapichtli. Si él que proviene del vulgo se convirtió en tlatoani, ¿por qué tú, hijo de Ishtlilshóchitl, no puedes ser tecutli de Teshcuco?

Con una desbordada muestra de gratitud, Tlilmatzin se arrodilla frente a Mashtla:

—Mi amo, no tengo palabras para agradecerle el honor que me otorga con sus palabras —dice Tlilmatzin—. Le prometo mi lealtad absoluta hasta el fin de mis días.

—Debes tener claro que tu hermano, ambicioso y envidioso, se mostrará enojado por tu nombramiento como tecutli de Teshcuco y que tarde o temprano buscará levantarse en armas para derrocar mi gobierno. Si logra su objetivo, volcará sobre ti toda su ira.

La mente de Tlilmatzin da un giro al pasado y le hace recordar que desde que nació fue relegado, ignorado y en muchas ocasiones olvidado por su padre. El único hijo al que amó y protegió por sobre todas las cosas fue Nezahualcóyotl. Siempre él, ese hermano que todo lo tuvo. ¿Ahora? ¿Qué más puede esperar de la vida? Todo lo que puede anhelar se lo está ofreciendo Mashtla.

—Lo que usted pida, señor —dice poniéndose nuevamente de rodillas.

Por fin, después de mucho tiempo, la falsedad en la sonrisa de Mashtla se desvanece. Tiene en Tlilmatzin un aliado a su medida.

—Lo que te voy a pedir que lleves a cabo te pone en una situación muy complicada. Quiero que mañana vayas a Teshcuco con mis embajadores para que den el anuncio a toda la ciudad de que has sido nombrado tecutli. En ese momento se te debe jurar y reconocer por los miembros de la nobleza y los ministros. Luego quiero que prepares una fiesta e invites a tu hermano.

—¿Con qué motivo?

—Para acabar con él —responde Mashtla con un gesto con el que intenta ningunear a Tlilmatzin.

—No, mi señor. Pregunto el motivo de la fiesta.

—Que fuiste jurado tecutli de Teshcuco.

—¿Y si rechaza la invitación?

—No lo hará, porque tú le mandarás decir que aceptaste ser jurado tecutli para derrotarme.

Ambos sonríen mientras se miran. El plan parece perfecto.

—Enviaré disfrazado a uno de mis capitanes más ejercitados para que ahí mismo lo mate. Sólo así lograrás mantener lo que te pertenece.

—Así lo cumpliré, mi señor —dice Tlilmatzin sin percatarse de que sus gestos rebasan el límite del protocolo.

—Eso espero —Mashtla se rasca la frente y arruga las cejas. No sabe si aquel hombre será capaz de cumplir con su tarea.

Al día siguiente una embajada de Azcapotzalco convoca a los ministros, consejeros, miembros de la nobleza y el vulgo en la plaza principal de Teshcuco. Los asistentes murmuran entre ellos. No esperan nada bueno. De pronto aparece el hermano bastardo de Nezahualcóyotl en los escalones de la entrada del templo donde se encuentran los embajadores.

—El huey chichimecatecutli —informa el embajador de Azcapotzalco en voz alta— nos ha enviado a darles la noticia de que ustedes, como chichimecas, merecen ser gobernados por alguien de su linaje, no como ocurrió en otros tiempos. Por ello ha decidido nombrar a Tlilmatzin tecutli de la ciudad de Teshcuco.

Hay un silencio repentino, la gente se mira entre sí. Muchos ni siquiera saben quién es Tlilmatzin. Los asistentes comienzan a murmurar. Saben que no hay forma de oponerse. Con la creencia de que es mejor tener en su gobierno al hermano bastardo que a un administrador tepaneca exponen su beneplácito. Acto seguido, Tlilmatzin es reconocido como tecutli frente a toda la población, sin invitados de otras poblaciones ni celebraciones.

19

La mirada del recién electo tlatoani luce perturbada desde la madrugada. Lleva horas parado en el puerto de la ciudad isla. No habla con nadie. No responde ninguna pregunta. Se encuentra sumamente molesto. Las tropas tepanecas han rodeado la isla e impiden la entrada y salida de canoas. Izcóatl sabe que tiene que actuar de inmediato. De lo contrario, muy pronto su pueblo comenzará a morir de hambre y de sed. El agua del lago es salada y sucia, y todos los alimentos los adquieren en los pueblos vecinos.

Si confronta a las tropas tepanecas, arrastrará a su pueblo a una derrota segura. Si se mantiene en la isla sin hacer nada, matará de hambre a su gente. Si busca el diálogo con Mashtla podría llegar a un acuerdo de paz, pero a un precio muy alto. Impuestos excesivos. Abusos por parte de los tepanecas. Humillaciones. ¿Cuánto tiempo podrían aguantar los tenoshcas? Izcóatl sabe que en el gobierno hay un grupo de nobles inconformes con su elección y que aprovecharán cualquier excusa para contradecirlo, dificultarle su labor en el gobierno y probablemente matarlo.

Un altercado llama su atención. Busca con la mirada el origen de aquella disputa. Al oeste se encuentran varios hombres confrontando verbalmente a los soldados tepanecas. Todos ellos sobre sus canoas. Los primeros quieren salir. Los segundos se lo impiden con arcos y flechas en mano. El tlatoani se lleva las manos a su larga cabellera, como si la peinara hacia atrás. Cierra los ojos. Se aprieta la cabeza con los dedos. Finalmente camina hacia una canoa, la aborda y le ordena a uno de los hombres presentes que reme hacia el lugar del conflicto. Interviene. Se presenta como el nuevo tlatoani de la isla, pero los soldados tepanecas no muestra reverencia. Para ellos, todos los meshícas son iguales. Órdenes del gran tepantecutli. La autoridad de Izcóatl se ve pisoteada ante los tenoshcas que lo acompañan. El orgullo del tlatoani se encuentra herido. "Déjenlos pasar", advierte Izcóatl con el arco y la flecha. Los soldados se burlan. Lo amenazan: "Atrévete", uno de los soldados expone el pecho con arrogancia. El tlatoani dispara. La saeta da directo al corazón. El hombre cae al agua. Los otros soldados se ponen a la defensiva. "Si disparan una flecha, mi pueblo entero se irá contra ustedes", Izcóatl saca el cuchillo de pedernal que llevaba en la cintura. Los soldados se mantienen a la defensiva. "Vayan con su amo, cuéntenle lo que ocurrió y díganle que los tenoshcas no nos humillaremos." Uno de los soldados toma el remo al mismo tiempo que amenaza a los meshícas: "Se van a arrepentir de esto. Lo pagarán muy caro". Otro de los soldados le ordena al resto de la tropa que mantengan sus posiciones.

Lo que acaba de hacer Izcóatl favorece su reputación entre los tenoshcas, pero ha puesto en peligro la seguridad de la isla. No sabe si arrepentirse o sentirse orgulloso. Ordena que lo lleven de regreso a tierra firme. Sabe que lo primero que tiene que hacer es preparar sus tropas. Necesitará la alianza de los tlatelolcas. Confía en que no los dejarán solos. Entonces lo abate la duda. ¿Quién mató a Matlalatzin? Los tlatelolcas se han mantenido callados al respecto. La seguridad de la esposa de Chimalpopoca estaba a cargo de los meshícas. El tlatoani se siente responsable por su muerte. Les debe una explicación a los tlatelolcas. "¿Y si se niegan a ayudarnos?", se pregunta al tiempo que se baja de la canoa.

—¡Tío! —grita Tlacaélel de lejos. Camina apresurado con

una tropa hacia el puerto—. ¿Se encuentra bien? —pregunta al llegar—. Nos avisaron que hubo un altercado en el lago.

—Así es —Izcóatl responde con enojo—. Debemos preparar las tropas.

—Así lo haremos —responde Tlacaélel, pero continúa avanzando junto a su tío.

—¿Qué esperas? —Izcóatl se detiene y lo mira. Su sobrino no sabe qué responder. Es lo que menos esperaba. No lo reconoce.

—Como usted ordene —responde Tlacaélel con desconcierto y se retira. Se detiene a mitad del camino y regresa frente a su tío—. ¿Hice algo malo?

Izcóatl se detiene. Baja la mirada. Aprieta los puños. Gira lentamente hacia su sobrino.

—Fuiste tú el que salió a alborotar al pueblo cuando los embajadores de Nezahualcóyotl apenas nos estaban informado sobre la muerte de Chimalpopoca.

—¿Yo? —se muestra asombrado.

—Hipócrita.

—Yo no... —se encoge y agacha la cabeza.

—Lárgate. ¡Lárgate en este momento!

El joven Tlacaélel se marcha sin decir una palabra. De pronto se detiene y permanece pensativo por varios minutos. Se desvía de su camino y se dirige a su casa, donde se encuentra su hermano gemelo. Le pide que vaya al campo donde están entrenando los soldados y que les diga a los capitanes que preparen las tropas por órdenes del tlatoani Izcóatl.

—Sólo te pido un favor —solicita con humildad.

—Sabes que puedes confiar en mí. Soy tu hermano —responde Ilhuicamina.

—Necesito que te hagas pasar por mí con los capitanes de la tropa.

Ilhuicamina no tiene ningún inconveniente en aceptar. Los gemelos son tan parecidos que nunca nadie ha descubierto la usurpación de identidades entre ellos desde la infancia. Tlacaélel se retira y va a la casa del sacerdote Azayoltzin. Su hija, llamada Cuicani —aunque intenta disimular—, lo recibe emocionada.

—¡Ilhuicamina!

Tlacaélel la saluda con reserva, como lo hace siempre. Lleva meses enamorándola y haciéndole creer que es Ilhuicamina. De pronto la joven se pone nerviosa.

—Mi padre está en casa —informa Cuicani con un susurro.

—Vengo a verlo —responde Tlacaélel.

Cuicani sonríe. Cree que ya no tiene que preocuparse por ser descubierta. Piensa que Ilhuicamina la pedirá como esposa.

—Espérame aquí —responde con alegría—. Voy a llamar a mi padre.

Minutos más tarde sale el sacerdote:

—Por un momento creí que eras Tlacaélel —dice el hombre con una sonrisa irónica—. No puedo creer que después de tantos años siga confundiéndolos.

—Lo entiendo. A mucha gente le ocurre lo mismo.

Cuicani se mantiene a unos metros esperando la gran noticia. Tiene meses aguardando este momento. Meses creyendo en las promesas del falso Ilhuicamina. Meses inventando todo tipo de excusas para salir de casa y encontrarse a solas con su amante. Pero hoy está segura de que él la pedirá como esposa. Es la primera vez que va a su casa y solicita hablar con su padre.

—¿Qué haces ahí, niña? —la regaña Azayoltzin—. No seas maleducada y retírate.

—Sí, padre —Cuicani se encoge de hombros y le otorga una mirada cómplice a su falso Ilhuicamina.

—¿En qué te puedo ayudar, Ilhuicamina? —pregunta Azayoltzin.

—Hace un momento estaba caminando por el puerto cuando vi que unos soldados tepanecas amenazaban a mi tío Izcóatl desde unas canoas.

—Eso es terrible —Azayoltzin niega con la cabeza—. Tu padre jamás habría permitido algo así. Huitzilihuitl siempre fue un hombre muy orgulloso. Una humillación de tal magnitud la habría cobrado con la vida.

—Mi tío Izcóatl dejó que los soldados se fueran y cuando llegó a tierra firme, nos ordenó que dijéramos que había matado a uno de los soldados tepanecas con una flecha.

—Qué extraño —responde Azayoltzin—. Jamás imaginé que Izcóatl haría algo tan absurdo.

—Tal vez porque ahora que es tlatoani le preocupa más su honor.

—Eso es inevitable. Cuando se llega al poder se busca mantener intacto el honor de todas las formas posibles.

—Hace un rato le ordenó a mi hermano Tlacaélel que prepare las tropas para atacar Azcapotzalco.

—¿Qué? —Azayoltzin se estremece—. ¿Sin consultarnos? Pero ¿cómo se le ocurrió hacer algo tan arriesgado? Nos está poniendo en peligro a todos. No tenemos el armamento ni los soldados ni los aliados suficientes. Perderemos la guerra.

—Lo mismo pensé yo, pero no me atreví a contradecir a mi tío —Tlacaélel agacha la cabeza.

—No se trata de contradecirlo, sino de ayudarle a que entre en razón.

—Mi hermano Tlacaélel le preguntó si ya lo había discutido con los ministros, consejeros y sacerdotes y respondió que él no tenía que pedirle permiso a nadie.

Azayoltzin se lleva las manos a la cintura, agacha la cabeza y exhala profundamente:

—En eso tiene razón. No tiene que pedirle permiso a ninguno de nosotros.

—Si tan sólo hubiera alguien que pudiera contenerlo... —expresa Tlacaélel como quien reza una oración a los dioses.

—¿Pero qué cosas dices, Ilhuicamina? Por eso se le eligió tlatoani.

—Y por eso los gobernantes hacen lo que quieren. Nada ni nadie los detiene.

Azayoltzin arruga las cejas y ladea la cabeza hacia la derecha:

—¿A qué te refieres?

—A que si los miembros del Consejo tuvieran más poder, el tlatoani tendría que pedirles su aprobación ante cada decisión.

—Entonces ya no sería el tlatoani.

—Sería un tlatoani más consciente. Menos arrebatado. Más justo. Tendría detrás de él a un Consejo de verdad. La consciencia del tlatoani y no un puñado de aduladores.

Azayoltzin da un paso hacia atrás.

20

—Mi señor, su hermano Tlilmatzin nos ha enviado a informarle que Mashtla lo ha nombrado tecutli de Teshcuco —dice el embajador de Teshcuco frente al príncipe Nezahualcóyotl, quien recibe la noticia como un balde de agua fría. Su medio hermano se ha aliado con Mashtla. Lo ha traicionado.

Si bien Nezahualcóyotl y su medio hermano Tlilmatzin jamás compartieron casa ni el mismo estilo de vida, el príncipe chichimeca nunca lo trató con desprecio. Tras la muerte de su padre Ishtlilshóchitl, Nezahualcóyotl se ocupó de la seguridad de sus medios hermanos. A todos les consiguió un lugar para refugiarse. A todos les proporcionó alimento cuando les faltaba. Ahora que recibe esta noticia, el Coyote ayunado no sabe qué responder ante los embajadores.

—Asimismo lo invita a la celebración...

—Díganle que ahí estaré —responde con la mirada ausente.

El Coyote ayunado permanece pensativo en la sala principal de su pequeño palacio, preguntándose las razones por las cuales Mashtla ha decidido nombrar a Tlilmatzin tecutli de Teshcuco, y por qué su hermano ha aceptado, si el objetivo familiar es destituir a Mashtla del imperio, no aliarse a él. Concluye a la sazón que su hermano vendió su cabeza para complacer a su nuevo aliado. Decide entonces no asistir a la fiesta y permanecer en su palacio de Cilan.

El embajador regresa a Teshcuco y le informa a Tlilmatzin que no vio muy convencido a Nezahualcóyotl y que cree que no asistirá a la celebración. Tlilmatzin decide ir en persona a Cilan a la mañana siguiente. El Coyote hambriento teme que su medio hermano haya ido a arrestarlo. Piensa por un instante fugaz en no salir a la sala principal a recibirlo y huir por la parte trasera del palacio, pero un par de emociones le ganan la partida: opta por confrontarlo, verlo a los ojos, escuchar de su voz que se ha aliado al enemigo, que para él la sangre no es importante; sólo el poder y las riquezas. Al entrar a la sala, donde Tlilmatzin espera, Nezahualcóyotl camina sin temor hacia él y lo mira a los ojos.

—Me alegro por tu nombramiento —dice con falsa indiferencia, aunque bien sabe que la ingenuidad de su hermano es demasiada como para percatarse.

—Hermano —se muestra ufano—, he venido a compartir esta dicha contigo.

—¿Qué te pidió Mashtla a cambio del poder? —el príncipe sin corona camina de un lado a otro con el pecho hinchado y los puños firmes.

—Nada —Tlilmatzin se acomoda el penacho.

—Entonces, ¿a qué vienes?

—A decirte que sigues teniendo en mí a uno de tus más leales aliados, hermano. Conmigo al frente de Teshcuco, podrás hacer alianzas con otros pueblos y reunir al ejército más grande que haya existido en toda la Tierra. Juntos acabaremos con Mashtla.

—¿Por qué debería creerte?

—Porque he aceptado el gobierno de Teshcuco para que tengamos mayor libertad en nuestra ciudad. De otro modo Mashtla habría puesto un administrador tepaneca, el cual nos habría limitado nuestras labores en la recuperación del imperio. Sólo por eso, hermano. Mashtla quiere que me alíe con él, pero yo no pienso traicionarte. No voy a traicionarte. Le hice creer que obedecería sus órdenes, pero yo soy chichimeca, estoy con Teshcuco y contigo.

El Coyote ayunado sabe que debe aprender a dialogar sin evidenciar sus emociones, incluso a fingir como todos ellos; al fin y al cabo, así son los juegos del poder.

—Ofrezco mis más sinceras muestras de arrepentimiento por juzgarte antes de escuchar tu versión —hay entre ellos una correspondencia de miradas incrédulas y sonrisas simuladas—. Cuenta con mi presencia en aquel festín que tienes preparado.

En cuanto el hermano vuelve a su nuevo palacio de Teshcuco, el príncipe acolhua manda llamar a sus aliados para informarles lo ocurrido y pedirles su consejo.

—Yo creo que su hermano está siendo sincero con usted —dice uno de ellos.

—¿Sincero? —cuestiona otro—. Es un hipócrita resentido. Le está poniendo una trampa a nuestro príncipe.

—Si así fuera lo habría matado esta mañana aquí mismo —responde el primero.

—No lo hizo porque es un cobarde. Aquí lo habríamos defendido todos nosotros.

—¿Cómo? No estábamos con él cuando se vieron.

—Pero Tlilmatzin no lo sabía. Él ignoraba cuánta gente se encontraba con él. O si había soldados resguardando el palacio. Por eso no se atrevió a asesinarlo. Necesita hacerlo en un lugar seguro, donde él no corra ningún riesgo. Incluso donde nadie pueda pensar que fue él.

—¿Fingir que él no sabía nada?

—Exacto. Incluso, disimular una gran pena al verlo muerto.

—Y decirle al pueblo de Teshcuco que fueron los hombres de Mashtla.

—Yo opino que no vaya.

Igual que en tiempos de Ishtlilshóchitl, hay quienes insisten en que debe levantarse en armas contra su hermano; otros sugieren que le declare la guerra al hijo de Tezozómoc directamente y otros simplemente recomiendan que no asista a la celebración y espere. Huitzilihuitzin, el mentor de Nezahualcóyotl, se levanta, camina con pasos lerdos, se detiene frente al príncipe y lo observa —como si buscara algo en el rostro del príncipe— por un largo rato sin decir palabra. Los demás no entienden qué está haciendo el anciano. Esperan callados a que hable.

—Yo sé de un campesino que es muy parecido a nuestro príncipe —el anciano habla moviendo sus manos temblorosas hacia el frente—. Podemos mandarlo llamar y pedirle que se haga pasar por el Coyote.

—¿Para que lo maten? —pregunta uno de los aliados y todos guardan absoluto silencio.

—Existe ese riesgo. Pero es la única forma que tenemos para saber si Tlilmatzin es de confiar o es un traidor.

Hay reacciones de incredulidad, algunas de burla, otras de enojo. "¿Engañar al hermano de Nezahualcóyotl?" "Este viejo ya está desvariando." "Ya basta de huir, vayamos al ataque, dejémonos de cobardías."

—¿Qué tanto es el parecido? —pregunta uno de los aliados del príncipe.

—Mucho. Y si lo enviamos a la fiesta vestido con las ropas de nuestro príncipe heredero, ni su hermano encontrará las diferencias.

—¿Cómo es que está seguro?

—Porque yo mismo me confundí por un instante al verlo por primera vez. Luego encontré las diferencias, pero yo conozco bien a mi aprendiz. Por otra parte, no hay que olvidar que la fiesta será en la noche y la oscuridad será nuestra aliada, haciendo mucho más sencillo engañar a nuestros enemigos.

El debate se prolonga por un rato más hasta que llegan a la conclusión de que es la única manera de descubrir las intenciones de Tlilmatzin.

—Antes que nada —dice uno de los consejeros— debemos comprobar cuánto se parece este hombre a nuestro príncipe.

—Sea, pues, de esa manera —dice Nezahualcóyotl.

Finalizada aquella conversación, salen algunos embajadores

en su búsqueda y lo encuentran afuera de su casa trabajando la tierra. Desde el momento en que lo ven de lejos notan la enorme similitud entre ambos.

—¿Te llamas Azcatl? —preguntan.

El joven asiente con la cabeza y pone su herramienta de trabajo a un lado para recibirlos, tal cual es su costumbre.

—Nos ha enviado el príncipe Nezahualcóyotl. ¿Lo conoces?

—No. Jamás lo he visto.

Los embajadores experimentan una sensación extraña al hablar con el mancebo. Por momentos sienten que le están faltando al respeto al dirigirse a él sin las reverencias que se le hacen al príncipe. Es tan parecido al heredero chichimeca. "¿Será acaso algún hijo bastardo de Ishtlilshóchitl?", se pregunta uno de los embajadores. Comprobarlo es muy complicado, e intentarlo significaría aplazar la salvación del Coyote ayunado.

—El príncipe chichimeca nos ha enviado para solicitar tu ayuda.

—¿Mi ayuda? —Azcatl arquea las cejas y abre la boca.

El hombre es un pobre campesino que jamás se ha ejercitado en las armas. Tiene cuatro hijos y una sola esposa. Vive de lo que produce en una modesta tierra heredada de sus padres. Difícilmente recuerda la guerra entre Tezozómoc e Ishtlilshóchitl, pues él aún era un infante cuando sucedieron aquellas batallas, y donde él y su familia habitaban no ocurrieron grandes estragos, sólo en una ocasión pasaron las tropas tepanecas rumbo a Teshcuco. Destruyeron algunas casas para robar alimento y se marcharon. Azcatl se pregunta por qué lo han ido a buscar. Entonces se le ocurre que quieren que se incorpore a las tropas chichimecas. Piensa en su esposa y sus críos. "¿Quién se hará cargo de ellos?", se cuestiona y se preocupa. Él no es un guerrero, no tiene intenciones, no lo ha deseado jamás. Pero también está consciente de las penurias que hay en Teshcuco desde que Tezozómoc se hizo jurar como huey chichimecatecutli. Y si en algo puede garantizarles a sus hijos un mejor futuro está dispuesto a ejercitarse en las armas.

—Si mi señor Nezahualcóyotl me ha mandado llamar, entonces iré.

Los embajadores deciden no darle más información sobre los motivos por los que lo han ido a buscar. La tarea que le tienen asignada tiene garantía de muerte, una injusta asignación a quien jamás ha hecho daño alguno, un joven labrador, pacífico, honesto, leal a sus convicciones.

Sin hacer esperar a los embajadores, entra a su casa y le cuenta a su esposa. La mujer se queda atónita con la noticia. Luego llora sin control. Al igual que él, la mujer cree que lo mandaron llamar para que se una a las tropas de Nezahualcóyotl. Sabe que las posibilidades de que su esposo regrese con vida de la guerra son pocas. Y aunque tiene deseos de rogarle que no vaya, sabe que las órdenes de un príncipe son irrefutables. Luego de un triste adiós, Azcatl sale rumbo al palacio de Cilan, gira la cabeza y observa por arriba del hombro a sus hijos despidiéndolo, con la incertidumbre de si algún día volverá a verlos.

En el camino intenta averiguar más, pero los embajadores no ceden y llega sin información al palacio. Al entrar levanta la mirada y observa con detenido asombro todo el lugar. Jamás ha estado en un palacio, ni siquiera uno tan pequeño como el de Cilan. Los aliados y consejeros de Nezahualcóyotl también se encuentran asombrados por el impresionante parecido entre el joven y el heredero de Ishtlilshóchitl.

Azcatl espera lleno de inquietud a que el príncipe chichimeca aparezca. Al verlo entrar siente que una cascada de confusiones lo empapa por completo. Increíble verse a sí mismo en el rostro del Coyote ayunado, quien de igual manera camina hacia él y sin decir palabra alguna le toca una mejilla. Nezahualcóyotl piensa: "Tú eres yo, yo soy tú, somos, ¿quiénes somos? ¿Un reflejo en los espejos del lago? Sólo en las aguas serenas he podido ver una copia de mi persona. Sólo así. Somos... tan... pero tan... similares."

—Yo soy Nezahualcóyotl, príncipe heredero del imperio chichimeca.

Azcatl no puede responder. Los aliados y consejeros también permanecen en silencio.

—El motivo por el que te he hecho venir es muy delicado —explica el Coyote sediento, que en ese momento cierra los ojos, inhala pausadamente y exhala de golpe—. Me informaron que eres muy parecido a mí y quise comprobarlo.

El silencio se apodera del lugar. Nezahualcóyotl siente una vergüenza irreprimible al intentar explicar sus verdaderos motivos. Y para postergar sus intenciones le pide al joven Azcatl que le hable de él. "Es una crueldad, Coyote —piensa el príncipe chichimeca—. No lo escuches. Simplemente dale instrucciones. Saber de él te suavizará el corazón, te hará cambiar de opinión. Salva tu imperio, mándalo a la fiesta de tu hermano, sólo así lograrás salvar tu vida. Es la única manera. Es inevitable que se sacrifiquen otros por el señorío. No lo escuches."

Luego de enterarse de la pobreza en que vive y de la humilde personalidad del joven, el Coyote hambriento se siente como un tirano. "¿Cómo pedirle que se haga pasar por mí? —piensa Nezahualcóyotl—. Tan sólo es un humilde campesino, un joven trabajador. No es justo que sea condenado injustamente a la muerte." Todos los presentes lo saben, están convencidos de que en la fiesta intentarán asesinarlo o en su defecto lo llevarán arrestado ante Mashtla, quien finalmente lo torturará y acabará con su vida.

"¡No! ¡No puedo hacer esto! —piensa el Coyote sediento—. ¡Yo no soy un tirano! No le puedo pedir que camine a ciegas a una muerte segura. ¿Y si no? ¿Y si en verdad mi medio hermano quiere ayudarme a recuperar el imperio?"

Las miradas de sus aliados lo acorralan. Retractarse lo hundiría. Sabe bien que si no actúa como ellos esperan, pronto lo traicionarán como ocurrió con su padre tras perdonarle la vida a Tezozómoc.

—La razón por la que se te ha mandado llamar —hace una pausa y traga saliva— es para pedirte que acudas a un festín en mi nombre. Es decir que te hagas pasar por mí.

—¿Yo? —sonríe Azcatl.

—Pero debo decirte que tu vida corre mucho peligro —al mencionar esto se detiene titubeante—. El tecutli Mashtla pretende asesinarme y para ello ha nombrado a mi medio hermano tecutli de Teshcuco. Tlilmatzin dice que es leal a mí, pero mis aliados y yo creemos que está mintiendo. La única forma que tenemos para corroborar su lealtad es tú vayas en mi lugar. Sólo tú podrías engañarlos y descubrir si mi hermano piensa traicionarme o no. Mi plan es que salgas de ahí sano y salvo lo más pronto posible.

Azcatl baja la mirada y se mantiene en silencio. Todos los presentes se miran entre sí. Creen que el hombre se negará. ¿Por qué tendría que morir de esa manera? ¿Quién lo haría? Sólo alguien verdaderamente leal a la causa. ¿Hay gente así? ¿Suicidas que dan todo por el señorío y por los dioses?

"Soy peor que Mashtla", piensa el Coyote.

—Ahora que... —intenta decir Nezahualcóyotl, pero el hombre lo interrumpe.

—Si ése es mi designio, así lo cumpliré.

El príncipe acolhua abre los ojos con asombro. Los presentes sonríen y Azcatl se percata de ello.

—Sí —continúa con la frente en alto y el pecho hinchado—. Debe estar en mi agüero. Y si es así, de esa manera lo cumpliré. Aún más si con esto puedo contribuir a la salvación del imperio. Sólo le pido que se encargue de mi esposa e hijos, que todavía son unos niños.

El labio inferior del príncipe chichimeca comienza a tiritar, sus ojos enrojecen, sus cejas se arrugan y presiente que ésa es una de las acciones de las cuales se arrepentirá siempre.

—Te prometo que así lo haré —responde con una pena incontenible.

—No se diga más —interviene uno de los que se encuentran presentes—, hay que instruir a nuestro héroe en lo que ha de hacer para engañar a nuestros enemigos.

Azcatl sonríe al escuchar que se le denomina héroe.

—Anda —dice Nezahualcóyotl—, que te lleven a bañar y vestir.

Un grupo de sirvientes lo guía hasta los temazcali para que se bañe y le den trato de tecutli. Lo visten con un fino traje del príncipe acolhua, le ponen mancuernillas y collares de oro y plata. Le acomodan el más bello penacho que hay en el palacio. El joven sonríe al saberse vestido como un príncipe, con aquellas enormes plumas rojas en la cabeza y las joyas de la realeza. Lo hace sentirse orgulloso, aunque con ello pierda la vida. Experimenta unas ansias desmedidas. Piensa en lo que dirían sus amigos y parientes: "Azcatl está dando su vida por el príncipe Nezahualcóyotl. Ahí está un héroe, para reconocer por siempre".

Luego lo llevan ante el Coyote hambriento quien, al verlo con sus propios atuendos, se asombra aún más. Tanto para él como para los demás, la similitud entre ambos es inverosímil. Azcatl y él son idénticos, como Tlacaélel e Ilhuicamina.

—Ven aquí —dice uno de los aliados de Nezahualcóyotl—, ahora debemos instruirte sobre lo que debes decir y hacer.

—¿De qué? —pregunta el joven.

—Para engañarlos es necesario que conozcas los nombres de sus familiares, fechas y detalles de la realeza. No puedes ir si lo ignoras.

Esa tarde recibe lecciones de lenguaje, modales e historia. El joven muestra una memoria increíble. Finalmente, con las ropas del príncipe y acompañado de algunos de sus criados, es llevado al festín en Teshcuco. Lleva tan diestramente su papel que logra engañarlos a todos.

Nezahualcóyotl permanece a solas en su habitación. Se siente el más desalmado de los gobernantes que hay sobre la Tierra. Si bien anhela cobrar venganza, ése no es precisamente el camino que había pretendido forjar. Pasa toda la noche en vela. En la madrugada llega uno de los hombres que acompañó al joven Azcatl.

—Mi señor —dice, y Nezahualcóyotl se pone de pie augurando la peor de las noticias—. Lamento decirle que lo han matado. Llegamos a la fiesta y nadie notó la diferencia. Lo recibieron y lo trataron como si en verdad fuera usted. Lo llenaron de lisonjas, le dieron de comer y beber, más tarde lo invitaron a que se incorporara a una de las danzas. Azcatl sonreía, creo que fue el día más feliz de su vida, o por lo menos eso nos hizo creer a todos, pues con gran alegría se incorporó al baile. Y mientras tañían los tambores, Azcatl se movía como los demás danzantes. Hasta que, de pronto, uno de los soldados tepanecas, disfrazado de chichimeca, sacó su macuahuitl, y cuando lo tuvo cerca… le dio tan fiero golpe que le cortó la cabeza. Ni su hermano Tlilmatzin ni sus invitados respondieron al ataque. El soldado tepaneca recogió la cabeza del piso, la guardó en un morral y partió, sin detenerse, a Azcapotzalco.

Sin poder evitarlo, el príncipe chichimeca derrama una lágrima.

21

La ciudad isla Meshíco Tenochtítlan está sumida en un caos. Aunque no falta alimento ni agua, la población ha comenzado a inquietarse. Muchos pronostican lo peor. La gente ha abandonado sus actividades para confrontar a los soldados tepanecas que han bloqueado los accesos a la isla. Las tropas meshícas intentan mantener a los ciudadanos fuera del lago para preservar la paz.

Oquitzin, el tlacochcálcatl, se acerca a Ilhuicamina, quien se encuentra formando un bloque con otros cuarenta soldados para evitar que la gente llegue a las canoas.

—¡Ilhuicamina! ¡Ven conmigo! —grita Oquitzin, ya que es casi imposible hacerse escucharse con los alaridos de la multitud—. ¡Ve al palacio del tlatoani e infórmale que la gente no está obedeciendo e insisten en salir de la ciudad!

Para llegar al palacio, Ilhuicamina debe cruzar por el mercado, que se encuentra saturado por la gente que quiere obtener la mayor cantidad de alimento posible. Muchos creen que el bloqueo a la isla durará meses. De pronto escucha su nombre en la voz de una mujer. Se detiene y voltea. Cuicani lo saluda con una alegría desbordada. Ilhuicamina le responde con indiferencia. La conoce desde que eran niños pero hasta el momento él no ha sostenido una amistad con ella. Ignora que hay algo entre Cuicani y Tlacaélel, así que piensa que ella le está coqueteando de verdad... ¡A él!

—¿Adónde vas? —se le acerca de tal modo que su pecho queda a unos centímetros.

—Al palacio, a dar un informe a mi tío... —corrige nervioso—: Al tlatoani.

—¿Me llevas? —Cuicani pone su mano en el pecho del soldado. Dibuja círculos con los dedos índice y medio. Ilhuicamina no entiende. No sabe cómo responder.

—E... —tartamudea—. Estoy trabajando...

—Lo sé, tonto. Estoy jugando —se aparta.

—Sí... —sonríe torpemente—. Sí sabía que estabas jugando...

De pronto Cuicani ve a su padre caminando hacia ellos y se aleja apurada sin despedirse. Ilhuicamina se queda aún más confundido. En ese momento se le acerca el sacerdote.

—¿Qué haces ahí parado, muchacho? —dice Azayoltzin.

—Ahhh —Ilhuicamina no sabe si sea correcto mencionar que su hija se acaba de ir corriendo.

—Déjame adivinar —lo observa con atención—. Eres Ilhuicamina.

—Sí. Así es, maestro.

Ambos comienzan a caminar.

—Siempre has sido más distraído que tu hermano —comenta el sacerdote.

—Querrá decir más torpe —responde Ilhuicamina y agacha la cabeza.

—De ninguna manera —le pone una mano en el hombro—. Eres discreto. Eso me gusta de ti. No andas como otros por ahí tratando de presumir que sabes mucho o que eres el más valiente de la tropa. Cuando tienes que demostrarlo, lo haces y ya.

—Me honra con sus comentarios, maestro.

—¿Adónde te diriges? —pregunta Azayoltzin.

—¡Oh, casi lo olvidaba! —responde Ilhuicamina con preocupación—. Debo llevar un mensaje al tlatoani —se va corriendo.

En pocos minutos llega al palacio y entrega su informe a Izcóatl, quien en cuanto despide al joven Ilhuicamina ordena a uno de los soldados de la casa real que convoque a los miembros del Consejo y a los ministros.

—Los mandé llamar —dice en cuanto se reúnen todos— para que me ayuden a tomar una decisión sobre los acontecimientos actuales. Como es de su conocimiento, nuestro ejército es mucho menor que el de los tepanecas. No tenemos ni la mitad. Lo peor de todo es que Mashtla cuenta con el apoyo de la mayoría de los pueblos vecinos.

—Nosotros tenemos a los tlatelolcas.

—Eso no es suficiente.

Una vez más, todos tienen opiniones diferentes. La sesión se extiende varias horas. Resulta casi imposible llegar a un acuerdo. Izcóatl decide no llevar a cabo ninguno de los consejos recibidos y se marcha de la sala. Apenas sale el tlatoani, los sacerdotes comienzan a quejarse de la respuesta de su líder.

—¿De qué sirve que convoque a una reunión de Consejo si nos termina ignorando? —dice uno de ellos.

—Sólo nos hace perder nuestro tiempo.

—Si al final va a gobernar como le dé la gana, mejor que nos deje de importunar con sus quejas.

—El tlatoani nos convoca para escuchar nuestros consejos. Y nuestra labor es orientarlo y ser pacientes.

—No —interrumpe Azayoltzin—. El tlatoani debería acatar nuestras decisiones. Por algo se creó el Consejo.

—Es el tlatoani —responde Cuauhtlishtli—. El máximo poder de los meshícas.

—Cierto —le contesta Azayoltzin con la frente en alto—. ¿Y qué ocurrió cuando secuestraron a Chimalpopoca?

Todos callan por un instante. Se miran entre sí.

—Nos quedamos sin líder y sin poder para tomar decisiones —dice Yohualatónac con un gesto de desánimo.

—¿Y eso qué tiene que ver con lo que estábamos discutiendo? —pregunta Tlalitecutli.

—Que no tenemos voz ni voto —explica Azayoltzin—. Somos sirvientes del tlatoani. Cuando quiere nos escucha, pero si le da la gana, nos ignora.

—Así son las leyes —responde Tochtzin—. ¿Qué podemos hacer al respecto?

—Cambiarlas —expresa Azayoltzin.

—Nosotros no tenemos el poder para cambiar esas leyes —responde el anciano Totepehua—. Y aunque lo tuviéramos, debemos aprender a respetar la autoridad del tlatoani.

—Nosotros elegimos al tlatoani —Azayoltzin camina alrededor de la sala—. Por lo tanto, somos responsables de los errores que cometa. Tenemos la obligación de hacerlo cumplir con el juramento que hizo.

—Él no es un niño. Sabe lo que hace —insiste Totepehua.

—Seis personas piensan mejor que una —responde Azayoltzin—. El tlatoani está expuesto a muchas tentaciones. Puede causar grandes tragedias. Tiene que haber alguien que lo detenga. Alguien que le diga cuándo debe avanzar y cuándo no. Alguien que le prohíba cometer el peor error de su vida. Alguien que le impida convertirse en un tirano o en un bufón. Debemos reformar la ley de gobierno, de manera que el Consejo esté por arriba del tlatoani y no por debajo.

22

Miracpil busca una flor, pero el jardín está seco.

Tiene apenas dos semanas en el palacio de Cilan. Dos semanas que le han parecido eternas. Catorce días con el corazón hecho moronas. De la primera noche con el príncipe sólo le queda el recuerdo de un dolor en la entrepierna. De la segunda, un intento fallido por aprender a deleitarse con aquellos empellones. De la tercera ya no guardó recuerdo, sólo se ocupó en embrutecerlo con caricias para dar pronto fin al coito. Para su suerte, la cuarta noche el príncipe optó por holgarse con otra de sus concubinas.

Miracpil pasa la mayor parte de su tiempo a solas. Cumple con las labores que se le han asignado. Y mientras tanto pasa las horas añorando los tiempos de aquella infancia llena de libertad.

Es la novena de doce hijos. A Otonqui, su padre, lo conoció derrotado y acabado. Había ido a todas las guerras —aquellas a las que Tezozómoc enviaba a los tenoshcas—, no tanto por obediencia o lealtad a las tropas sino por el desquiciado goce de desafiar a la muerte. Por ser perteneciente al vulgo, jamás fue reconocido, como él asegura debió ser. En todas las batallas salía prácticamente ileso, si acaso con uno que otro rasguño. Volvía a casa por un par de semanas o días para dar justo en el blanco con su lanza y engendrar un hijo más; luego partía de nuevo. Llegado el octavo integrante de su descendencia se jactaba de su puntería: ocho soldados. Tenía con esto dos razones para presumir con sus compañeros de batalla: ni una sola herida o hija, que para él eran lo mismo. La novena ocasión en que su mujer quedó encinta se llenó la boca haciéndole saber a todos sus amigos que ya casi estaba completa la tropa. Tardó cuatro años en volver a casa, el tiempo que duró la guerra entre Tezozómoc e Ishtlilshóchitl, cuatro años presumiendo que ya pronto iría a conocer a su noveno varón.

Ese año se le despeñó la vida: una flecha dio certera en el corazón cuando un soldado le contó que su esposa le había mentido todo ese tiempo pues había dado a luz a una hija. Para sacarse la daga del pecho, ese día inolvidable se bebió una enorme jícara de pulque, salió completamente ebrio a la batalla y estuvo a punto de perder la vida al enfrentarse a dos soldados enemigos a la vez. Uno de ellos le destrozó la pierna y el otro le rebanó la espalda con su macuahuitl. Estaba a punto de cercenarle la cabeza cuando llegaron en su auxilio cinco de sus compinches para vengar la derrota del invicto Otonqui.

Tras aquella dolorosa batalla buscó incansablemente la forma de postergar su regreso a casa, demorar aquel encuentro con su familia y amigos que lo verían demolido con una pierna inservible, una espalda rota y una hija inesperada. Con la atormentada seguridad de que su vida estaba al borde de la dependencia, llegó a adoptar la posibilidad de un suicidio fugitivo, pero el capitán de la tropa lo empapó con regaños, le sacó de la cabeza aquellas dolencias y le ofreció un nuevo oficio: fabricar cabezas de madera con formas de serpientes, águilas y jaguares para los guerreros.

Al llegar a casa lo primero que se le cruzó en el camino fue una niña desnuda, con una rama frondosa entre las manos, corriendo detrás de un perro. Los guajolotes se esponjaron y se sacudieron luego de saberse liberados del acoso del sholoitzcuintle de pecho blanco que diariamente los correteaba para arrancarles un par de plumas, quizás envidioso de verlos tan

160

bien vestidos mientras él sólo podía presumir un manojo de pelos en el hocico y la frente.

Cumplida su labor de rescatar a las aves espantadas, la niña regresó a darles de comer, mientras el sholoitzcuintle observaba sentado con la lengua colgante y las orejas erectas. Con la mirada fija en los guajolotes, el perro planeaba un nuevo ataque que habría resultado certero, de no haber sido por la llegada de un forastero que le arrebató la atención. Con una retahíla de ladridos y un par de pasos apresurados se acercó al intruso; luego retrocedió al verse vulnerable. Miracpil dirigió su atención al hombre que caminaba con un palo bajo la axila que le servía de muleta y corrió al interior de la casa.

—¡Mamá, hay un hombre allá fuera!

La llegada de Otonqui a casa no hizo más que desvanecer la felicidad en la que se encontraba la familia, desde hacía años acostumbrada a su ausencia. Mientras comía esa tarde, la madre de Miracpil le contaba a Otonqui que los meses en que estuvo preñada de la niña la cosecha dio el maíz más grande y rico que se hubiese visto por aquellos lugares, y que el día en que nació, Tonátiuh, el sol, seguía dando luz a una hora en que ya debía estar oscuro.

La predicción de la abuela fue que esa niña alumbraría de noche. A los pocos meses de nacida ya superaba en actitud a la mayoría de los niños de su edad. Cuando Miracpil enfermaba, la cosecha se secaba. A los tres años poseía la cordura de una niña mayor, suficiente para percibir en los ojos de su padre un desdén al cual también respondió con indiferencia.

Inconforme con el destino que le prometía su madre, rompió casi todas las reglas de su educación, empezando por crear una cuadrilla de niñas con la que planeaba fugarse al llegar la adolescencia. Nadie cumplió el pacto, todas fueron entregadas en matrimonio llegados los trece y catorce años. Inevitablemente a ella también le tocó el mismo destino.

Apenas si se había conformado a la infelicidad de su nueva vida como concubina, los presagios de la vieja Tliyamanitzin se cumplieron: llegó la felicidad. Se anunció en el palacio que mataron al príncipe.

Pero ése no es el motivo para que dé inicio a los años más alegres de su existencia, sino que quien le da la noticia tiene los ojos más hermosos que ella ha visto en su vida.

—¿Cómo que lo mataron? Anoche estaba aquí —pregunta Miracpil.

—Pues al amanecer ya no lo encontramos. Al parecer ayer lo invitaron a una fiesta en el palacio de Teshcuco. Había planeado no ir, pero decidió partir de último momento. Todos dicen que le cortaron la cabeza y que se la llevaron al tecutli Mashtla.

Nunca había sido tan largo y tan fúnebre un amanecer en el palacio de Cilan como éste en que las concubinas del Coyote sediento deambulan ahogadas en una lloradera incontenible por todos los rincones. Citlali se derrumba en lágrimas desde que escucha la noticia. Nadie logra contenerla. Ayonectili culpa a las demás por no haber cuidado de él toda la noche. Ameyaltzin para robar atención inventa en este momento que está preñada. Hiuhtonal se apresura a buscar las prendas más elegantes para verse hermosa en los funerales del príncipe. Yohualtzin lamenta tanto la muerte que no quiere salir de su habitación. Huitzilin se pregunta si en el futuro, al contraer matrimonio con alguien más, disfrutará del coito tanto como lo hace con el príncipe. Papalotl sufre tanto que cree que sin Nezahualcóyotl jamás volverá a ser feliz. Zyanya lamenta enormemente no haber podido lograr su objetivo de ser la esposa del difunto príncipe chichimeca.

—¿Y tú? ¿Cómo te sientes? —pregunta Shóchitl a Miracpil.

—Sólo lo conocí unas semanas —responde sin culpa.

Con un inesperado abrazo Shóchitl abriga a la joven concubina y alimenta con su aroma sus deseos más recónditos. Llegada la noche, cuando ya nadie asiste al palacio para corroborar la noticia de la muerte del príncipe, el anciano Huitzilihuitzin las reúne a todas en una habitación y les anuncia que todo es parte de una farsa para engañar a Mashtla. Los regocijos no se hacen esperar, todas se abrazan entre sí. Shóchitl se apresura a llevarse a los brazos a Miracpil, que indiferente a la noticia sonríe para no levantar sospechas.

—Así que… —continúa el aciano Huitzilihuitzin moviendo sus manos temblorosas— les ruego no comenten esto con nadie. De lo contrario los planes de nuestro príncipe se verán frustrados.

En cuanto cumple con su misión, el anciano sale de la habitación con pasos lerdos.

23

El ejército tepaneca sigue bloqueando la isla de Tlatelolco y Tenochtítlan. La gente se ha cansado de reclamar que los enemigos se vayan. La mayoría ha vuelto a sus casas para comer y dormir. De pronto, sin que nadie se percate, llega una tropa en unas canoas. Seis soldados tepanecas avanzan por las calles sin llamar la atención. Uno de ellos lleva algo cubierto con una manta de algodón. Al llegar al palacio de Izcóatl, exigen con tono autoritario que los dejen entrar. Los soldados tenoshcas forman un bloque para evitar que los soldados tepanecas entren arbitrariamente, mientras uno de ellos se apresura a informar al tlatoani lo que está ocurriendo.

—Déjenlos pasar —ordena Izcóatl con tranquilidad.

Los soldados tepanecas entran en la sala principal con una arrogancia insoportable. Sin mostrar reverencia ni respeto por la investidura de Izcóatl y sus ministros, los soldados henchidos de soberbia quitan la sábana de lo que llevan en las manos y aparece la cabeza del campesino que se hizo pasar por Nezahualcóyotl y la dejan caer en el piso como si fuera una pelota.

—Nuestro tecutli Mashtla le manda decir que se rinda inmediatamente si no quiere terminar así —exige el capitán, llamado Shochicálcatl.

En ese momento aparece el Coyote ayunado por la entrada exclusiva del tlatoani.

Los soldados tepanecas quedan asombrados al verlo vivo. El capitán tepaneca piensa por un instante que se trata de una ilusión, un espejismo, una pesadilla. "¡Lo estoy soñando! ¡Yo lo maté! ¡Aquí traigo la cabeza del príncipe chichimeca!"

—¿Qué decías? —Izcóatl dirige la mirada a la cabeza morada y putrefacta sobre el piso.

—Yo... —tartamudea el soldado—. Te... te...

Con una mirada soberbia, el Coyote en ayunas se dirige a Shochicálcatl, quien en ese momento comienza a sudar de miedo. Le resulta imposible verlo vivo. Tiene la seguridad de haberlo asesinado. La gloria se le ha esfumado en segundos. ¿Y ahora qué ocurrirá? ¿Cómo volverá al palacio de Mashtla? La vergüenza es uno de los peores castigos.

—¡No! ¡No es posible! Yo... yo te maté... Sí... Lo sé... Tú estás muerto...

El Coyote ayunado sonríe postrándose frente a él. El soldado no puede responder. Los presentes están expectantes. Nezahualcóyotl dirige la mirada a la cabeza en el piso y siente una tristeza irreprimible. Por un instante está a punto de claudicar, pero sabe que hacerlo lo llevará a una impostergable derrota.

—Ve y dile a Mashtla que estoy vivo. Que no logrará su propósito. No podrán matarme —Nezahualcóyotl camina gallardo sin dejar de ver al soldado tepaneca—, porque yo soy inmortal.

Tras escuchar aquellas palabras, los soldados tepanecas salen apresurados rumbo a Azcapotzalco para dar informe a Mashtla. Mientras cruzan el lago van augurando su destino. Discuten la posibilidad de fugarse.

—Nos encontrará —dice uno de los soldados.

—Yo no soy ningún cobarde —finaliza Shochicálcatl—. Cumplí con la orden de mi amo, y si él considera que por mi culpa el príncipe sigue vivo, aceptaré su sentencia. Soy el capitán, así que les ordeno seguir hasta el palacio. Si no lo cumplen, aquí mismo les daré su castigo en nombre del gran chichimecatecutli.

Los soldados saben bien que Shochicálcatl no lanza amenazas al aire sin dar en el blanco. Y también entienden que por él hay algunas posibilidades de salvar sus vidas ante Mashtla. Así que obedecen y siguen su camino con desazón. Al llegar encuentran a Mashtla, ansioso de enterarse de las reacciones de los tetecuhtin de Tlatelolco y Tenochtítlan.

—Hablen —exige al notar su ansiedad.

—Le traemos malas noticias, mi amo…

—¿Se han revelado los meshícas? —aprieta los puños.

—No —responde el capitán y sus labios tiritan de miedo.

—¿Acaso no los recibieron? —se pone de pie—. ¡Digan qué ocurrió!

—¡Oh, mi amo y señor! —se arrodilla uno de los soldados con exagerada aclamación—. ¡Nos engañaron!

—¿Quiénes?

—Nezahualcóyotl —responde Shochicálcatl cerrando los ojos esperando la ofensiva de Mashtla—. El Coyote ayunado envió a un hombre muy parecido a él para que tomara su lugar en la fiesta. La cabeza que le trajimos no es la del príncipe chichimeca.

Contrario a sus habituales reacciones, Mashtla se queda en silencio y con la mirada perdida. El hijo de Ishtlilshóchitl se ha burlado de él de la manera más vulgar que puede existir, lo ha ridiculizado frente a todos, ya que Mashtla ha mandado informantes a las principales ciudades para anunciar la muerte de Nezahualcóyotl. Ahora debe enviar embajadores para negar lo acontecido. Aquella vergüenza pública lo denigrará, lo aplastará, le arrancará toda credibilidad; ya nadie le temerá.

—Pretenden engañarme —sonríe y se pone de pie dirigiéndose hacia ellos—. No deben hacerle esto al huey chichimecatecutli.

La enorme quijada de Mashtla parece ensancharse aún más mientras intenta mantener la sonrisa para no derrumbarse de coraje frente a sus soldados. Aunque bien podría darles muerte por haber fracasado en su intento, comprende que le son de mayor utilidad con vida. Respira con profundidad, marcha a su asiento real, baja la mirada y se mantiene en silencio por un largo rato, mientras los soldados yacen frente a él enmudecidos y temerosos de que al responder el tecutli lo hará sólo para decretar su impostergable destino a la muerte.

—Vayan en busca de Tlilmatzin —dice manteniendo la calma.

Los soldados dejan escapar largos suspiros de tranquilidad. Abandonan la sala principal con apuro para cumplir con exactitud la orden de su señor.

Al anochecer vuelven acompañados de Tlilmatzin, que recién se ha informado del engaño. Apenas entra el hermano del Coyote sediento en el palacio tepaneca, Mashtla se le va encima con los dos puños: un derechazo en la boca que le derriba dos dientes; su puño izquierdo en el ojo; el derecho en la quijada; para finalizar con el izquierdo en el abdomen. Tlilmatzin escupe sangre en tanto se lleva las manos al vientre e intenta enderezarse.

—¡Eres un imbécil! ¿Quién es el único que puede reconocer a Nezahualcóyotl, sino tú? Mis soldados cumplieron las órdenes, dieron muerte al que según la farsa de tu hermano era el Coyote hambriento. ¡Pero tú...! ¿No pudiste darte cuenta de que era un impostor? —le da la espalda y continúa hablando—: Debería mandar a que te maten en este momento, pero eso es premiar tu incapacidad. Mejor será que sufras el desprecio de tu hermano, que ahora está bien enterado de tu traición. Y como ya no tienes forma de volver con él sin que se vengue, deberás obedecer cuanto yo te ordene. Te quedarás en Teshcuco como tecutli y darás apoyo a mis tropas cuando lo necesiten. Le cerrarás los caminos a tu hermano cuando intente huir o prepare algún ataque.

—Sí... mi señor... —Tlilmatzin se agacha para recoger su penacho que fue a dar al suelo entre los golpes.

—Lárgate —finaliza Mashtla.

Se dirige entonces a los cuatro capitanes, entre los cuales se encuentra Shochicálcatl.

—Les ordeno —dice sin mayor preámbulo— que con la mayor brevedad reúnan la gente más valerosa del ejército, marchen a la ciudad de Teshcuco y maten a Nezahualcóyotl, del modo que sea. ¡No me importa lo que tengan que hacer!

Los capitanes se disponen a ejecutar la orden. En cuanto Mashtla se encuentra a solas manda llamar al enano Tlatólton para pedirle algo sin precedentes.

—¿Me mandó llamar, mi amo? —pregunta Tlatólton, quien estuvo todo el tiempo espiando a Mashtla. Sabe que el tepantecutli está furioso. Espera cualquier cosa de él, menos lo que está por escuchar.

—Quiero que me diviertas.

Durante un instante, el enano se hace el desentendido pero bien sabe lo que aquello significa: debe hacer de bufón, algo en lo que jamás se ha empleado.

—Eres enano —continúa Mashtla—. Los enanos hacen reír. Haz algo para que me entretenga.

Imposible negarse, inaceptable que dijese que no sabe cómo, inadmisible fallar en esa nueva y ridícula tarea. Y tragándose como alimento putrefacto el enojo por tener que llevar a cabo lo que él considera humillante, da un par de pasos al frente y se deja caer estúpidamente, sin lograr dibujar una sonrisa en la cara del tecutli. Jala aire, se pone de pie y comienza a decir tonterías, fracasando una vez más.

—Ordena que traigan un sholoitzcuintle —dice Mashtla conociendo el temor del enano hacia los perros.

Con la mirada baja, Tlatólton abandona la sala principal y pide a uno de los soldados que le consiga un perro.

—¿Qué? —pregunta el soldado sin entender la razón.

—Trae un perro —dice el enano—, el menos agresivo que encuentres.

Tlatólton vuelve a la sala principal y se detiene en el centro sin poder controlar su miedo. El solo hecho de pensar que llevarán un animal que tanto aborrece le provoca un nudo de temores.

—¿Qué esperas? —pregunta Mashtla—. Haz algo.

El enano sigue haciendo tonterías para hacer reír al gran chi-chimecatecutli, pero éste se mantiene serio, sin poder quitar de su mente el fracaso frente a su enemigo. Minutos más tarde llega uno de los soldados con un perro y Mashtla da la orden de que lo suelten.

El perro camina hacia el enano, lo olfatea, saca la lengua e intenta lamerle el rostro. Temeroso, Tlatólton da unos pasos en reversa y el animal lo sigue. Comienza a correr por todo el lugar. Grita. Ruega que lo detengan. Mientras tanto a la mente del tecutli Mashtla vuelve aquella memoria de la infancia con el enano que divertía a Tezozómoc, y sin dilación comienza a reír a carcajadas. El perro, al creer que todo es un juego, sigue al enano por toda la sala. Tlatólton resbala, cae de frente y se rompe la nariz. Mashtla no para de reír. El soldado se mantiene serio por un instante. Observa aquel teatrillo y sin poder evitarlo también se une a las carcajadas.

24

Oquitzin abre los ojos por unos segundos y los cierra. Los abre nuevamente para descubrir que no entiende nada. Sabe que se encuentra acostado, pero ignora dónde está. No reconoce el lugar. No se reconoce a sí mismo. No sabe que se llama Oquitzin y que es el tlacochcálcatl de la ciudad isla Meshíco Tenochtítlan. Le duele el cuerpo. Demasiado. Cierra los ojos y espera un rato. Al abrirlos otra vez comprende que no es un sueño. Definitivamente es una pesadilla, una de esas crueles pesadillas de la vida. Todo le duele. No puede mover un dedo. Intenta hablar. Un gemido inaudible apenas si sale de su garganta degollada.

—Ya despertaste —dice una voz femenina.

Oquitzin intenta llamarla pero de su boca no sale una palabra. Escucha pasos que se arrastran por un piso de tierra. Observa detenidamente el lugar. O mejor dicho, hacia arriba, que es lo único que puede ver debido a la posición en la que se encuentra. Por las vigas de madera y las hojas de palma que forman el techo entiende que se halla en un jacal. De pronto aparece ante sus ojos el rostro de una anciana. Por su aspecto cualquiera diría que es la mujer más vieja que existe.

—No intentes hablar porque te lastimarás la garganta —dice la mujer.

—Ggg jjh —responde Oquitzin.

—¿Qué te estoy diciendo? —dice la anciana e inmediatamente le quita el pedazo de tela que tiene en la garganta. Toma otro trapo mojado y limpia la abundante sangre que escurre de la herida. Luego le coloca otro paño limpio sobre la herida y lo ajusta para que no se caiga—. No lo puedo apretar mucho, ya que apenas puedes respirar. Te cosí y te quemé la herida pero aún sigue sangrando mucho.

Oquitzin intenta recordar qué le ocurrió pero no lo consigue. Su memoria está en blanco.

—Me llamo Tliyamanitzin. Soy curandera. Seguramente sabes quién soy. Muchos hablan de mí. Como sea. Lo que importa es que te recuperes —la anciana nota la incertidumbre del individuo que tiene acostado en el petate—. Eres muy fuerte. Cualquiera en tu lugar habría muerto con el ataque que sufriste. Seis hombres te agredieron a medianoche. Lo vi todo. Disculpa que no haya intervenido, pero andaba desarmada. Tenía todas las de perder. Te apuñalaron cinco veces y te degollaron. Todo fue muy rápido. Más de lo que te imaginas. Como una retahíla de estornudos. Así de rápido. Te dieron por muerto y escaparon. Tuvimos suerte de que ocurriera justo aquí afuera. En la entrada de mi jacal. Inmediatamente yo y mi muchacho te trajimos aquí, te cosí la herida del cuello y la quemé con leña ardiente. Si no la hubiera detenido en ese momento, te mueres. Después hice lo mismo con las puñaladas que te dieron en el abdomen y la espalda. Lo demás es gracias a las hierbas y los dioses.

—Madre —dice la voz de un hombre y la anciana Tliyamanitzin se pone de pie y se dirige a la entrada del jacal—. Encontré esta serpiente —muestra el animal que lleva en su petaca.

—¡Idiota! —Tliyamanitzin se echa para atrás por el susto—. ¿Cómo se te ocurre traerla así? Capturaste la más venenosa. Te pudo haber matado. Ya te dije que las tienes que matar de inmediato.

—Está muy bonita —sonríe como niño de seis años.

La curandera niega con la cabeza, va en busca de un cuchillo, mata a la serpiente con prodigiosa agilidad y la desuella. Mientras tanto el hombre observa con atención.

—Toma —dice Tliyamanitzin y le entrega la serpiente muerta y la piel—. Lávala y tráemela de inmediato.

La anciana regresa con Oquitzin y se sienta a su lado.

—Ése es mi hijo. Se llama Ipehuiqui. No creo que lo hayas podido ver, pero es un hombre de sesenta años con el comportamiento de un niño de ocho años. La gente me lo maltrata mucho. Le llaman idiota, pero no es tanto. Es inteligente, sólo que no lo demuestra. Le ordené que me trajera una serpiente y la trajo con premura. Si le solicitas algo así a cualquier persona no cumplirá con la tarea. Y si lo hace, se demorará días. Ipehuiqui es muy inteligente y sabe cumplir lo que le pidas.

—Aquí está la piel de la serpiente, madre —dice Ipehuiqui al entrar.

—Gracias. Ahora tráeme la cacerola que tengo en el fuego. Con cuidado. Está caliente. Te puedes quemar. ¿Me escuchaste?

—Sí, madre. No soy idiota.

Ipehuiqui regresa con la cacerola y la coloca en el piso junto a Oquitzin. La anciana sumerge la piel de la serpiente en la cacerola y espera varios minutos. El líquido en su interior es espeso y de color café claro. Tliyamanitzin saca la piel de la serpiente, corta un pedazo y lo coloca en la garganta de Oquitzin. Luego corta otros pedazos y de igual forma los coloca en las heridas del abdomen. Finalmente, toma el ahumadero y baña el cuerpo con el humo del copal y las hierbas sagradas. Oquitzin cierra los ojos y se queda dormido.

En un sueño profundo, el tlacochcálcatl se encuentra con dos soldados de la casa real. Los está interrogando. Ellos se niegan a responder. Oquitzin pierde la paciencia.

—Ustedes tenían guardia en la frontera con Tlatelolco la noche en que asesinaron a Matlalatzin.

—Sí. Nosotros la vimos y hablamos con ella. Caminaba sola en la orilla del lago.

—¿Qué les dijo?

El sueño se desvanece como la neblina al amanecer.

—No… —dice la anciana con los ojos cerrados, aún de rodillas, junto al cuerpo acostado de Oquitzin—. Espera. Aún no he terminado. No te vayas aún…

El tlacochcálcatl aparece en el campo de entrenamiento de los soldados, quienes se encuentran ejercitándose en las armas. Camina entre ellos, analiza las posturas y corrige a algunos. La mayoría son jóvenes de entre dieciséis y veinticinco años. De pronto llama su atención uno de ellos. Sujeta el macuahuitl con debilidad. Su contrincante lo arrincona. Finalmente cae de nalgas sobre la tierra. Oquitzin se acerca a él y le pregunta qué le ocurre. El joven le explica que se lastimó el hombro semanas atrás y que apenas se está recuperando. El tlacochcálcatl no le da importancia y sigue evaluando a los soldados. De pronto reconoce el rostro del soldado. Es uno de los guardias de la casa real. Se da media vuelta y regresa con el joven.

—Eso significa que no tuviste guardia la noche en que secuestraron al tlatoani Chimalpopoca.

—No —responde el hombre—. Estuve en mi casa.

—¿Cuándo regresaste a tu guardia?

—Al día siguiente.

—¿Ya te sentías mejor?

—No. Pero el capitán nos ordenó que nos presentáramos de inmediato.

—¿Les ordenó? ¿A quiénes?

—A mis compañeros de turno y a mí.

Oquitzin desvía la mirada y se queda pensativo. "¿Por qué no me di cuenta?", se pregunta.

—¿Me estás diciendo que ninguno de los soldados de tu turno estuvo la noche en que secuestraron a Chimalpopoca?

—Así es.

El tlacochcálcatl busca con la mirada a los soldados del turno de la noche. A los que reconoce los llama con un grito. A los demás, los busca con ayuda de los demás soldados. Termina con seis soldados frente a él. Se los lleva a un lugar lejano, donde el resto de la tropa no pueda escuchar su conversación.

—Al día siguiente de la desaparición del tlatoani Chimalpopoca, a ustedes los mandó llamar el entonces tlacochcálcatl Izcóatl y les preguntó si habían visto quién se había llevado al tlatoani. Todos ustedes respondieron que no vieron nada. Mintieron. Ustedes no estuvieron de guardia esa noche. ¿Por qué no dijeron eso?

—Porque no teníamos permiso para faltar. El capitán nos dijo que podíamos irnos a descansar pero que no le dijéramos a nadie que nos habíamos ido.

—¿Quién se quedó en sus lugares?

Los soldados se miran entre sí. Están nerviosos. Ninguno responde.

—Les hice una pregunta.

—No sabemos quién se quedó en nuestros lugares —responde uno de ellos.

—Les ordeno que no hablen de esto con nadie. Ni una palabra. Ni siquiera a su capitán.

Oquitzin se marcha directo a la Casa de las Águilas —cuartel y escuela de los soldados— en busca del capitán, llamado Moshotzin. Lo encuentra rodeado de cuatro soldados. Los mira con desconfianza. Parecen ser amigos. Interrumpe la conversación. Le ordena a Moshotzin que lo siga a una de las salas de la Casa de las Águilas. Sin preámbulo le pregunta quiénes estuvieron a cargo del cuidado de la casa real la noche en que Chimalpopoca fue secuestrado. Moshotzin responde sin interés que no sabe los nombres. Oquitzin pierde la calma. Insiste.

—No lo sé. No recuerdo los nombres —responde Moshotzin con indiferencia y se prepara para salir.

Oquitzin lo intercepta y lo toma del cuello.

—Yo soy el tlacochcálcatl. Soy tu superior. Ahora mismo me vas a decir por qué cambiaste a los soldados la noche en que desapareció Chimalpopoca.

—Estaban cansados. Les dije que fueran a dormir a sus casas. Yo no sabía lo que ocurriría después.

—No me engañas con eso. Si no me das los nombres en este momento, te voy a llevar ante el tlatoani.

Moshotzin le da un golpe tan fuerte a Oquitzin en los testículos que lo deja derribado en el piso por algunos minutos, tiempo suficiente para salir de la sala sin ser perseguido. En cuanto el tlacochcálcatl se recupera y se pone de pie, sale en busca del capitán. Camina varias calles para encontrarlo. Oquitzin tiene la certeza de que Moshotzin cambió a los soldados para facilitar el secuestro de Chimalpopoca. Al mismo tiempo se pregunta para quién. "¿Sirve a Mashtla? ¿Obedece a alguno de los miembros del Consejo?" No era un secreto que una facción de los nobles jamás estuvo de acuerdo con la elección de Chimalpopoca por ser hijo de Tezozómoc y por no ser cien por ciento meshíca. Concluye entonces que Moshotzin también estuvo involucrado en la muerte de Matlalatzin. Decide que a la mañana siguiente ordenará que arresten al capitán de la tropa.

Luego de varias horas regresa al palacio. Se encuentra con Izcóatl. Lo ve muy preocupado por el bloque de los tepanecas a la isla. Oquitzin decide no informarle lo ocurrido esa tarde. Prefiere esperar a que sus soldados arresten a Moshotzin y luego interrogarlo, hasta que confiese toda la verdad.

Esa noche, cuando Oquitzin va de regreso a su casa, es atacado por hombres desconocidos. Todo sucede tan rápido que no le da tiempo de sacar su cuchillo. Los agresores escapan debido a que ven la sombra de una persona en el camino: la bruja Tliyamanitzin.

25

Un músico al fondo de la sala tañe dos palos macizos de madera: *¡Tan!...* (Silencio.) *¡Tan!...* (Silencio.) *¡Tan!...* (Silencio.) Le sigue el huehuetl —un tronco de madera ahuecado y entallado por fuera con un cuero de ciervo bien curtido y estirado, el cual se toca con las yemas de los dedos—: *Tum, tum, tum. Tum, tum, tum.*

Con un brinco, lanzando la pierna derecha al frente, seguida de la izquierda y sacudiéndose sensuales de hombros hacia abajo, las concubinas de Nezahualcóyotl se integran a la danza sosteniendo cada una entre las manos un ahumadero apagado.

Tum, tum, tum. Tum, tum, tum.

Se añaden pronto los teponaztli —unos troncos de madera, huecos, sin cuero y con dos pequeñas hendiduras que el músico golpea con dos palillos de distintos tamaños, unos pequeños, fáciles de colgar del cuello, otros medianos y otros tan grandes que el sonido es un retumbar estruendoso—: *¡TUM, TUM, TUM. TUM, TUM, TUM!*

En círculo, alrededor de otro ahumadero, las concubinas bailan en un mismo eje hasta que entra un danzante varón con una antorcha, para encender los ahumaderos que todas sostienen entre sus manos, por arriba de sus cabezas. La precisión en los pasos del danzante es tal que no hay necesidad de detenerse frente a ellas. Con saltos exquisitos, moviendo la pierna derecha al frente como una patada, su imponente penacho se ondula.

Encendidos todos los ahumaderos de las mujeres, el danzante llega al centro y hace reverencia al fuego. Se arrodilló con su antorcha en mano: la mueve a la derecha, a la izquierda y hace un arco de fuego al frente. Con esto da vida al ahumadero central. Las concubinas, con las manos en alto y sosteniendo sus ahumaderos, danzan hacia el centro en forma circular. Colocan sus ahumaderos en el piso y pronto entran otros danzantes mancebos para formar parejas con cada una de ellas. Cada pareja, al danzar alrededor de las pequeñas hogueras, agradece la vida de su príncipe Nezahualcóyotl, quien ve todo con gusto. Dos patadas al frente, vuelta en el mismo eje, dos patadas, dos pasos a la derecha, dos patadas, abajo en sentadilla, dos patadas, un brinco al frente, muy cerca del fuego y dos pasos hacia atrás, *tum, tum, tum, tum, tum, tum.*

En cuanto termina la danza, Nezahualcóyotl se pone de pie y agradece el gesto que le prepararon las personas que lo quieren. Luego los invita a comer. Lo que hasta esa noche parecía una quimera comienza a sazonarse como una nueva forma de ver y entender su destino. El príncipe chichimeca ha perdido el miedo y el rencor. Ya no ansía la venganza. Ahora, más que nunca quiere luchar por su gente. Protegerlos de la tiranía de Mashtla. Sabe que es tiempo de buscar alianzas, de reunir su ejército y de luchar por la libertad. Es… el despertar del coyote.

Al cabo de una hora ve llegar a uno de los espías que tiene en Azcapotzalco. Trae malas noticias.

—Mi señor —dice al arrodillarse frente al príncipe acolhua—, Mashtla ha enviado una tropa para que lo arresten o lo maten.

—¿Fuiste a Cohuatépec? —pregunta Nezahualcóyotl.

—Tal cual me ordenó, di aviso a Tomihuatzin, señor de Cohuatépec. Y le manda decir que viene pronto con sus tropas.

El Coyote ayunado agradece al espía por su lealtad y lo invita a que se una al banquete. Más tarde, separado del grupo comunica a sus amigos y aliados sobre el inminente ataque de Mashtla al palacio de Cilan. Se desborda entonces una agitada discusión entre los que favorecen un raudo levantamiento de armas y los que aconsejan prudente astucia. Unos hacen predicciones favorables —si no es que un tanto ingenuas—, mientras los otros, aunque temerosos, señalan con amargo realismo los estragos venideros.

—La pasión del aventurado puede llevarlo al cadalso si no se esconde por un instante detrás del árbol que lo refugia —añade el anciano Huitzilihuitzin después de que todos han desgastado sus argumentos.

—Nuestro príncipe Nezahualcóyotl se ha resguardado por muchos años —añade otro de los aliados del príncipe chichimeca.

—Y por ello sigue entre nosotros…

A la postre todos acceden, pese a su inconformidad, a llevar a cabo la propuesta inverosímil del anciano Huitzilihuitzin. Regresan al banquete para no levantar sospechas entre la demás gente, pues es lógico pensar que también entre ellos hay espías tepanecas.

Minutos más tarde llega el señor de Cohuatépec, acompañado de los señores de Hueshotla y Coatlíchan con sus tropas, a quienes ha informado en su camino rumbo a Teshcuco, y que sin titubeo decidieron no dar más libertad a la tiranía de Mashtla. Asimismo le informan que los señores de Tlashcálan, Hueshotzingo, Tepeyac y los demás montes cercanos, ya han juntado sus tropas. Cuenta, además, con los tenoshcas y tlatelolcas.

Son buenas noticias, pero las tropas aliadas no llegarán hoy. Nezahualcóyotl necesita hacer algo para evitar la derrota ante el ejército enemigo que puede llegar en cualquier momento. Debe decidir pronto. ¿Huir, confrontarlos, engañarlos otra vez?

Propone llevar a cabo un juego de pelota afuera del palacio, lo cual sorprende a todos. Piensa engañar a los soldados de Mashtla haciéndoles creer que están desinformados del ataque. No todos muestran el mismo entusiasmo. Nezahual-cóyotl comienza a reconocer la traición en los rostros de su gente. Manda llamar a la sala principal a Tomihuatzin, señor de Cohuatépec, para desenmascararlo:

—Estuviste enterado de la trampa que elaboraron Mashtla y mi hermano, y no me avisaste —dice el Coyote ayunado sin titubear.

Con todas las tropas afuera, y los amigos y aliados del príncipe presentes en la sala, Tomihuatzin se encuentra imposibili-tado de cualquier intento de huida.

—Si en mí hubiese intentos de traición no habría venido con tanto apuro con mis tropas —continúa diciendo con la voz quebrada—, pero si ha perdido la confianza en mí, lo mejor será que se me permita retirarme con o sin tropas, como usted lo decida, para que se sienta seguro.

—Puedes marcharte con tus soldados —concluye el Coyote ayunado y da la orden a los soldados que resguardan la entrada para que lo acompañen hasta la salida.

—¿Por qué lo ha dejado ir? —pregunta uno de los aliados de Nezahualcóyotl.

—Si lo castigo, sus soldados pueden levantarse en armas contra nosotros, y si le permito quedarse pueden en verdad traicionarnos auxiliando a los tepanecas que vienen en camino. Si he de combatir contra él prefiero que sea de frente, y no recibir un golpe por la espalda.

Tras decir esto salen todos al juego de pelota y fingen disfrutar del día, pendientes de cualquier suceso. Para hacer más evidente su falsa desorientación sobre la llegada de las tropas tepanecas, el príncipe chichimeca entra al juego de pelota con uno de sus sirvientes, llamado Coyohua. No es inusitado que el Coyote sediento pase el tiempo divirtiéndose en danzas y juegos de pelota. Desde que Tezozómoc le permitió estar en el palacio de Cilan y en la ciudad isla, se habituó a estas actividades, en las cuales negociaba alianzas con sus invitados, haciéndoles creer a sus enemigos que no tenía interés por recuperar su señorío.

Cumpliendo con el mandato del huey chichimecatecutli, los soldados tepanecas llegan al mediodía. Caminan hasta donde se desarrolla el juego de pelota y con armas en mano lo llaman. Lleno de polvo de pies a cabeza, el príncipe se acerca a ellos, se sacude el cuerpo y se pone su penacho.

—¿Es a mí a quien buscan? —pregunta con una sonrisa fingida. Reconoce a Shochicálcatl. Imposible olvidar la cara del capitán que creyó que lo había decapitado.

—El huey chichimecatecutli le ha enviado un mensaje de suma importancia —dice Shochicálcatl recorriendo el lugar con las pupilas. El miedo al fracaso lo está dominando.

—No encuentro razón para negarme —responde Nezahualcóyotl y los cuatro capitanes tepanecas sienten un alivio—. Pero qué les parece si antes los invito a que disfruten del convite que tengo preparado. Ustedes sabrán que suelo ayunar, así que no he comido, seguro ustedes tampoco y el camino a Azcapotzalco es largo.

Contadas son las ocasiones en que se le concede un deseo a un condenado a muerte, pero los cuatro tepanecas acceden a que se le dé al príncipe chichimeca el privilegio de disfrutar de un último banquete. Con gran calma, Nezahualcóyotl se encamina al palacio seguido de sus amigos, aliados y los cuatro capitanes tepanecas, mientras el resto de la tropa permanece afuera, vigilando.

En la sala principal los sirvientes chichimecas comienzan a servir mientras el príncipe acolhua entretiene a los tepanecas hablando de lo mucho que disfruta del juego de pelota y de las danzas. Luego de que los alimentos están servidos, se dirige al pequeño cubículo que se encuentra al frente de la sala principal, que es donde él siempre come solo y donde puede ver todo, al igual que muchos tetecuhtin en sus palacios.

Seguros de que el Coyote ayunado no puede escapar —ya que la salida se encuentra en el otro extremo de la sala—, los cuatro capitanes se despreocupan y comienzan a comer, no sin antes cerciorarse de que su prisionero esté acorralado en aquel cubículo. Platican sonrientes mientras disfrutan del banquete.

De pronto, Coyohua, el sirviente de Nezahualcóyotl, pasa desapercibido por la sala hasta el cubículo, extiende una manta, con la que tapa una parte del lugar donde come el príncipe, la sacude un par de veces, la acomoda en el piso como una alfombra y se retira.

Cuando Shochicálcatl dirige nuevamente la mirada al sitio donde debe estar el Coyote ayunado, descubre que éste ha desaparecido. Se pone de pie con arma en mano y camina a la única entrada.

—¿Vieron al príncipe Nezahualcóyotl salir de la sala? —pregunta a los guardias tepanecas.

—Nadie ha cruzado la entrada hasta el momento.

Nunca había sido tan frustrante y perturbador un atardecer para Shochicálcatl como éste en que se le ha desaparecido Nezahualcóyotl.

"¡No es posible! —piensa enfurecido. Necesita convencerse de que no es un engaño más—. ¡Estoy seguro! ¡No aparté mi vista de él! ¡No se me pudo haber escapado! ¡Otra vez no!"

—¡Nezahualcóyotl se ha escapado! —grita.

La gente que está en el interior se alborota. Los soldados se apresuran a buscar hasta en los lugares más recónditos de la sala. Shochicálcatl ordena que se formen todos los presentes para verles detenidamente los rostros y cerciorarse de que esta vez no se infiltró un impostor. Luego se dirige a los soldados que tiene apostados en la entrada:

—¡Traigan a un grupo de soldados para que entre al palacio y manden a todos los demás a buscar por todos los sitios a la redonda! —de vuelta al interior del palacio grita a los demás capitanes y soldados—: ¡Busquen en las habitaciones! ¡Que no quede ni un solo lugar sin registrar!

Con flechas y macuahuitles en mano entran más soldados a revolver todo el palacio. Arrinconan a las concubinas en una de las habitaciones y las amenazan con matarlas si no confiesan dónde se encuentra Nezahualcóyotl. Golpean a los amigos, aliados y criados.

El furioso capitán se va en contra de Coyohua.

—¡¿Dónde está Nezahualcóyotl?! —le grita al mismo tiempo que lo empuja contra el muro.

—No lo sé —responde Coyohua.

—¡Si no me lo dices, te voy a matar!

—No sé dónde está.

Shochicálcatl comienza a golpear salvajemente a Coyohua hasta derrumbarlo. Ya en el piso, le rompe la nariz y los dientes a puñetazos. De pronto uno de los soldados lo interrumpe con un grito:

—¡Capitán!

Shochicálcatl se detiene algo cansado, con sudor en la cara y las manos llenas de sangre.

—Cómo te atreves a gritarme —enfurecido, se pone de pie.

—Le hablé repetidas ocasiones, pero usted no me escuchaba.

—¿Qué quieres?

—Venga a ver esto… —señala el soldado al cubículo donde había estado sentado el príncipe acolhua.

Shochicálcatl abre los ojos con asombro. Hay en la pared, detrás del asiento real de Nezahualcóyotl, un hueco por el que se escapó.

—¡Se burló de nosotros! —dice el soldado y Shochicálcatl lo mira con rabia.

En las acciones del príncipe chichimeca no sólo hay curiosidad por conocer al enemigo, también existe el placer demencial de desafiarlo. Y Shochicálcatl también posee aquella irracional adicción por el peligro.

—¡Traigan a los amigos y criados del Coyote! —grita empuñando su macuahuitl.

Los soldados llevan a los rehenes ante Shochicálcatl.

—¿Adónde lleva ese boquete?

—Es un túnel secreto que mi señor mandó construir hace ya mucho tiempo —responde Coyohua con el rostro destrozado.

—¿Hasta dónde lleva?

—Hasta el lago —la boca de Coyohua es una cascada de sangre.

Siguiendo su pertinaz apetito de cacería Shochicálcatl sonríe.

—¡Traigan unas antorchas! —grita a todos los soldados—. Ustedes, entren ahí y corran, persíganlo y ¡mátenlo! Ya luego nos encargaremos de castigar a esta gente —dice apurado por alcanzar a Nezahualcóyotl y se adentra en el túnel.

Con antorcha en mano comienzan a recorrer el estrecho interior por el cual sólo puede transitar una persona a la vez. Las paredes terminan uniéndose en un arco sobre sus cabezas. El techo es tan bajo que apenas si pueden mantenerse erectos. Tienen que llevar las antorchas al nivel de sus rostros, lo cual les dificulta el avance, pues al intentar acelerar las llamas bailotean en sus narices. Hay entonces otra razón para preocuparse: en cuanto se recargan en los muros de los túneles la tierra comienza a desprenderse. Conforme avanzan encuentran a su paso cruces con otros pasillos que dan a escalones: algunos suben y otros bajan. Nezahualcóyotl mandó construir un laberinto del cual sólo él y unos cuantos conocen la salida.

—¡Por este lado!

—Capitán, ya pasamos por aquí.

—Sigamos derecho.

Se encuentran con una sombra. Sin esperar, Shochicálcatl le da la antorcha a uno de los soldados, levanta su macuahuitl y le da por la espalda al hombre que se encuentra a la vuelta de una esquina.

Uno, dos, tres golpes certeros en la espalda.

Sonríe orgulloso.

—¡Fuego! —exige—. ¡Alumbren para ver el cadáver del Coyote ayunado!

Le entregan la antorcha y el rostro salpicado de sangre del capitán se hace visible. Al alumbrar el cuerpo del hombre al que ha atacado descubre vergonzosamente que se trata de uno de sus soldados. No se da tiempo para lamentos y ordena que sigan adelante. Por lo estrecho del túnel tienen que pasar sobre el hombre que se retuerce y gime en el piso. Conforme avanzan, los quejidos del soldado herido se van apagando, hasta perderse por completo.

—Capitán, creo que nos hemos perdido.

—¡Aquí nadie se ha perdido! —grita—. ¡Sigan caminando! ¡Ustedes por ese rumbo y nosotros por este otro!

Luego de un par de minutos se vuelven a encontrar ambos grupos.

—No hay salida, capitán.

—Debe haberla. Si no, el Coyote debe estar por aquí. Bajen por esas escaleras y nosotros seguiremos por éstas que dan hacia arriba.

Nunca más se vuelven a encontrar ambos grupos. Las llamas de sus antorchas se extinguen lentamente, y para evitar quedarse en tinieblas prenden fuego a sus armas, las cuales también se consumen después de algunas horas, luego sus ropas, hasta quedarse desnudos y en total oscuridad. Ya sin luz, el miedo se apodera de ellos.

—¡Ayúdennos! ¿Hay alguien ahí?

Caminan a tientas toda la noche y los días siguientes sin lograr encontrar una salida. Uno de los soldados tiene un ataque demencial:

—¡No debimos entrar aquí! ¡No debimos intentar matar al príncipe! ¡Está en los presagios! ¡Él recuperará el imperio y matará a todos los tepanecas!

—¡Cállate! —grita Shochicálcatl.

El soldado sigue gritando. Ya no le preocupan los rangos.

—¡Eres un imbécil! —grita el soldado—. Nos trajiste a morir —sin importarle lo estrecho del túnel, se le va encima a Shochicálcatl para ahorcarlo. Luego de una incipiente defensa, el capitán se deja matar, consciente de que ésa es una forma menos tortuosa de acabar con su existencia. Si no logran salir, el hambre o la asfixia los iría matando con el paso de los días.

Los otros soldados no hacen siquiera el intento por defender a Shochicálcatl.

Suben y bajan escaleras. Entran y salen por distintos túneles. Caminan hambrientos, sedientos, cansados, asustados, seguros de que pronto la muerte llegará por ellos. Jamás vuelven a ver los cadáveres del soldado y el capitán. Y sin más fuerzas se sientan a esperar su impostergable final. ¿Cuánto tiempo ha transcurrido? En medio de las tinieblas resulta imposible saberlo. Comienzan a perder la conciencia, saben que siguen vivos, o eso creen. ¿Están vivos?

—Ahí hay una luz, despierta, hay luz. Oye, tú, despierta, veo una luz. Encontramos la salida. Levántate, vamos, sigue.

La luz en el fondo del túnel se intensifica. El soldado que dio muerte a Shochicálcatl sabe que alguien, ya no importa quién, está ahí por ellos.

—Aquí —susurra—, aquí estoy…

Escucha unos pasos.

—Aquí estoy, ayúdenme…

Ve las llamas de una antorcha acercarse y cuando ésta alumbra el lugar descubre que sus compañeros están muertos.

—Ponte de pie —dice una voz.

Al levantar la mirada reconoce el rostro de Coyohua, el sirviente de Nezahualcóyotl, quien lo lleva a la salida del laberinto, que se encuentra a unos cuantos metros. Al salir nota que es el mismo hueco por donde entró. Coyohua ordena que se le dé de beber y de comer. Luego lo lleva ante el anciano Huitzilihuitzin.

—¿Cómo te llamas?

—Quishmi.

—¿Qué le pasó a tu capitán?

—Lo maté —responde con la cabeza agachada. Permanece en silencio un par de minutos a manera de lamento y luego pregunta—: ¿Cuántos días estuve ahí dentro?

—Nueve días.

Con sincera humildad, el joven soldado da sus razones,

agradece que le hayan salvado la vida y promete lealtad al príncipe Nezahualcóyotl. No hay motivo para dudar, pues cuando alguien suele ser rescatado por el enemigo, responde con fidelidad a tal gesto, sin importar que con ello traicione a su antiguo tecutli o pueblo. El joven tepaneca se vuelve a partir de entonces soldado de las tropas del príncipe chichimeca.

26

Tenochtítlan detenta una dualidad. No es la misma de día y de noche. Al ocultarse el sol, la isla se transforma. Un manto negro la cubre por completo. Sus habitantes quedan huérfanos del mundo, alejados de todo. El lago y el cielo se convierten en un inmenso velo negro sin fin. Al caer la madrugada, la neblina devora la ciudad. El silencio se apodera del entorno. Cualquier sonido, por muy pequeño que sea, se escucha más de lo normal: los pasos de los animales que deambulan entre matorrales, los insectos, las aves nocturnas. Cualquier sonido puede ser aterrador.

En las últimas noches, incluso las tropas tepanecas que obstaculizan la entrada y salida de la isla, ha disminuido. Si bien no se atreven a decir que les da miedo el lago de noche, justifican su ausencia con algún malestar o problema personal que les impide hacer guardia de noche. Los mismos soldados meshícas han experimentado temor al hacer sus rondines en la madrugada.

Los más bravucones hacen alarde de su valentía. Se mofan de aquellos que dicen haber visto o escuchado cosas extrañas. Ay de aquel que se atreva a mencionar la palabra *nahual*. Todos creen en su existencia, pero en la milicia está prohibido mencionar monstruos o demonios. No porque los capitanes del ejército duden, sino porque hablar de nahuales con los jóvenes únicamente genera temor y deserción.

—Un ejército con soldados miedosos es un ejército inútil —ha dicho toda su vida el capitán, llamado Moshotzin—. Los nahuales no existen. No sean tontos. Son invenciones de las abuelas para espantar a los críos.

Y es justamente él quien esta noche debe hacer guardia en el palacio de Izcóatl. Hoy que la noche parece más larga y más oscura. Hoy que hay un número mucho menor de soldados tepanecas custodiando la isla. Hoy que los tecolotes parecen más despiertos que nunca. Hoy que los coyotes aúllan en los montes.

Moshotzin siempre se ha distinguido por su valentía. Incluso por su barbarie. Para él una noche como ésta no es más que una noche fría y con neblina. Le divierte ver a sus soldados atemorizados. Todas las noches los soldados deben hacer seis rondines alrededor del palacio. Dos deben permanecer en la entrada y los otros cuatro deben ir en direcciones opuestas. Minutos antes de que los soldados salgan a cumplir con su labor, Moshotzin se esconde y comienza a lanzar piedras a los matorrales para asustar a los guardias, quienes se mantienen firmes en sus posiciones, esperando que sólo se trate de algún animal. Entonces el capitán sale de su escondite y da la orden de que salgan a hacer su rondín. Dos soldados a la derecha y otros dos a la izquierda. Uno de ellos se queda con Moshotzin en la entrada del palacio.

De pronto se escucha el lejano aullido de un coyote. Algo se mueve entre los matorrales frente a ellos. El soldado se mantiene firme, mirando al frente. El capitán sonríe. Sabe que el soldado tiene miedo.

—Ve a ver qué hay ahí —ordena Moshotzin.

—Pero...

—¿Qué?

—¿Yo solo? —pregunta el soldado.

—Sí... —lo mira con un gesto burlón.

Apenas da unos pasos el soldado cuando un fuerte viento apaga las cuatro antorchas que tenían encendidas en el patio.

Todo se oscurece por completo. La silueta del joven se detiene a medio camino. Moshotzin se ríe y le ordena que siga avanzando.

—No veo nada —informa el soldado.

—No me importa. Averigua qué hay entre esos matorrales.

—¿Cómo? No puedo ver nada.

—¡No seas cobarde! —grita Moshotzin y en ese momento se escucha el rugido de una fiera. La silueta del soldado desaparece. El capitán de la tropa no sabe dónde está el joven. Quiere pensar que salió huyendo. También sabe que de haber sido de esa manera, habría escuchado sus pasos y algún grito. Espera un instante. Al no obtener respuesta lo llama una vez. Espera. Lo vuelve a llamar. Hace una forzada mueca que aparenta ser una sonrisa—. A mí no me engañas. Estoy muy viejo para estos juegos de niños. Sí, ya lo sé. Todos ustedes planearon esta burla —libera una risotada falsa—. Yo soy el que hace las bromas. Soy yo el que se burla de ustedes.

Espera varios minutos. Cuando cree haber librado la trampa que él piensa que le pusieron, saca dos piedras especiales para encender fuego y comienza a golpearlas entre sí, sin lograr encender la llama. Se desespera. Las golpea con más fuerza hasta que se lastima el pulgar. Hace berrinche y lanza las piedras muy lejos. Escucha un ruido entre los matorrales. Está seguro de que son los soldados.

—Paren su juego y regresen a sus posiciones —ordena con voz autoritaria. El viento sacude todas las plantas a la redonda. Moshotzin está seguro de haber visto a uno de sus soldados escondido entre los matorrales. Saca el cuchillo que lleva en la cintura y avanza lentamente. La oscuridad le impide ver más allá de lo que mide su brazo. Apunta con el cuchillo. Le tiembla la mano. Escucha su agitada respiración. Se encienden las antorchas como inmensas hogueras. Una enorme fiera ruge a unos centímetros de su cara. Se apagan las antorchas.

Moshotzin corre desesperado rumbo al palacio de Izcóatl. Súbitamente se detiene. No va en la dirección correcta. El palacio no está hacia donde corre. No lo ve. Sabe que el palacio se vería, aun en la máxima oscuridad. Los muros reflejan el brillo de la luna. "No hay luna", piensa. "Es la neblina." Busca el palacio en los cuatro puntos cardinales. Su respiración está extremadamente agitada. No puede dejar de temblar. Escucha el mismo ruido entre los matorrales. Camina sin dirección alguna. Piensa en su cuchillo. Ya no lo tiene en la mano. Lo busca en su cintura. Se percata de que se orinó. Se avergüenza. Nunca le había sucedido algo así. Ya no tiene su cuchillo. No sabe en qué momento lo perdió. Cuando salió corriendo, quizá. Necesita llegar al palacio. Sabe que ése es el lugar más seguro de la isla. Camina a ciegas. No tiene idea de en qué dirección va. No puede creer lo que le sucedió. No recuerda haber visto una fiera como ésa.

Lleva demasiado tiempo caminando entre matorrales. Sabe que en ninguna parte de la isla hay lugares tan poblados por plantas. La ciudad ha cubierto la mayor parte con casas y canales. No ha llegado a ningún canal hasta el momento. Comienza a pensar que se trata de una pesadilla. Se tranquiliza. Mira al cielo. Sólo se ve la espesa neblina. Ni una sola estrella.

Por fin llega a un canal. No lo reconoce. Siente como si fuera la primera vez que se encuentra ahí. Sabe que los canales tienen cuatro direcciones: norte, sur, oriente y poniente. Sólo necesita orientarse. Con eso sabrá en qué dirección ir. Por más que se esfuerza no alcanza a ver más allá de la extensión de su brazo. Decide abordar una canoa y remar a la derecha. Ya dentro de la canoa, toma el remo y sin pensarlo mira hacia el fondo del agua. Ve el rostro de un cadáver. Suelta el remo, que cae en el agua. Está temblando nuevamente. Intenta tranquilizarse. No es la primera vez que ve un cadáver. Regresa la mirada al agua del canal. El rostro del cadáver se ve entre azul y verde, además de podrido. Moshotzin decide recuperar el remo. Mete la mano al agua. El muerto le sujeta la mano. El capitán de la tropa forceja para liberarse. El muerto saca la cara del agua. Moshotzin lo reconoce. Es uno de sus soldados. Uno de los que estaban haciendo guardia esta noche. Uno de los que estaban con él en el palacio. Lo golpea en el rostro, se suelta, sale de la canoa, regresa a tierra firme y corre. Corre lo más pronto posible sin dirección precisa.

Llega al palacio de Izcóatl. Se siente tranquilo. Se dirige a la entrada. De pronto se encienden las antorchas, como inmensas hogueras. En los muros del palacio están colgados los otros cuatro soldados. Todos muertos. Se apagan las antorchas. Moshotzin sale corriendo en dirección opuesta. Se encienden las antorchas y se aparece la misma fiera. Una fiera jamás vista en aquellas tierras. Una fiera más grande que cualquier ser humano. Una fiera que le ruge más fuerte que cualquier jaguar. Se apagan las antorchas. Todo vuelve a quedar en absoluta oscuridad. Moshotzin corre desesperado sin parar. Ya nada le importa. Sólo quiere escapar. Está seguro de que eso que vio es la nahuala.

27

Las plumas del penacho de Nezahualcóyotl yacen esparcidas por toda la habitación, algunas intactas, otras totalmente destrozadas. Ayonectili se ocupará después de reconstruir aquella prenda tan valiosa, pegando con cuidado desmedido cada una de las finas plumas sobrevivientes. Mientras tanto se da a la tarea de recogerlas con esmero, como si al hacerlo lograse enmendar su deshilachado corazón.

En estos tristes momentos desea impulsivamente ser como Zyanya y Cihuapipiltzin, que no han derramado una sola lágrima por la ausencia del príncipe acolhua. En cambio Citlali se tambalea en la cuerda floja de su lucidez mientras acomoda las prendas que los soldados tepanecas lanzaron a diestra y siniestra. Todo está en desorden sobre el piso.

—¿Dónde estará nuestro amado príncipe? —pregunta Yohualtzin mientras acomoda algunos enseres.

—Escuché que ya está en Meshíco Tenochtítlan —miente Ameyaltzin.

Huitzilin la mira de reojo y responde con gesto de enfado. Conoce muy bien a Ameyaltzin y está segura de que miente, quizás es la única que se percata de sus infantiles falsedades. "No mientas", le dijo alguna vez y Ameyaltzin respondió con una furia incontenible. Es su única forma de defensa para no sentirse descubierta, para no admitir que miente incontrolable e innecesariamente, sin saber por qué. Miente para sentirse al nivel de las demás.

—¿A quién escuchaste decir eso? —dispara Huitzilin.

—A uno de los soldados —miente Ameyaltzin.

—¿Cuál soldado? Dime, para preguntarle. Todas necesitamos saber más.

Hiuhtonal camina con un par de objetos entre los brazos, en medio de las dos concubinas que comienzan un duelo de miradas. Papalotl interviene con un presagio optimista:

—Yo sé que la astucia de nuestro príncipe lo hará librar todos los peligros.

Miracpil observa desde una esquina y se pregunta qué se siente sufrir de amor. No las conoce bien y no tiene la certeza de que todas estén enamoradas del príncipe. Se cuestiona si cada una experimentó lo mismo que ella al ser apartadas de casa. Ha convivido poco con ellas. Comprende apenas lo suficiente de sus personalidades, pero aún no ha encontrado una amiga con la que pueda derrochar confesiones.

—Míralas —dice Shóchitl a su lado mientras limpia el piso—. ¿Cuál de ellas te gusta?

—¿Qué? —Miracpil levanta las cejas con asombro.

—Sí. ¿Cuál de ellas te gusta para que pierda el control?

—¿De qué hablas?

—Ésas dos se odian. ¿No te has dado cuenta cómo se miran? Un día de éstos se van a ir a los golpes. Ven —invita Shóchitl con la mirada.

—¿Adónde?

—Sígueme —sonríe Shóchitl y sale de la habitación.

Luego de ver nerviosa en varias direcciones Miracpil abandona lo que está haciendo y camina detrás de Shóchitl, que sin pausa sigue de frente hasta los jardines del palacio.

—No tengas miedo —dice Shóchitl y se sienta sobre las hierbas—. Nadie nos va a decir nada.

Por arriba del hombro, la joven meshíca ve el pequeño pa-

196

lacio a lo lejos, rodeado de antorchas y soldados que resguardan el lugar.

—Siéntate aquí conmigo —Shóchitl pone su mano en la hierba—. Vamos a ver la noche.

Y dejándose llevar por los sonidos de los grillos y las aves nocturnas, Miracpil camina hacia su nueva amiga y se sienta a su lado. Sin decir palabra, Shóchitl se mantiene mirando el cielo estrellado. Luego, como una niña juguetona, se deja caer de espaldas sobre la hierba.

—¿Qué esperas? Acuéstate.

No sin antes dirigir la mirada al palacio y dudar por un instante, Miracpil se recuesta sobre la hierba. Gira la cabeza a la izquierda, mira a su amiga y sonríe por la felicidad de sentirse libre, aunque sea por un solo momento. Y con los ojos fijos en las estrellas ambas concubinas se hechizan con la hermosura del paisaje por un par de horas.

—¿Eres feliz? —se aventura a preguntar Miracpil sin imaginar las consecuencias.

Shóchitl se voltea hacia ella y responde:

—En este momento, en este lugar: sí, soy feliz —dice y se acuesta de lado. Descansa la quijada sobre la palma de su mano.

Tras un intercambio de sonrisas Shóchitl se va acercando a los labios de la nueva concubina.

—Nos van a ver —susurra Miracpil luego de un suspiro irrefrenable.

—No —bisbisa Shóchitl y pasa su lengua por el cuello de Miracpil—, nadie nos ve, ya es tarde.

Un maremoto de emociones estremece a Miracpil, que ve cómo se cumple la predicción de la bruja Tliyamanitzin. De golpe se aparta para sentarse lo más derecha posible. Pero el susto de la felicidad no pretende darle tregua y le quita todas las fuerzas para salir corriendo.

—Los guardias —intenta frenar un gemido—, los guardias están allá.

—Nadie nos ve —Shóchitl le chupa el lóbulo derecho—. Qué bella eres. Imposible no enamorase de ti.

Mira al fondo del paisaje, el palacio silencioso, las hierbas que danzan eróticas con el viento, las estrellas infinitamente lejanas y admite que hacía muchos años que añoraba ese momento —o algo parecido— y que no está tan cuerda como para posponerlo un minuto más.

—Pero... acuéstate, para que no nos vean —dice con un suspiro tartamudo.

Miracpil buscaba una flor y esta noche la encontró. Cierra los ojos y se deja barnizar por los besos, mientras Shóchitl le acaricia los senos con una mano y le peina el cabello con la otra. Solamente una lluvia de estrellas y un búho esponjado sobre la rama de un ahuehuete son testigos de la sensual capacidad de amar de las dos concubinas.

La lengua de Shóchitl cruza por en medio de las montañas del pecho de Miracpil, que sólo repite, con respiración entrecortada, que aquello que hacen es una locura.

—Sí, es una bella locura, Miracpil, estamos locas, locas de pasión, locas de deseo, locas, una por la otra.

—Sí, Shóchitl, sí, eres mi diosa, mi Tonantzin, mi Toci.

—Sí, soy tu diosa Teteoinan, no te detengas, sigue, eres mi Tonacihuatl, mi diosa de la luna, Meztli. Soy tu diosa del maíz, Shilonen.

—No pares, bésame de esa manera, como solamente tú sabes, como nadie más lo ha hecho, come, bebe de mi vientre, eres mi diosa del sexo impuro, Ishcuina.

El búho emprende el vuelo. Una nube impide el paso de la luz de la luna. Las estrellas se pierden en el fondo infinito y ninguna de las dos se percata de que el tiempo se ha fugado a pasos agigantados. Sin platicarlo, ambas tienen la apasionada certeza de que su destino es estar juntas. La única duda que les queda es cómo le harán para mantenerse en la clandestinidad.

—¿Desde cuándo lo sabes? —pregunta Miracpil desnuda sobre la hierba.

—Desde siempre —responde Shóchitl y su dedo índice se desliza zigzagueante sobre el pecho de su amante—. ¿Y tú?

Con una sonrisa lucífera Miracpil se endereza, se hace un nudo en el pelo con los dedos y comienza a buscar su ropa a tientas:

—Igual, siempre supe que me gustan las flores. Pero ahora tengo la seguridad de que me gusta sólo una.

Miracpil pregunta cómo le harán para entrar al palacio sin ser descubiertas.

—Les haremos creer a los guardias que estuve llorando todo el tiempo en los jardines y tú me hiciste compañía.

—¿Nos van a creer?

—Eso no importa. Si no nos creen, mostramos indignación. La palabra de una concubina siempre vale más que la de un soldado.

Se dirigen a la entrada principal del palacio. Los soldados se ponen en guardia, se encaminan con macuahuitles, arcos y flechas en mano a ver quién se acerca y se sorprenden al escuchar los sollozos de Shóchitl.

—¿Dónde está el príncipe? ¿Dónde? —berrea.

—¿Qué le ocurre? —pregunta uno de los soldados.

—Tiene horas llorando —dice Miracpil abrazando a Shóchitl que esconde el rostro en el pecho de su amante.

—¡Vayan a buscarlo! —finge con maestría una pena indómita.

—No. Ya es tarde —responde Miracpil y le acaricia el cabello—. Te aseguro que ya está con alguno de los aliados.

Con aquella farsa pueril las dos concubinas logran entrar sin ser descubiertas y se dirigen a sus habitaciones con la promesa de amarse nuevamente cuando haya oportunidad.

Poco es lo que pudieron dormir, pues en cuanto el sueño las comenzó a arrullar amanece y tienen que levantarse para no despertar sospechas entre las demás.

Nunca se habían regocijado tanto con un amanecer como éste en el que se miran de reojo y sonríen con picardía. Pero se ven en la penosa necesidad de forzar un par de lágrimas para esconder tanta felicidad, aunque bien preferirían presumir que no lloran de tristeza, sino de pura alegría.

28

Nada resulta más impresionante para el tlatoani Izcóatl que la imagen que tiene frente a él: entre los arbustos detrás del palacio, Moshotzin tirado bocarriba, con los ojos en las palmas de las manos. Alrededor se encuentran los soldados que hicieron guardia con él la noche anterior.

—¿Está muerto? —pregunta el tlatoani sumamente consternado.

—No. Sigue respirando —responde el soldado, igual de asombrado.

—Ayúdame a entender. ¿Le sacaron los ojos o él mismo se los sacó?

—Todo indica que él se los arrancó.

—¿Por qué haría algo así? —pregunta el tlatoani intrigado.

—No lo sé.

—¿Y ustedes dónde estaban?

—Salimos a hacer nuestros rondines, como es nuestra obligación y cuando regresamos, él ya no estaba. No regresó en toda la noche. Al amanecer hicimos el último rondín y lo encontramos aquí, tal como usted lo ve.

—¿Dónde está Oquitzin? —pregunta Izcóatl.

—No lo hemos visto desde hace varias noches.

—¿Y si lo mataron los tepanecas? —pregunta otro soldado.

El tlatoani lo mira con enojo y éste, avergonzado, agacha la cabeza.

—¿Qué hacemos con él? —pregunta otro de los soldados.

—Llévenlo a una de las alcobas. Ordenaré que traigan a algún curandero.

Los soldados obedecen y el tlatoani se dirige a la sala principal para reunirse con los ministros y consejeros. Les informa lo sucedido con Moshotzin y la desaparición de Oquitzin. Nadie sabe nada. Todos, de manera excesivamente respetuosa, comienzan a culpar al tlatoani por sus decisiones. Los soldados que llevaron a Moshotzin a la habitación se presentan en la sala. Izcóatl les hace una seña para que esperen ahí mismo.

—Con su perdón, mi señor, pero ya deberíamos atacar a los soldados tepanecas.

—No es momento aún —responde el tlatoani casi sin preocupación.

—Si tan sólo nos compartiera sus planes, podríamos asesorarlo mejor —dice uno de los consejeros.

—Mi plan es evitar el derramamiento de sangre. Y si tiene que ser de esta manera, lo aplazaré lo más posible. A final de cuentas las tropas tepanecas no nos están atacando.

—Simplemente no nos permiten entrar y salir de la isla —interviene Tlacaélel.

—Cada día eres más insolente —responde Izcóatl con molestia.

—Disculpe —Tlacaélel finge estar avergonzado—. Sólo que me preocupa que muy pronto nos quedaremos sin agua y sin alimento.

—Saldremos de la isla. No te preocupes. Mejor deberías preocuparte por Moshotzin y Oquitzin.

—La respuesta es muy sencilla: fueron los tepanecas —dice uno de los ministros.

—No podemos culpar a los tepanecas por todo lo que sucede en la isla —responde Izcóatl—. Moshotzin se sacó los ojos él mismo.

—Eso parece —insiste otro de los consejeros—. ¿Y si fueron los soldados tepanecas? Tal vez ellos le pusieron los ojos en las palmas de las manos como forma de mensaje. Es muy probable que ellos mismos hayan matado a Oquitzin o lo hayan llevado preso ante Mashtla.

En ese momento entra uno de los criados del palacio y le informa algo al tlatoani al oído. Izcóatl da una seña que indica que da permiso de que el criado haga algo. Nadie sabe exactamente qué ocurre. Comienzan a murmurar. El tlatoani se pone de pie. Todos los ministros, consejeros y doce soldados presentes voltean hacia la salida. En ese momento entra una anciana junto con un hombre que carga el cadáver de Oquitzin. Todos los presentes se muestran asombrados. Hablan entre sí. Hacen conjeturas.

—¿Tú eres…? —Izcóatl sabe quién es ella pero quiere corroborarlo.

—Me llamo Tliyamanitzin. Soy curandera. Él es mi hijo Ipehuiqui. Hace unos días, a medianoche, seis hombres lo atacaron a él —señala el cadáver de Oquitzin— justo en frente de mi jacal. Ipehuiqui lo cargó y lo llevó al interior y le curé las heridas lo más pronto posible. Hice todo lo posible por salvarle la vida pero no lo logré.

—¿Pudiste hablar con él?

—Sí.

—¿Te dijo quiénes lo atacaron?

Entonces la anciana señala a los seis soldados que se encuentran en la sala:

—Ellos fueron.

Hay un silencio repentino en toda la sala. Los soldados se miran entre sí. Se llevan las manos a sus armas. Los ministros y consejeros se apartan. Izcóatl enfurece y grita:

—¡Arréstenlos!

Los ministros y consejeros escapan de la zona de peligro con gran apuro. Los seis soldados acusados sacan sus macuahuitles y comienzan a luchar contra los otros seis. Inmediatamente asesinan a uno de la guardia. Izcóatl y Tlacaélel se incorporan a la batalla. Uno de los soldados decide enfrentar al tlatoani, que a pesar de no ser tan joven sigue siendo muy ágil en el uso de las armas. Ambos comienzan a luchar con sus macuahuitles. Sus armas chocan una, dos, tres, cuatro veces. Izcóatl arrincona a su contrincante. Éste aprovecha la cercanía con el tlatoani y le da una patada en el abdomen, lo cual provoca que caiga de espaldas. Su macuahuitl queda alejado de él. El soldado se acerca, alza su arma, se prepara para enterrarla en el pecho de Izcóatl, pero él le responde con una patada en la espinilla, que provoca que el soldado caiga de rodillas. El tlatoani se le va encima y comienza a golpearle la cara a puño cerrado. El hombre trata de sacar el cuchillo que lleva en la cintura, pero los golpes que recibe son tan intensos y tan seguidos que apenas si puede responder. Sus ojos ya se encuentran totalmente hinchados. Su boca llena de sangre. Sus dientes han caído. Izcóatl deja de golpearlo. Se prepara para ponerse de pie, y de pronto una puñalada le perfora el muslo. El tlatoani voltea enfurecido. Mira con rabia al soldado y lo golpea otra vez. Lo más rápido posible, sin descanso, hasta que lo deja inconsciente. Se saca el cuchillo de la pierna y sin pensarlo se lo entierra en el pecho a su contrincante.

Por otro lado Tlacaélel también se encuentra en pleno combate con uno de los soldados acusados de haber matado a Oquitzin. Ambos están luchando con sus lanzas. Las utilizan por ambos extremos. La punta sin filo para golpear a su contrincante. Izcóatl se acerca a ellos. El soldado se distrae. Tlacaélel aprovecha el instante para pegarle al soldado en la pantorrilla con el extremo sin punta de su lanza. El hombre cae de espaldas. Su lanza cae muy lejos. Izcóatl se acerca y lo mira.

—¡No lo ma…! —no alcanza a terminar su frase cuando Tlacaélel entierra su lanza en el pecho del hombre.

El tlatoani niega con la cabeza. Tlacaélel alza los hombros. Dirigen la mirada a los otros soldados que siguen combatiendo. Sólo quedan cuatro vivos. Uno a uno. Izcóatl y Tlacaélel se acercan con sus macuahuitles en mano. Los soldados saben que han perdido el combate.

—¡No los maten! —ordena el tlatoani.

Todos se detienen. Están bañados en sangre y sudor.

—¡Los vamos a interrogar!

29

La salida del túnel que mandó construir Nezahualcóyotl en el palacio de Cilan se encuentra en medio del bosque. Cerca de ahí se encuentra un pequeño jacal, en el cual siempre hay un par de guardias que protege la salida del túnel. Hoy un grupo de hombres aliados del príncipe chichimeca espera en el jacal a que el príncipe salga. Le tienen preparado algo de ropa para que se disfrace.

El Coyote ayunado sale justo en el tiempo calculado. Conoce perfectamente el camino. Sabe el número de pasos que debe dar ya que tiene que cruzarlo a oscuras. Al salir, los aliados le proporcionan agua para que se lave y la ropa que le tienen preparada. Luego marcha con un par de soldados rumbo al bosque de Tecutzinco. En el camino se percatan de la presencia de una tropa tepaneca. Nezahualcóyotl y sus aliados caminan lo más rápido posible hasta llegar a la casa de un campesino, cerca de Coatlíchan, quien —luego de ser informado— lo lleva a esconder al almacén donde guardan el ishtli.* El campesino, jefe de todos los tejedores, da la orden para que les digan a los soldados tepanecas que vieron pasar al Coyote sediento.

---

* Hilo que se extrae de las pencas de maguey para la fabricación de diversos artículos.

Entretanto, él y su esposa echan todo el ishtli posible sobre el cuerpo del príncipe para engañar a los soldados.

Pronto llegan las tropas de Azcapotzalco. Amenazan a quien encuentran en su camino. Interrogan a todos sobre el paradero del príncipe. Un tejedor declara que no lo sabe, entonces un soldado enfurecido saca un cuchillo y lo mata. Los demás, aunque temerosos, responden de manera leal, excepto uno, que, atormentado, responde que lo vio entrar a la casa del patrón de los tejedores.

El capitán camina con paso apurado a la casa del campesino, y sin decir palabra alguna, entra con violencia, y pregunta dónde se esconde Nezahualcóyotl. Sin esperar respuestas se van a golpes en contra del campesino. Su esposa pide a gritos que dejen en paz a su esposo, y alega que el Coyote sediento no ha pasado por aquel sitio.

Pero la rabia de los soldados tepanecas es tal que ni ella logra detenerlos, por el contrario, también la golpean. El campesino y su esposa quedan en el piso, bañados en sangre y heridos de gravedad. Pronto llegan en su auxilio los demás tejedores fieles a la causa de Nezahualcóyotl, y aunque son de igual manera maltratados por los soldados, guardan el secreto.

Mientras tanto, un grupo de personas entra al almacén y al ver la montaña de ishtli que rebasa sus cabezas comienzan a escarbar, pero al notar que ninguno de los tejedores muestra temor, abandonan la búsqueda con la seguridad de que ahí no se encuentra el príncipe. Se marchan enfurecidos.

El príncipe sin corona se encuentra al borde de la asfixia, cuando le comunican que puede salir de su escondite. Al ver los destrozos en la casa del campesino, se desborda en lamentos.

—Siento mucho que por mi culpa se les haya maltratado de esta manera —dice arrodillado a un lado del campesino que está en el piso, cubierto de sangre—. Prometo hacerles justicia.

Con apuro intenta ayudar a los heridos, pero le piden que salga de allí lo más pronto posible en dirección a Tecutzinco, como lo tienen previsto. Ahí lo espera el resto de la tropa. Sale sigiloso. Se oculta entre los sembradíos. Pese al cansancio, saca fuerzas de sí para seguir corriendo en cuanto ve a lo lejos una tropa tepaneca. Corre agachado para no ser visto, corre entre la planta de chía, hasta llegar a donde se encuentran un jornalero cortando la planta. Nezahualcóyotl toma el riesgo de que aquellos hombres en lugar de ayudarlo lo traicionen y lo entreguen a los enemigos. Se aventura a solicitar su auxilio.

—Buenos hombres —dice al salir de los sembradíos—, soy el príncipe chichimeca, hijo de Ishtlilshóchitl, y vengo huyendo de los soldados de Mashtla, si ustedes me favorecen prometo hacerles muchas mercedes en cuanto recupere el imperio.

Inesperadamente, los hombres se ponen de puntas y se estiran lo más posible para ver al horizonte, y al notar a lo lejos que son pocos soldados se miran entre sí. Aquellos son diez y éstos son sólo cuatro, más el príncipe. Sacan unas armas que tienen escondidas debajo de unos bultos de chía y se preparan para el enfrentamiento.

—No quiero que arriesguen sus vidas —les aclara Nezahualcóyotl—, sólo les ruego que les digan a los soldados que me vieron pasar por aquí hace mucho rato.

—¿Y usted pretende que nos crean? ¿Piensa que se van a marchar así? —responde con mucha seriedad, casi con enojo, un hombre llamado Chichimoltzin—. Estos soldados están enloquecidos. No se irán sin antes haber desquitado su ira. Y si de cualquier manera nos van a atacar, ¿por qué no defendernos?

Tres de los hombres toman sus armas y le proporcionan un macuahuitl al Coyote sediento. Chichimoltzin les dice que se escondan entre la chía y que esperen ahí a que lleguen los soldados.

—Venimos por órdenes del gran chichimecatecutli Mashtla —dice el soldado con soberbia—. ¿Han visto al Coyote hambriento por aquí?

—No —responde Chichimoltzin sin bajar la mirada—. Por aquí no ha pasado nadie.

—¡No mientas! —dice el soldado e intenta darle un golpe a Chichimoltzin, pero una flecha da certera en el rostro del soldado, que cae de rodillas con las mejillas perforadas.

Pronto el resto de la tropa se pone en guardia y comienza a disparar lanzas a diestra y siniestra, sin ubicar aún al enemigo. Chichimoltzin saca su escudo y macuahuitl que tiene escondido debajo de la chía y se enfrenta a duelo contra los tepanecas.

El soldado con la flecha atravesada, la rompe por ambos extremos y sin perder más tiempo la jala de golpe y se desgarra la boca. Justo en ese momento Nezahualcóyotl y los otros tres hombres salen de su escondite. Chichimoltzin mata a uno de ellos enterrándole su macuahuitl en el pecho, y de inmediato se va contra el que se había arrancado la flecha de la boca; antes de que éste logre ponerse en guardia, le corta la cabeza de un golpe.

Nezahualcóyotl se encuentra rodeado por tres soldados. Chichimoltzin llega en su auxilio y le quita a uno de ellos de encima. El Coyote sediento queda solo entre dos guerreros. Se defiende con su macuahuitl y su escudo. Gira en su propio eje. Dispara la mirada en ambas direcciones, cauteloso del próximo ataque. El soldado de la izquierda tiene el macuahuitl en una mano y en la otra el escudo. El de la derecha sostiene lanza y escudo en una mano y el macuahuitl en la otra. Nezahualcóyotl opta por dirigir su ataque hacia el de la derecha. Los dos soldados se miran entre sí y con un gesto fugaz se dan la instrucción de dar el golpe certero al mismo tiempo. El príncipe chichimeca se deja caer al piso para esquivar ambos golpes, y derriba al soldado que sostiene la lanza al darle en la pierna con su macuahuitl. El otro levanta su arma para darle en la espalda al Coyote, quien rueda por el piso y le arranca la lanza al soldado derribado. El tepaneca da golpes inciertos en el piso mientras Nezahualcóyotl rueda de un lado a otro. Hasta que finalmente, sin ponerse de pie, cuando el soldado está a punto de darle el golpe final, el Coyote hambriento le propina un fuerte puntapié en las pantorrillas, haciendo que caiga de frente hacia él. El príncipe chichimeca lo recibe con la lanza. El soldado se balancea por un instante con el pecho perforado. Mira con susto a su contrincante. Trata de arrancarse la enorme punta afilada que poco a poco se le va incrustando. El Coyote sediento la sostiene por un momento, hasta que con fuerza la ladea a la izquierda para que el soldado no se derrumbe sobre él. Toma su macuahuitl y se reincorpora con agilidad. Se dirige al otro soldado, que se arrastra para alcanzar su arma, y le corta la cabeza sin clemencia. Quedan solamente cuatro soldados tepanecas luchando contra los aliados. Nezahualcóyotl llega por detrás de uno de ellos y le entierra el macuahuitl en la espalda. El soldado gira la cabeza rápidamente para ver quién le está dando muerte y al saber que éste es Nezahualcóyotl sonríe por el simple placer de saber que no morirá en manos de cualquiera. A los otros tres soldados enemigos no hay necesidad de acabarlos, pues ellos mismos, al ver la masacre a la que están destinados, deciden rendirse. Dejan caer sus armas y se hincan asustados. Imploran piedad.

Enfurecido, Nezahualcóyotl levanta su arma y se prepara para cortarles las cabezas. Mira a los hombres que le ayudaron a salvar la vida y dice respirando agitadamente:

—La muerte de mi padre me ha dejado como enseñanza que ya no hay tiempo para la clemencia. Perdonarles la vida será darle pie a otra persecución. Ya he huido mucho, ya hemos soportado demasiado. Si los dejo vivos, irán pronto a buscar refuerzos.

Mientras levanta el macuahuitl, Nezahualcóyotl sacia su sed de venganza. En el momento en que su arma avanza hacia las cabezas de esos soldados, piensa con mucho dolor en su padre Ishtlilshóchitl. Justo cuando da el golpe en el primero de los tres soldados, aparece en el fondo del camino un grupo de aliados del príncipe que, por un momento, al ver de lejos que tienen a esos hombres de rodillas, piensan que llegaron tarde. Temen que sea el príncipe a quien va a matar. Corren. Levantan sus armas pero al distinguir sus siluetas bajan el paso, hasta detenerse por completo. Reconocen a Nezahualcóyotl que levanta su macuahuitl y lo deja caer con incontenible fuerza sobre el cuello del segundo soldado enemigo. La cabeza sale rodando, la sangre salpica el lugar. El último de los tepanecas llora arrodillado. Ruega que le perdonen la vida. En ese momento los aliados llegan hasta ellos. El Coyote hambriento voltea la mirada y en ese instante el enemigo se lanza en contra del príncipe chichimeca con un cuchillo que traía escondido y le hace una herida en el hombro. Pronto los demás aliados se van en su defensa y desarman al soldado que, un instante atrás, aseguraba que si le perdonaban la vida sería leal a la causa del imperio chichimeca. El Coyote ayunado se levanta con la mano en el hombro. Mira la sangre en su mano y aprieta el puño con furia. Dirige la mirada a uno de los aliados. Le pide el macuahuitl con los ojos y al tenerlo, camina hasta donde está su agresor.

Ante su muerte segura, el soldado mantiene la cabeza erguida, mostrando la dignidad tepaneca de la que careció el resto de su tropa. El príncipe levanta el macuahuitl y se dispone a darle muerte. Y justo cuando el arma cumplirá lo inevitable, Nezahualcóyotl se detiene súbitamente.

—Veo que acabar con tu vida en este momento es darle gusto a tu orgullo —dice furioso—, llevarte preso es un acto inútil y costoso, incluso un privilegio para ti. Y dejarte libre es permitir una revancha que no terminará sin desencadenar más muertes. No dejarás de buscarme para cumplir tu tarea inconclusa. No hay peor castigo que el ser un soldado inservible. Y no hay soldado inútil si no le faltan las piernas o las manos —le da la espalda al soldado enemigo y ordena a sus hombres que le corten las manos.

—¡No! ¡Se lo ruego! ¡No! —grita con el gesto más desconsolado que se haya visto en un soldado.

En ese momento vuelve a su mente toda la gente asesinada sin clemencia por los tepanecas. Piensa en los niños que Tezozómoc ordenó degollar años atrás. Piensa en sus amigos que sufrieron por protegerlo en los últimos días. Piensa en todo lo que ha soportado él mismo. Mira al soldado y se pregunta a cuánta gente habrá matado, a cuántos les habría perdonado la vida. El príncipe tiene la certeza de que ese soldado jamás tuvo compasión por alguien y por ello no encuentra razón para tenerla por él. Los aliados siguen esperando la orden de Nezahualcóyotl con el soldado de rodillas con sus brazos sobre una piedra enorme donde los jornaleros trabajan la chía. Ruega que lo maten.

—¡Ahora! —ordena el príncipe y la piedra se cubre de sangre. El soldado grita estruendosamente. Nezahualcóyotl no vuelve la mirada. Se marcha sin decir una sola palabra.

30

Un par de pies camina entre las cenizas del jacal de la curandera Tliyamanitzin. Todo está absolutamente calcinado. Se detiene en medio del lugar. De pronto, se escuchan las voces de algunas personas que se acercan. Los pies se alejan del lugar. Nadie se da cuenta de que alguien acaba de salir de ahí.

Hace ya varias horas que el incendio quedó apagado. Todos los vecinos ayudaron a extinguirlo, haciendo una cadena humana, pasando uno a uno los jarrones que llenaban con agua del lago. De la anciana y su hijo nada se sabe. Nadie los ha visto. Ya buscaron las cenizas de sus cadáveres pero tal parece que ellos no estaban ahí. Sin embargo, todos los vecinos aseguran que ella nunca salía de su casa en las noches y que debía estar ahí en el momento del incendio. Nuevamente comienzan los rumores sobre su verdadera identidad.

—La vieja es una bruja —dice una de las vecinas—. Yo siempre la vi haciendo sus pócimas.

—Es la nahuala pero nadie me cree —dice uno de los vecinos.

—Un día se le apareció la nahuala al vecino del fondo de la calle.

Pronto llega la noticia a oídos del tlatoani, quien apenas el día anterior la había visto. Luego del combate no supo de ella.

Le genera mucha curiosidad que nadie hubiera advertido su salida del palacio. Luego se ocupa en curar la herida que había recibido en el muslo y en interrogar a los dos soldados presos en una de las cárceles del palacio. Ninguno dice una palabra.

Ahora con la noticia del incendio del jacal de la anciana Tliyamanitzin no le queda duda de que hay alguien detrás de los soldados que mataron a Oquitzin. La misma persona que quemó el jacal debe de ser la que asesinó a Matlalatzin. Izcóatl sabe que el ataque en contra de Oquitzin está relacionado con la investigación que estaba llevando a cabo. Concluye entonces que el tlacochcálcatl descubrió quién la mató o la mandó matar y que esos seis soldados estaban involucrados. Lo cual seguramente también implica a Moshotzin. "Y de ser así, ¿quién o qué provocó que Moshotzin se sacara los ojos?", se pregunta el tlatoani. En cuanto se retira el informante que le trajo la noticia sobre el incendio del jacal de la anciana, Izcóatl camina rumbo a la habitación en donde descansa el capitán de la tropa. Se encuentra acostado en un petate con unos trapos en los huecos de los ojos. Una mujer yace sentada junto a él, pendiente de lo que necesite. El tlatoani le pide que salga de la habitación y se arrodilla junto al paciente.

—¿Moshotzin, me escuchas?

El hombre no responde. Izcóatl tiene dos opciones: esperar a que despierte o volver cuando le avisen que ya reaccionó. Pero le preocupa que el hombre se muera y no le diga qué fue lo que le ocurrió. Decide despertarlo. Lo mueve y le habla pero no responde.

—Moshotzin, despierta. Necesito que despiertes. Moshotzin.

Izcóatl pierde la paciencia mira alrededor y se encuentra con un jarro lleno de agua. Lo toma y le vacía el líquido en el rostro. Moshotzin reacciona exasperado. Parece que se ahoga. Jala aire con desesperación.

—¡Tranquilo! ¡Tranquilo! ¡Tranquilo! —Izcóatl lo sostiene de los hombros.

—¡La nahuala! —grita aterrado—. ¡La vi! —tiembla—. ¡Yo

vi a la nahuala! —se para y comienza a correr hasta que se estrella contra el muro y cae desmayado.

En ese momento entra la mujer que cuidaba de Moshotzin. Izcóatl se encuentra de pie en medio de la habitación mirando al capitán de la tropa en el piso con la nariz rota y bañada en sangre. La mujer y el tlatoani se miran a los ojos.

—Se paró lleno de miedo, comenzó a correr y se estampó contra el muro.

La mujer se apresura a detener el flujo de sangre con un trapo. El tlatoani lo jala de los brazos hasta llevarlo de regreso al petate.

—Avísame en cuanto despierte —dice el tlatoani.

—¿Y si sale corriendo otra vez? —pregunta la mujer muy nerviosa.

—Tienes razón. Enviaré dos soldados para que cuiden la entrada —responde Izcóatl y sale de la habitación.

De ahí se dirige a la cárcel. Está dispuesto a sacarles la verdad a los dos soldados. En el camino se encuentra con Ilhuicamina, quien le pregunta cómo se encuentra. El tlatoani lo evade. Está muy consternado. El palacio siempre está lleno de ministros, consejeros y funcionaros que, bien o mal, hacen su trabajo. La mayor parte del tiempo están de un lado para otro. Y justamente hoy una gran cantidad de ellos se cruza en su camino.

—Mi señor, la gente está preguntando cuándo podrán salir de la isla.

—Luego. Estoy ocupado...

—Mi señor —otro ministro—. Queremos hablar sobre el ataque de ayer...

—Sí... Más tarde —sigue su camino.

—Mi señor —lo intercepta alguien más—. Se encontraron dos hombres ahogados en uno de los canales.

—Soluciónalo...

—Mi señor —otro más—. Se nos están acabando las provisiones de agua potable.

—¿Para cuánto tiempo nos queda?

—Seis o siete días…

—Bien. Lo solucionaremos mañana mismo.

—Pero…

—Ahora no. Tengo algo que hacer…

Por fin llega a la prisión y encuentra muertos a los cuatro soldados que hacían guardia. Dentro de la celda los dos prisioneros yacen con las gargantas degolladas. Aprieta los puños y los dientes lleno de rabia. Grita enojado. Llama a los guardias para que acudan a él, pero nadie lo escucha. Sale apurado de la celda y de pronto piensa en Moshotzin. Se lleva las manos a la cabeza. Corre. Corre por todos los pasillos lo más pronto posible. Los ministros, consejeros y funcionarios lo ven, se preocupan y lo siguen. Al llegar a la habitación, se encuentra a Moshotzin con la boca llena de sangre. En el piso yace su lengua mutilada.

31

El año 1 pedernal (1428) Nezahualcóyotl tiene apenas veintiséis años y el gran chichimecatecutli Mashtla rebasa los sesenta; sin embargo, sigue actuando con inmadurez. Se divierte tremendamente viendo al enano perseguido por un perro alrededor de la sala principal del palacio y suele contarles a sus ministros cosas que le habían acontecido en la infancia, como si hubiesen ocurrido ese mismo día. Luego vuelve en sí y da órdenes a todos, ignorando que se ridiculizó minutos antes. Pero ¿cómo evitar aquellas regresiones? ¿Cómo dejar en el pasado esos días de tanta felicidad? Su memoria le devuelve una interminable lista de recuerdos de su niñez, mientras que su realidad más inmediata se le va oscureciendo lentamente.

Los brujos no encuentran cura para la pérdida de la memoria. Creen que es un castigo de los dioses. Mashtla decide no consultarlos más. Si ellos no lo pregonan, su dignidad se mantendrá a salvo, por lo menos hasta que sea imposible ocultar su irreversible pérdida de memoria a corto plazo, lo cual ha conseguido hasta el momento. Si se le olvida qué dijo minutos atrás, ordena a sus ministros que lo repitan, con la excusa de que quiere corroborar que le hayan puesto atención o que se lleven a cabo sus órdenes tal como las había dictado. Para maquillar las razones por las que cuenta las eventualidades de su infancia, dice que lo hace para suavizar los ánimos, ya que en estos tiempos sólo recibe malas noticias.

Hasta el momento, olvida únicamente cosas sin importancia, nombres de personas intrascendentes, o lo que comió el día anterior. El rostro de Nezahualcóyotl sigue intacto en su recuerdo y su deseo por terminar con él late en su corazón sediento de sangre. Es imposible olvidarlo, más aún en este instante en que le comunican que volvió a escapárseles a sus guerreros.

—A partir de este instante declaro traidor a quien ampare al hijo de Ishtlilshóchitl —dice de pie frente a todos sus consejeros y ministros—, cualquiera que sea la razón: a quien le hable, lo salude, lo vea sin denunciarlo. Incluso quien se declare neutral en esta persecución será castigado. Comuniquen por todas las ciudades que se les darán recompensas a quienes lo denuncien, más aún si lo traen ante mí, vivo o muerto. Si quien lo capture pertenece a la nobleza recibirá el nombramiento de tecutli, posesión de tierras y vasallos; si el que trae al príncipe es soltero, lo casaré con alguna de las señoras de la casa real y le daré tierras; y si es un plebeyo lo haré perteneciente a la nobleza otorgándole tierras y vasallos.

En cuanto la noticia llega a todos los lugares, se desborda la codicia de los traicioneros que hasta el momento se han mantenido en el límite de los bandos, fingiendo por un lado y por el otro, en espera de un mejor porvenir.

Los enemigos se han dado a la tarea de perseguir a los aliados del príncipe, a quienes encontraron camino a Tecutzinco. Ellos responden mediante sangrientos combates. Varios pierden la vida antes de confesar el paradero de Nezahualcóyotl.

—Mi señor —informa a Nezahualcóyotl uno de los sobrevivientes—, Mashtla ofreció señoríos, riquezas, tierras y mujeres a quien le lleve su cabeza.

Ese mismo día llegan ante él muchos más aliados con los cuales dialoga hasta el anochecer para llevar a cabo por fin su guerra contra Mashtla. Ya no hay aplazamiento ni misericordia. Para muchos ése es el mejor momento en la vida de Nezahualcóyotl, para esos que aplaudían su valentía, su enojo, su deseo de venganza; para otros, es el peor, por ser la etapa menos benigna en su existencia.

Aquella noche la pasa en vela, sentado en la rama de un árbol desde el cual puede ver todo el horizonte. La encrucijada en la que se metió parece más enredada que el laberinto que construyó en el palacio de Cilan. ¿A quién debe complacer? Sabe que mucha gente morirá por su causa y sufrirá tremendamente. Tiene la certeza de que en la guerra por venir se derramará mucha sangre. Se dejó llevar por sus instintos salvajes, sus deseos de venganza, sus penas, la nostalgia por la ausencia de su padre, el rencor por lo que había tenido que sufrir. ¡Sí! Todo eso es verdad, pero también es cierto que Tezozómoc y Mashtla lo empujaron a ese callejón sin salida. Nezahualcóyotl, el príncipe chichimeca, el Coyote ayunado, el tecutli sin corona no conoce la felicidad, no sabe lo que es la libertad, no entiende el significado de la paz. Lleva muchos años huyendo, escurriéndose del peligro, pidiendo auxilio, fingiendo para salvarse.

"¿Cómo no voy a sentir dolor? ¿Cómo no voy a desear venganza? Aunque no quiera, no tengo otra salida más que la guerra. ¿O acaso debo esperar a que me maten? ¿Debo repetir la historia de mi padre? Con su muerte no se salvó el imperio; por el contrario, la tiranía aumentó. ¿No tengo entonces derecho a vivir, a defender mi existencia? Sé muy bien que con esta guerra habrá muerte, pero también sé qué es lo que quiero hacer cuando recupere el imperio. Necesito una oportunidad, necesito que mi gente confíe en mí."

Cuando el sol se asoma por el horizonte, el Coyote hambriento aún sigue sumergido en sus pensamientos. Ve a lo lejos un grupo de personas caminar hacia el lugar donde se encuentra. Apurado, baja columpiándose de rama en rama hasta caer sobre un montón de hojas secas. Se escurre sigiloso al campamento donde se hallan sus aliados, a quienes da noticia de lo que acaba de ver y les ordena ponerse en guardia. Asimismo envía a un par de hombres a que inspeccionen el área y le avisen en caso de que sean tropas enemigas. Todos se esconden entre matorrales y en las copas de los árboles, hasta que ven llegar a más aliados, entre ellos al anciano Huitzilihuitzin. Con gran alegría el príncipe se apresura a abrazar a su maestro que ya camina con mucha dificultad debido a su vejez.

—Les hemos traído alimentos —dice el anciano y pronto las criadas que van con ellos comienzan a servirles a todos.

—Maestro Huitzilihuitzin, agradezco mucho las mercedes que tiene hacia mí —dice Nezahualcóyotl mientras come—, pero no puedo arriesgar su vida. Le ruego vuelva a Teshcuco. Allá me es de mayor utilidad. Necesito que inquiera con sagacidad sobre los acontecimientos y que con prontitud me informe con emisarios —Nezahualcóyotl dirige la mirada a uno de los infantes—. Miztli, acompáñalo a Teshcuco. Y ocúpate de alistar con gran sigilo y cautela las tropas aliadas de los pequeños pueblos en las cercanías de Teshcuco.

Luego da instrucciones a los aliados para que vuelvan prontamente a sus pueblos y de igual manera preparen sus armas y ejerciten a sus soldados con disimulo.

—Sholotecutli, dirígete a la ciudad de Shalco y habla con Totzintecuhtli, pídele que lleve sus tropas a Coatlíchan.

—Pero el señor de Coatlíchan se ha declarado aliado de Mashtla.

—Eso es precisamente lo que quiero: que entren conquistando aquel pueblo —Nezahualcóyotl se dirige a otro capitán y le instruye—: Adelántate a Coatlíchan para que le anuncies a los señores de aquellos rumbos que ya estamos listos para la guerra. Ellos ya saben lo que tienen que hacer.

El príncipe sigue explicando los procedimientos:

—Ustedes —se dirige a dos capitanes— marcharán al frente con sus tropas, en cuanto vean algún peligro enviarán noticia. Mitl se encargará de ir antes que ustedes, fabricando chozas y consiguiendo alimento para cuando oscurezca.

Esa noche marcha el resto de la tropa hasta llegar a un pueblo donde vive otro de los aliados, llamado Quacoz, quien los alimenta y da albergue. Nezahualcóyotl le explica su plan. Y esa misma noche Quacoz envía espías a los alrededores mientras se reúnen con más aliados que van llegando con prontitud. Reunidos afuera de la casa presentan las tropas al príncipe.

—Mi señor, estamos listos ya con nuestras armas para dar la vida por usted y por el rescate del imperio.

Se mantienen todos en vela. Los capitanes escuchan las instrucciones del príncipe chichimeca. Algunos soldados se ejercitan en las armas y otros fabrican flechas, lanzas, escudos y macuahuitles.

Al iniciar la madrugada llega uno de los espías y avisa que a lo lejos se halla una tropa enemiga. Quacoz da la orden a su gente para que estén prevenidos y pide a Nezahualcóyotl que se esconda en el interior de un enorme tambor fabricado de madera para que esté a salvo.

Vuelven a la mente del Coyote ayunado los momentos en que su padre le había ordenado que subiera al árbol y se escondiera: *¡Corre! ¡Corre, Coyote! ¡Sube a ese árbol!*

—¡No soy un cobarde! —le dice a Quacoz—. Saldré a combatir a los soldados de Mashtla.

Pronto se acerca un capitán:

—Si quiere hacer frente a los soldados, hágalo de esta manera: engáñelos, espere dentro del tambor a que lleguen y, cuando el combate comience, salga para tomarlos desprevenidos.

El príncipe acolhua acepta aquella propuesta y sin dilación entra en el tambor. Mientras tanto los soldados que fabrican armamento lo esconden entre la hierba y los matorrales, y se unen a los otros que fingen estar entretenidos en una danza. Cuando llegan las tropas tepanecas los reciben sin mostrar temor o amenaza.

—Buscamos a Nezahualcóyotl, el príncipe chichimeca, hijo de Ishtlilshóchitl —dice un soldado mientras sus pupilas recorren todo el lugar. Los demás soldados buscan por el lugar observando las copas de los árboles y entre los matorrales. El capitán tepaneca lleva su mano al macuahuitl que lleva amarrado a la cintura.

—Si es un príncipe vayan a buscarlo a los palacios —Quacoz alza la cejas y señala sin dirección exacta—, aquí sólo vivimos gente pobre.

Tal como lo acordaron, Quacoz se dirige a su gente y grita que los soldados vienen a robarlos. Sin dar tregua, rodean a la tropa.

—¡Es a mí a quien buscan! —grita Nezahualcóyotl al aparecer de pronto de pie sobre el tambor, y sin esperar lanza una flecha que da certera en el pecho de un soldado.

El capitán tepaneca voltea la mirada en varias direcciones. Observa a los aliados del Coyote ayunado. Están rodeados. ¿Huir? Imposible. No hay por dónde. ¿Rendirse? ¡Jamás! La batalla da inicio.

Luego de que el príncipe acolhua lanza todas sus flechas, espera a que el capitán de los tepanecas —que esquivó la lluvia de flechas— se acerque a él sin mostrar temor. Alrededor imperan los gritos, golpes y empujones. Él se mantiene sereno, sin bajar la mirada. Sostiene firmemente sus armas. Avanza cauteloso. Elabora su estrategia para derrotar a ese hombre reconocido por su destreza en las batallas. Nezahualcóyotl deja caer su arco y sus flechas. El enemigo se detiene a un metro de distancia, levanta su macuahuitl e intenta dar en el rostro del príncipe, quien lo esquiva inclinándose a la derecha y responde con otro golpe. Ambos macuahuitles chocan en el camino cuatro veces seguidas. El capitán comienza a sudar. Se limpia rápidamente la frente con el antebrazo sin quitar la mirada de su enemigo. Aprieta los dientes y vuelve al ataque. El choque de macuahuitles se repite varias veces más. Mientras tanto se escuchan alaridos por todas partes. La sangre tiñe los arbustos. Gritos y más gritos. Todos en la cima de la barbarie.

—¡Rescatemos el imperio! —claman los aliados del príncipe chichimeca.

El capitán tepaneca arremete furioso contra Nezahualcóyotl, quien logra frenar sus golpes, hasta que uno de los macuahuitles se incrusta en el otro. Ambos forcejean. El tepaneca suelta una patada en la entrepierna del Coyote hambriento y lo derrumba sobre unos arbustos. Se queda con los dos macuahuitles, los levanta y los azota contra un tronco que se halla a un lado para desunirlos. Vuelve la mirada a Nezahualcóyotl. Alza su macuahuitl para dar el golpe final al príncipe, que gira a su izquierda para evitar que le parta en dos el pecho. Sigue lanzando golpes, mientras su contrincante se mueve de un lado a otro evadiendo el ataque. De pronto, Nezahualcóyotl alcanza una piedra y la lanza al rostro de su enemigo, que se protege con el macuahuitl. El Coyote sediento se pone de pie. Retrocede para eludir los golpes, hasta que tropieza con un cadáver. Al capitán de Azcapotzalco su ambición le impide ver que sólo quedan unos cuantos de sus soldados.

—¡Capitán, huyamos! —le grita un soldado.

—¡No somos cobardes! —responde sin quitar la mirada de Nezahualcóyotl que se halla arrinconado al pie de un árbol.

Nezahualcóyotl toma el macuahuitl del cadáver con el que tropezó, se pone de pie y lo entierra en el abdomen del capitán, que sólo en ese momento se encuentra con su tropa al límite de la derrota. Los pocos sobrevivientes salen corriendo. Dejan a su líder retorciéndose en medio de unos matorrales, tratando de detener la sangre que se le fuga del vientre mientras mira sus intestinos teñidos de rojo. Insiste hasta el último aliento que un capitán tepaneca jamás se rinde. Muere minutos después.

El príncipe acolhua baja la mirada y ve su cuerpo. Salió ileso de aquel enfrentamiento pese al golpe que lo derrumbó. Los aliados comienzan a contar a sus muertos y a curar a sus heridos, los cuales son pocos.

—Mi señor —dice Quacoz—, no es conveniente que sigamos aquí, los soldados que huyeron darán pronta noticia a Mashtla y volverán.

Nezahualcóyotl manda a un grupo a vigilar los alrededores y a otro al monte, para edificar en lo más fragoso unas chozas donde puedan alojarse. Esa misma madrugada salen rumbo al paraje donde se esconderán mientras se alistan las demás tropas aliadas. En el camino Quacoz nota en la mirada del Coyote hambriento un cansancio y una preocupación irreprimible.

—¿Sucede algo? —pregunta Quacoz, sin obtener respuesta.

El príncipe chichimeca no responde. Comienza a profundizar cada vez más en su visión del mundo y de la humanidad. Los que lo conocieron años atrás comentan que parece que son personas totalmente distintas. El de la infancia es el dolido. El de la juventud, el vengativo. Este hombre que está madurando es un ser creativo y reflexivo. Cómo cambia la vida. Cómo cambia una persona. Cómo responde a las bofetadas del destino. Unos se quedan con la rabia hasta el fin de sus días; otros, muy pocos, aprenden del sufrimiento y lo llevan a mejores coyunturas. Había mucha pena en el corazón de Nezahualcóyotl, mucho rencor, y tuvo que saldar cuentas pendientes con sus enemigos para entender que la máxima expresión de la vida está en la cosecha de la sabiduría.

—¿Qué te acongoja, Coyote? —le pregunta Quacoz al llegar al sitio donde permanecerán hasta tener listas todas las tropas.

—Mis concubinas —suspira—, las dejé en Teshcuco y no sé cómo se encuentran. Tengo miedo de que los enemigos lleguen al palacio de Cilan.

—No te aflijas, señor —le dice Quacoz—. Mañana tendrás puntual noticia de todo. Yo mismo iré a Teshcuco disfrazado, me informaré, al mismo tiempo exploraré la tierra, y si es posible las traeré aquí.

—Te lo agradeceré.

—Descansa.

El Coyote hambriento se acuesta bocarriba, a un lado de la fogata. Cierra los ojos, deseoso de perderse en sus sueños. Se siente terriblemente cansado, pero vuelve a sufrir una larga noche de insomnio.

32

¿Que por qué me gustan las mujeres? No lo sé —responde Miracpil acostada, desnuda entre la hierba, sonriéndole a Shóchitl mientras acaricia uno de sus pezones con la yema del índice—. La verdad sí, sí lo sé. Me gustan porque, porque... —le da vueltas al asunto— son más sensibles. Las entiendo, me entienden. Me entiendes.

—Pero también nos odiamos entre nosotras.

—Sí —sonríe Miracpil y envuelve con su mano la teta izquierda de su amante—. Nos odiamos y también...

En ese momento Shóchitl le tapa la boca con una mano y la jala hacia ella para esconderse debajo de un matorral.

—No hagas ruido —le susurra al oído.

Se escucha un par de carcajadas y las dos amantes sienten un vendaval de temores al creerse descubiertas. ¿Cómo responder en esos momentos? ¿Cómo justificar su desnudez? ¿Qué hacen ahí, tan lejos del palacio de Cilan? No son tiempos para andar solas por los montes. Cualquier soldado tepaneca bien puede golpearlas, violentarlas, matarlas, o llevarlas ante Mashtla. ¿Quién anda ahí? ¿Las están buscando? ¿Habrá vuelto Nezahualcóyotl? Quizá sí, y al no encontrarlas envió a que las buscasen por todas partes.

Las risas son de un hombre y una mujer. Miracpil y Shóchitl hacen el menor ruido posible al asomarse veladamente entre los matorrales. Tras llegar al convencimiento de que no las están buscando, experimentan un alivio pero comparten la misma duda. ¿Qué hacen ahí esas dos personas? Despejar la incógnita toma unos segundos. Saborean con un par de sonrisas al descubrir que es Huitzilin quien corre entre la hierba y se esconde tras un árbol. Tezcatl la alcanza, la envuelve en sus brazos y entierra su nariz en la cabellera de aquella concubina.

Tezcatl había jurado toda la vida ser leal a Nezahualcóyotl, pero ¿cómo negarse a la belleza soberbia de Huitzilin? Imposible no caer rendido a sus pies. El descalabro vendría de una u otra manera. La nobleza y el vulgo no se juntan. No es el primero ni el último de los soldados y sirvientes con los que Huitzilin se acuesta, pero él no lo sabe. No se atreve siquiera a pensar mal de ella, hija de la nobleza, entregada al príncipe justo al cumplir los catorce años.

No bien había cumplido los trece años cuando Huitzilin desenvainó su sexualidad en las orillas del lago con un par de dedos, alcanzando la cúspide del orgasmo. Nadie la embaucó. Su deseo era nato, insolente, compulsivo. Una sensación irrefrenable que la cegaba y la empujaba a buscar escondrijos para acudir al llamado de su humedad. Pero la soledad le resultaba insuficiente con el paso del tiempo. Soñaba con un día encontrar a alguien con quien compartir sus deseos. También comprendió que era menester un poco de instrucción. ¿Con quién? ¿A quién preguntarle? No era algo que pudiera platicar ni con la madre, las amigas, ni nadie más.

Cuando encontraba oportunidad de salir de casa, deambulaba de un lugar a otro. Sabía a dónde se dirigía, pero entendía que entrar era su pasaporte al cadalso. Se asomaba curiosa en las casas de las mujeres públicas y las envidiaba demencialmente. Mientras el resto de las jóvenes de su edad suspiraba con pertenecer a la nobleza, como muchas, al ser elegidas para el concubinato de algún infante o príncipe. Jamás se atrevió a solicitar las enseñanzas de aquellas mujeres públicas. Optó por la clandestinidad: como un suicida sin cuchillo se lanzó en los brazos del primero que encontró, el cual resultó mucho más inexperto que ella misma.

Nunca le había alegrado tanto una noticia a Huitzilin como la tarde en que su padre le anunció que el príncipe Nezahualcóyotl la había pedido como concubina. Y jamás fue tan infeliz como el día en que se enteró de que no sería la única. No tanto por un arranque de celos sino por el presagio de un indudable incumplimiento a sus necesidades hormonales. Para entonces —inevitablemente— sus deseos la desconcentraban y le atiborraban la cabeza dos o tres veces al día, al recordar los apasionados embates con el Coyote ayunado. Toda una locura desvestirse, aferrarse a su piel, a su aroma, a su cuerpo, darle la bienvenida y estrujarlo con las piernas. Las primeras semanas logró que el príncipe chichimeca se columpiara en el péndulo de la lujuria. Estaba en su mente día y noche. ¡Qué mujer! ¡Insaciable! "Saca el macuahuitl, Coyote, ataca, no te des por vencido, una batalla más, que aquí está tu capitana, tu guerrera indestructible. ¡Pelea! Así son los verdaderos combates: ¡cuerpo a cuerpo!"

¿Huitzilin ganó o perdió la batalla? Nunca hubo un *me rindo* de parte del príncipe acolhua, pero tampoco logró que la llevara a su aposento más de una vez a la semana. Peor aun cuando quedó encinta —cual si la panza fuese un obstáculo, un castigo, un espantajo—, el Coyote sediento evadió el contacto sexual por más de un año, sin imaginar que en esos días el sexo era lo único que se cocinaba en la olla de los antojos de su concubina.

Aunque había hecho malabares para no caer en el fangal del adulterio, la joven no pudo tolerar el hormigueo que le zarandeó el cuerpo entero al ver a un soldado salir desnudo del lago de Teshcuco. Y como pudo, despertó la lujuria del guerrero que, temeroso de ser descubierto, la llevó detrás de un jacal perdido entre el monte.

A partir de aquella tarde de sexo furtivo, Huitzilin se dio a la maratónica tarea de calibrar a toda la tropa chichimeca del palacio de Cilan. Ninguno se atrevió jamás a decir una palabra, por la indiscutible posibilidad de ser condenados a muerte; no tanto por meter las manos en las enredaderas de una de las concubinas, sino por el de ningunear la imagen del príncipe acolhua.

Tezcatl fue uno de los últimos candidatos al dulce patíbulo de la ninfómana por una simple razón: ella no toleraba verlo. No se trataba de algo en particular. Sencillamente era un repudio injustificado. El joven, como fiel sirviente del príncipe, evadía en todo momento dirigirse a las concubinas, tal cual era la obligación de toda la servidumbre. Hasta que un día ambos cayeron en el barrizal del amor. El príncipe chichimeca negociaba alianzas en los poblados del sur y prometía volver en un par de días. Huitzilin había salido al bosque para encontrarse con uno de sus amantes sin saber que éste había recibido una misión esa misma mañana. Sentada debajo de un árbol bostezó un par de veces y sin darse cuenta cayó presa de un profundo sueño.

—Mi señora —escuchó a lo lejos—. Mi señora, ¿se encuentra bien?

Al abrir los ojos, lo primero que hizo fue fraguar un gesto de desprecio.

—Disculpe, mi señora, no quise interrumpirla, pero creo que éste no es un buen lugar para descansar. Y menos en tiempos tan peligrosos.

—¿No eres acaso tú lo suficientemente valiente para defenderme?

—Lamento no poder ofrecer tal virtud. Soy sólo un sirviente. No pertenezco a la tropa.

—Entonces lárgate.

—No puedo dejarla aquí. Su vida corre peligro.

De vuelta al palacio de Cilan, la joven concubina se dio a la tarea de despreciar una y otra vez los servicios de Tezcatl, que sin poder controlar la mirada reconoció su hermosura, que no había podido disfrutar de cerca. Cada una de las concubinas poseía una belleza única. Pero de todas ellas, Huitzilin le parecía merecedora del primer lugar. Por más que él hizo de tripas corazón para no evidenciarse, la ninfómana se supo deseada, y decidió jugar con su ingenuidad sin imaginar las consecuencias.

—Mañana pienso venir a descansar al mismo lugar.

—No se lo recomiendo, mi señora.

—Si quieres venir a cuidar de mi persona, ya sabes dónde encontrarme.

Tres días seguidos ella se sentó debajo del mismo árbol y los tres días él estuvo ahí custodiándola con un macuahuitl en una mano y un arco y flechas en la otra: el primero, ella no se le insinuó por una irreconocible inapetencia sexual; el segundo, por dudas; el tercero, por temor a la atracción que comenzaba a sentir. Inadmisible enamorarse de un sirviente, pero algo, algo tenía él, algo que no había encontrado antes. Pese a que conocía a casi toda la tropa, jamás se había interesado por ninguno en especial. Todos eran amantes desechables, desconocidos a fin de cuentas. Nunca les había preguntado sobre sus vidas, ni siquiera sus nombres. Se dirigía a ellos con el apelativo de *soldado*.

—¿Tienes esposa? —le traicionó la lengua y no pudo creer lo que acababa de hacer.

—No —respondió de pie cuidando con la mirada en varias direcciones.

—¿Cómo te llamas?

—Tezcatl —al decir esto dirigió los ojos a la pérfida: la encontró sensualmente sentada bajo el árbol.

—Ven, siéntate a mi lado.

La charola de los deseos se desbordó frente a él. Caminó hacia ella, se sentó, observó en distintas direcciones: la sombra del árbol, las aves, las nubes sobre ellos, la hierba, el silencio, la cortina de árboles que los rodeaba e impedía ver a distancia, e inevitablemente las sensuales piernas de Huitzilin. ¡Qué mujer!

Una ligera sacudida de emociones lo empujó a lanzarse como un ciego en los brazos de aquella concubina, olvidándose del peligro inminente que corría, para vivir demencialmente la más apasionada etapa de su existencia. Nunca más pudo dirigir sus ojos a otra hembra.

Al octavo día se declaró enamorado, con la certeza de que ella respondería lo contrario. Qué más daba, no había más que perder sino la vida, la cual ya le pertenecía a ella por completo. Estaba dispuesto a entregar hasta la última gota de sangre en sacrificio; y con mayor razón, cuando supo que Huitzilin colgaba cual trapecista inexperta en el columpio de aquel devaneo furtivo. Ella tenía en sus manos todas las armas para controlar a cada uno de sus amantes, menos a éste que, sin pretenderlo, se había introducido en los recónditos callejones de su blindado corazón. ¿Cómo lo había hecho? Ni ella misma lo supo.

Oh, Ishcuina, diosa del sexo impuro, ¿por qué no le advertiste a Huitzilin que podía enamorarse cuando menos lo esperara? Tramitó infinidad de razones para no sentir aquellas palpitaciones cada vez que pensaba en él. Y por más que intentó destrozar todos los recuerdos de sus ardientes encuentros no logró liberarse de la punzante evocación de su carne junto a ella. Había tenido grandes amantes, entre ellos Nezahualcóyotl, pero Tezcatl tenía algo que la enloquecía día y noche. Se encontraba desarmada frente a este irreconocible sentimiento y no hallaba otra salida más que gritárselo a la cara: *¡Te amo! ¡Te amo! ¡Te amo!* No hubo día en que no se arrebataran las vestiduras con desesperación; cada uno con mayor negligencia y despreocupación por ser descubiertos, cual si en el fondo fuese lo que ambos buscaban: terminar sus vidas amándose. Pero no como los ancianos que comparten sus vidas hasta el último día, sino morir en ese momento, sorprendidos por la guardia de Nezahualcóyotl; condenados a muerte, castigados por adulterio, como mártires. Amándose. Para eludir la inevitable separación. O el hastío que amenaza con llegar con el paso de los años.

—Vámonos lejos de aquí —le dice Tezcatl justamente cuando Miracpil y Shóchitl los observan desde las entrañas de un arbusto.

—Nos encontrarán.

—Hay muchos pueblos en el sur donde podemos pasar desapercibidos —insiste Tezcatl y le acaricia el rostro.

Una pareja de amantes furtivos como la de Huitzilin y Tezcatl bien puede engañar a cualquiera, adentrarse en los pueblos más recónditos. Pero ¿cómo lo harían Miracpil y Shóchitl en caso de querer escapar? ¿Qué le dirían a la gente? ¿Que son hermanas? ¿Que son amantes? Indudablemente Huitzilin y Tezcatl tienen mayores probabilidades de salir libres de aquel predicamento.

Huitzilin y Tezcatl no tienen ojos ni oídos más que para sus propios gemidos, por lo tanto no se percatan de que a unos cuantos metros se baten en duelo carnal Miracpil y Shóchitl.

Terminadas aquellas batallas campales Tezcatl decide lanzarse al precipicio arriesgándolo todo: aprovecha la ausencia del príncipe Nezahualcóyotl y los rumores que anuncian su muerte. No pretende averiguar la verdad de lo que se dice, sino convencer a Huitzilin de que es cierto y que pronto llegarán las tropas enemigas.

—Vendrán con furia y matarán a los soldados y sirvientes —le dice acostado junta a ella—; a las concubinas las llevarán con Mashtla, como lo hicieron con las mujeres de Chimalpopoca. Vámonos de aquí. Aún hay tiempo.

—No lo sé, no lo sé —repite Huitzilin temerosa.

Es una concubina, tiene dos hijos. ¿Adónde la llevará este sirviente? ¿Qué le puede ofrecer? ¿Felicidad? ¿Por cuánto tiempo? ¿Cuánto tendrá que pasar para arrepentirse? Conoce perfectamente la incompatibilidad entre la miseria y el amor, que de lejos parece un charco de trivialidades, pero de cerca es un inmenso lago de complicaciones. Si bien ha sido la más puta de todas, también es la más centrada. Está convencida de que esa fluctuación de emociones es pasajera.

"Sí, pronto pasará. No te dejes cegar, Huitzilin, pronto verán las cosas de otra manera. Sí, es cierto, pero cómo me enloquece estar con él. ¿Y si me equivoco? ¿Qué pasaría si al dejarlo ir descubro que ahí estaba la dicha? La felicidad es efímera. ¡Despierta, zopenca! No hay noticias de Nezahualcóyotl. Puede estar vivo por ahí. Con él lo tendrás todo cuando recupere el imperio. Con Tezcatl sólo habrá pobreza, una vida fugitiva y un destino lleno de temores. Nunca serán felices. Si el Coyote sediento está vivo, los mandará buscar por todos los señoríos cuando sea nombrado gran chichimecatecutli."

Responde que no puede irse con él y aquellas palabras rotundas caen como una lluvia de lanzas en el corazón de Tezcatl, que queda desinflado y sus sueños despanzurrados en un santiamén.

—Debo volver al palacio —se pone de pie, se viste eludiendo un encuentro de miradas para no flaquear y se va en cuanto su enclenque voluntad se lo permite.

El par de concubinas que los espía se mantiene en silencio y los observa marcharse por rumbos separados: a ella con el miedo a flor de piel y a él con la vida rebanada. Shóchitl y Miracpil no tardan en volver cuando ven nuevamente a Tezcatl afuera del palacio de Cilan hablando con otro sirviente llamado Miztli. Ambas se esconden entre unos matorrales sin lograr escuchar la conversación.

—Veníamos rumbo a Teshcuco por órdenes de Nezahualcóyotl —informa Miztli con los ojos inflamados, la boca llena de sangre y moretones por todo el cuerpo—. Y en el camino nos encontramos a unos soldados tepanecas: "Estamos buscando a Nezahualcóyotl", dijo uno de ellos.

"'No sabemos de quién hablas', respondió Huitzilihuitzin.

"'No sabes...', dijo el soldado y caminó hacia él con una sonrisa burlona. Lo miró de cerca y agregó: 'Yo te conozco. Tú eres el maestro del Coyote ayunado. O ¿eres acaso tan cobarde como para negarlo?'

"'Si lo que quieren es que les diga dónde se encuentra, llévenme con su señor Mashtla.'

"No comprendí los motivos de Huitzilihuitzin, pero supe que si por algo lo hacía era para salvar nuestras vidas. Nos arrestaron y al atardecer llegamos a Azcapotzalco, donde se nos encerró en una celda. Y mientras esperábamos le pregunté por qué había pedido que nos llevaran ante Mashtla.

"'Tú y yo no hubiéramos podido escapar de las flechas de tantos soldados. Y si nos negábamos nos iban a golpear hasta el cansancio. Estuvo mejor que nos trajeran. Estamos sin un rasguño hasta el momento.'

"'¿Qué piensa hacer?', le pregunté, mirando a través de los palos de la celda.

"'Todo lo posible por salvar tu vida, Miztli', me miró y se sentó en el piso. Poco después llegaron unos soldados que nos ordenaron ponernos de pie para acudir ante la presencia de Mashtla.

"'Anciano Huitzilihuitzin', dijo el tecutli usurpador. 'Hace tanto que no nos vemos.' Caminó alrededor de él al mismo tiempo que lo miraba con desdén. '¿Dónde se encuentra Nezahualcóyotl?'

"'Cuando uno no sabe qué hacer con la culpa elige adoptar la máscara del enojo', respondió Huitzilihuitzin.

"Mashtla enfureció y estuvo a punto de golpearlo, pero por alguna razón se detuvo.

"'Por lo visto no delatarás a tu protegido. Así que ordenaré que se te dé una muerte lenta.'

"'He vivido demasiados años. Soy tan viejo que morir enfermo o de vejez es una vergüenza para mi ilustre vida. Qué mejor que acabar mis días de forma tan heroica.'

"'¿Eso es lo que quieres?', Mashtla empuñó las manos. Había un enano en la sala que sonreía gustoso. '¿Que se te recuerde como un héroe?'

"'Por supuesto. De forma lenta. Y también a mi acompañante, para que no pueda ir a dar informe a Nezahualcóyotl. Que no se entere, para que pueda seguir con su misión. Si lo llegara a saber se derrumbaría de dolor, y quién sabe si lograría recobrar las fuerzas para luchar.'

"En ese momento Mashtla ordenó a los soldados que nos torturaran. Recibimos golpes por todas partes, patadas, escupitajos. Luego Mashtla ordenó que se detuvieran.

"'¿Creíste que me ibas a engañar?', reía desde su asiento real. '¿Piensas que te voy a dejar libre? A mí no me interesa si te recuerdan como héroe o como un viejo decrépito. No me importa tu vida ni mucho menos la de este criado que te acompaña. Antes de morir debes saber que este hombre —me señaló— irá a dar la noticia a Nezahualcóyotl sobre tu muerte. Serás decapitado.'

"En ese momento un soldado levantó su macuahuitl y lo enterró en el cuello de Huitzilihuitzin que murió con prontitud, como quería. Y logró que Mashtla me dejara volver.

—¿Y por qué has venido a este lugar? —pregunta Tezcatl—. ¿Por qué no fuiste ante el príncipe?

—Porque sé que me han seguido. Y si hubiera ido ante Nezahualcóyotl en este momento estaríamos presos o muertos.

—Lo mejor será anunciar a todos que también ha muerto nuestro príncipe —dice Tezcatl.

—¿Para qué? —pregunta sorprendido Miztli.

—Para protegerlo —insiste Tezcatl—. Si vienen los soldados tepanecas, tomarán a las concubinas como rehenes. Las golpearán y las violentarán para que confiesen dónde se encuentra nuestro príncipe Nezahualcóyotl.

—Si vienen las defenderemos.

—¿Crees que podremos contra todo el ejército de Mashtla? —Tezcatl siente que comienza a perder el control de la conversación.

—No encuentro razón para hacerlas sufrir con una noticia así.

—De cualquier manera ya están sufriendo. Es mejor que ellas crean que ha muerto. Así no estarán preocupadas todo el tiempo. Y cuando llegue el príncipe acolhua victorioso, ellas recibirán la mejor sorpresa de su vida.

Miztli acepta aquella farsa sin entender las verdaderas intenciones de Tezcatl. Pronto entran al palacio y reúnen a todos los sirvientes, soldados y concubinas para anunciarles el triste fin del príncipe chichimeca.

—¡Es mentira! ¡No es cierto! —grita Zyanya.

—Yo lo vi —responde Miztli.

—¡No! —sale gritando Citlali.

Las otras se abrazan y lloran. Cihuapipiltzin se va a su habitación. Miracpil y Shóchitl observan en todas direcciones aquel evento dramático. Huitzilin sale de la sala y se dirige a una de las habitaciones, donde pronto la alcanza Tezcatl.

—¿Es cierto? —pregunta ella.

—Sí. Miztli lo vio.

—¡No es cierto, no es cierto! —llora.

Afuera se escuchan los lamentos.

—Vámonos —dice Tezcatl—. Vente conmigo.

Huitzilin dirige la mirada a su amante. Le toca el rostro. Está a punto de aceptar, pero en ese confuso instante se escuchan unos gritos. Tezcatl tiene que salir por la ventana y Huitzilin se dirige a la habitación de donde provienen los chillidos. Al entrar no puede hacer más que derramar las lágrimas más amargas de su vida. Jamás una imagen le había triturado tanto el corazón como la que tiene frente a ella. Quiere pensar que lo que está ante sus ojos es la más cruel pesadilla de su vida. No puede hacer nada ante el horror. Su enmohecido esqueleto le impide dar cualquier paso, decir algo, gritar por auxilio. Imposible. En ese momento entra otra de las concubinas y corre.

—¿Por qué lo hiciste? —pregunta Yohualtzin, sosteniéndole las manos a Citlali.

—¡No quería que siguiera llorando! —grita Citlali de rodillas en el piso, con las manos empapadas de sangre—. ¡No quería que derramara lágrimas por su padre!

Los demás niños sollozan abrazados en una esquina de la habitación. Pronto llegan todas las concubinas y se encuentran con el hijo de Citlali sobre el piso, con la yugular rebanada.

—Van a venir los soldados tepanecas —dice Citlali, sin poder controlar las convulsiones que la tienen en aquel lapso demencial—, nos van a matar a todas. Van a matar a nuestros críos. No quería que mi hijo sufriera. Estaba llorando por su padre. No quería que lo hiciera.

Shóchitl y Miracpil le quitan el cuchillo, Imacatlezohtzin, Ameyaltzin y Ayonectili se ocupan de sacar de la habitación a los otros niños que se encuentran aterrados por el acontecimiento. Hiuhtonal trata de detener el sangrado, pero es demasiado tarde.

—No quería que sufriera —insiste Citlali—. Van a venir por nosotras.

Tezcatl y Miztli entran a la habitación y al ver el cadáver del niño se quedan viendo entre sí, congelados.

33

Para sorpresa de los meshícas, los soldados tepanecas que impedían la entrada y salida de la isla comienzan a retirarse de manera paulatina. Sin ningún aviso o advertencia. Mashtla los manda llamar de regreso a los cuarteles de Azcapotzalco para luego instruirles que busquen a Nezahualcóyotl por todas partes y que se lo lleven vivo o muerto.

Sin embargo, los meshícas desconocen los motivos del tepantecutli. No saben si se trata de una tregua o una trampa. Inmediatamente, el tlatoani Izcóatl manda llamar a todos los ministros y consejeros para tomar una decisión.

—Yo propongo —agrega uno de los ministros— que enviemos una embajada a solicitar el perdón de Mashtla y nos atengamos a su vasallaje para evitar otra guerra.

Se desata entonces una gran discusión entre los consejeros, ministros y familiares de la corte. Un bando está a favor de la rendición; el otro renuente a negociar.

—¡No, ya no! ¡Basta! ¡Ese hombre no escucha razones!

—Es lo mejor. Sus tropas son mayores que las nuestras. Nos aplastarían si nos levantamos en armas.

—Sí, vayamos ante Mashtla, y roguémosle perdón.

Por momentos, parece que el mismo Izcóatl piensa rendirse a Mashtla.

—Señor, ¿qué es esto? —dice Tlacaélel—. ¿Cómo permites tal cosa? Habla a este pueblo, búsquese un medio para nuestra defensa y honor, y no nos ofrezcamos así tan afrentosamente en manos de nuestros enemigos.

—¿Qué está ocurriendo? —se preguntaron muchos—. ¿Cómo es posible que el sobrino del tlatoani le hable de esa manera?

Izcóatl no piensa rendirse ante los acosos de Mashtla, pero las palabras de Tlacaélel hacen creer a algunos que sí.

—El futuro de la ciudad isla está en sus manos —le dice Tlacaélel a Izcóatl, quien lo mira con enojo. Siente que su sobrino pretende hacerlo quedar mal ante los ministros. Pero Izcóatl es cauteloso. No le interese rebajarse a una discusión con su sobrino, que para el tlatoani es apenas un niño.

—Debemos entonces dar noticia a Mashtla sobre mi elección como tlatoani de Meshíco Tenochtítlan e informarle que no nos vamos a humillar ante él. Si quiere la paz, que sea de manera pacífica, sin muertos, sin guerra. Y si no acepta, entonces enfrentaremos a sus tropas con toda la fuerza de nuestro pueblo. ¿Quién de ustedes se ofrece a ir a Azcapotzalco para dar la noticia?

Nadie responde. Todos se miran entre sí. Hay mucho temor por aquella resolución. Cualquiera que sea el embajador corre el riesgo de no volver.

—Señor nuestro, no desfallezca tu corazón, iré yo —responde Ilhuicamina.

—No pierdas el ánimo, aquí están presentes estos señores, hermanos y parientes míos y tuyos —continúa Tlacaélel, de pie junto a su hermano—, yo también me ofrezco a llevar tu embajada sin temor a la muerte. Pues es obvio que tengo que morir. Importa muy poco que sea hoy o mañana. ¿Dónde me puedo emplear mejor que ahora? ¿Dónde moriré con más honra que en defensa de mi patria?

Izcóatl mira a sus dos sobrinos tratando de reconocer quién es Tlacaélel y quién es Ilhuicamina.

—Admiro su valentía —dice el tlatoani—. Sus nombres serán inmortales en la memoria de nuestro pueblo. Pero ¿quién de ustedes irá?

—Yo iré —dice Tlacaélel.

—Yo también —finaliza Ilhuicamina.

—Bien. Entonces, vayan al amanecer.

A la mañana siguiente, tras vestirse con sus mejores atuendos y plumas finas, parten rumbo a Azcapotzalco. Cada uno por caminos distintos.

Si bien mucha gente negó la existencia de Tlacaélel por varios años, fue precisamente porque a los gemelos nunca se les vio juntos. Cuando uno entraba el otro salía. Mientras alguno realizaba una diligencia, el otro evitaba mostrarse en público. De la misma manera, en esta ocasión llegan separados a los límites de Azcapotzalco, donde una tropa tepaneca detiene a Ilhuicamina.

—Tengo órdenes de no dejar pasar a ningún tenoshca, aunque tenga que quitarle la vida —dice uno de los soldados y lo mira con atención—. Te reconozco. Tú eres Tlacaélel.

—Así es —jamás niegan cuando les llaman Ilhuicamina o Tlacaélel. Quienquiera que sea toma el papel del nombrado y accede sin más ni menos, como en un juego.

—¿Adónde te diriges?

—Vengo como embajador en nombre de mi señor Izcóatl, recién elegido tlatoani de Meshíco Tenochtítlan, y traigo la misión de informar al huey chichimecatecutli sobre dicho nombramiento.

—No puedes pasar.

—¿Vas a negarle la entrada a un embajador?

El soldado traga saliva, pues bien conoce el respeto que se le debe a alguien con tal investidura. Mientras Ilhuicamina lo distrae, Tlacaélel se da a la tarea de pasar desapercibido.

—Me has dicho que tienes órdenes de darle muerte a quien intente pasar.

—Sí —responde el guardia.

—No debes temer. Vengo solo. Iré directo al palacio del te-cutli. Si él decide castigarme quitándome la vida, así será. Y tú no serás culpado. Nadie sabrá por dónde entré a la ciudad. Tie-nes mi palabra.

—¿Y que ganaría yo?

—Si así lo quieres, puedo decirle al gran chichimecatecutli que tú me dejaste pasar.

—¿Para qué?

—Para que el tecutli te honre. Si decide matarme le pediré que tú seas quien me ejecute. Así verá que fuiste tú quien ela-boró la estrategia de matar a Ilhuicamina. Pensará que eres un soldado muy inteligente. Que me dejaste pasar para que prime-ro hablara con él y luego me mandara matar. ¿De qué le servi-ría que lleves mi cabeza? No sabría mis intenciones de cruzar sus territorios. Se quedaría con la duda por el resto de sus días. Y si tú le dices que me permitiste el paso para que él se entera-ra, comprenderá que eres digno de ser capitán.

El soldado se mantiene en silencio. Luego de un rato Ilhui-camina logra convencerlo para que lo deje entrar. Al seguir su camino se quita el penacho y las joyas, las guarda en un morral y se esconde entre la gente, en espera de su hermano, que sigue su camino directo al palacio, donde es recibido con prontitud. Mashtla entra a la sala y Tlacaélel se pone de rodillas.

—¿Cómo has logrado entrar? —pregunta Mashtla.

—Le he empeñado mi palabra a uno de sus soldados. Le he prometido que si usted decide que se me dé muerte, él mismo cumpla dicha sentencia.

Mashtla alza el pómulo derecho.

—¿Y cuál es tu diligencia?

—Vengo a darle noticia del nombramiento de mi tío Izcóatl como nuevo tlatoani de Meshíco Tenochtítlan… —Tlacaélel no concluye el mensaje que se le asignó.

—Eso ya lo sé —deja escapar una risa irónica y añade seña-lando su pecho—: Yo soy el huey chichimecatecutli. Me ente-ro de todo.

—Mi tlatoani Izcóatl le manda decir que si usted quiere hacer la paz, él está dispuesto a aceptarla, ya que hacer la guerra no hará más que cansar sus tropas y matar a nuestra gente que mucho sirve en todo el valle. Pero que si no acepta, el pueblo tenoshca defenderá su honor con toda la fuerza de su raza.

—Bien quisiera yo complacer a los meshícas —dice Mashtla, aunque sus palabras son inverosímiles—, y darles gusto a ustedes en aprobar y confirmar la elección de Izcóatl. Pero lo impide mi Consejo, que tiene resuelto no consentir que su nación tenga un tecutli, sino que, como tributarios del imperio, sea gobernada por los ministros tepanecas que yo debo nombrar. En caso de no querer sujetarse a esto, mis tropas deberán entrar a fuego y sangre destruyendo su pueblo, hasta que no quede memoria de él. Mejor vuelve a Meshíco y da esta respuesta a Izcóatl. Entiéndanme, no puedo hacer más. No debo darles la espalda a los deseos de mi pueblo.

Tlacaélel no muestra temor alguno. Incluso da la impresión de estar satisfecho con la respuesta. Agacha la cabeza, agradece al tepantecutli y se despide. Antes de que el embajador se vaya Mashtla agrega:

—Cuida tu persona, porque las guardias que ha puesto mi Consejo tienen la orden de quitar la vida a los que pasean por mis fronteras.

—Iré con cuidado, mi señor —responde Tlacaélel con ironía y parte rumbo a la ciudad isla.

Al llegar a los límites se encuentra nuevamente con los mismos soldados.

—He hablado con el gran chichimecatecutli —dice—, y me ha enviado a llevar una respuesta a mi señor Izcóatl.

Los soldados le impiden el paso:

—Nuestros informantes llegaron antes que tú y nos dieron órdenes precisas de no dejar salir a nadie.

En ese momento se escucha un ruido a sus espaldas. Al voltear la mirada se encuentran con Ilhuicamina, que sonríe a unos cuantos metros. Vuelven los ojos a donde se encuentra el primero de los hermanos para descubrir que ha desaparecido. Al regresar su mirada al mismo punto, el otro también se ha esfumado. Huye con sigilo a través del bosque, aprovechando la confusión de los vigías.

Pronto llegan a la ciudad isla a dar informe al tlatoani Izcóatl que se encuentra con los ministros y consejeros, augurando lo peor. Al ver a Ilhuicamina y Tlacaélel en la entrada de la sala principal no pueden más que sonreír. Increíble. Están vivos. Los gemelos caminan hacia el asiento real donde se encuentra Izcóatl, se ponen de rodillas, bajan las cabezas y las plumas en sus penachos se ondean.

—Mi señor, Mashtla ha rechazado su elección —dice Ilhuicamina.

Hay un largo silencio. Luego comienzan los murmullos. Una vez más, algunas voces quieren persuadir al gobernante de que es mejor la rendición, esperar una mejor coyuntura y evitar la ira de Mashtla. Sólo pocos se declaran abiertamente a favor de tomar las armas en defensa de su libertad. Los gemelos se levantan y miran alrededor.

—¡Ya basta! —dice Izcóatl—. No nos daremos por vencidos. No dejaremos que nos traten como esclavos.

—Miren, hijos y sobrinos nuestros —dice uno de los consejeros más ancianos—, que si logran vencer a los tepanecas, nuestra voluntad será que al varón que más logros tenga en la guerra le concederemos las hijas, nietas, y sobrinas que desee y pueda mantener, como premio. También daremos grandes recompensas a aquellos guerreros que se hagan de esclavos, y los cargaremos a cuestas. Les llevaremos tortillas, frijol, pinole. Les recibiremos con fiestas y regocijos. Le daremos agua y serviremos en sus mesas. Barreremos sus casas, seremos sus mayordomos y embajadores.

—¡Es mejor morir en batalla que vivir como esclavos de los tepanecas! —concluye Izcóatl—. Le declararemos la guerra a Azcapotzalco. Ya es tiempo.

Y de acuerdo con la costumbre, una embajada debe acudir

ante el tecutli contrario, vestirlo con un traje de guerra, untarle el cuerpo con un betún y declararle la guerra de manera formal frente a todos los miembros de su gobierno. Izcóatl ordena que se le lleve a Mashtla el penacho más hermoso y de plumas más finas, una rodela, una flecha y un vaso con barniz, compuesto de una especie de tierra blanca llamada tizatl, y aceite de chía, con el cual se ungirá el cuerpo antes de salir a campaña.

—Vayan entonces a dar la declaración de guerra a Mashtla y díganle que muy dolidos estamos los tenoshcas por no lograr la paz por medio del diálogo. Y que ahí lo esperaremos en el campo de batalla.

Los gemelos llevan a cabo su diligencia sabiendo que volver a Azcapotzalco en esa segunda ocasión es aún más peligroso.

—Muy grande y poderoso señor —dice Tlacaélel al tener a Mashtla de frente una vez más—, cumpliendo tus órdenes, volví a México y di tu respuesta al tlatoani, el cual se afligió mucho al escucharme. Mi tlatoani me manda decirte que, aunque siente tomar contra ti las armas, no puede dejar de amparar a sus vasallos, ni abandonar la corona que han puesto en sus sienes. Te envía este penacho, rodela y flecha con que te armes para salir a campaña, y este barniz para que te unjas y nunca digas que te atacó desprevenido.

Como exige la costumbre, le unta al tecutli desafiado el ungüento blanco de tizatl en el cuerpo —que tiene como significado que pronto estará muerto—, le empluma la cabeza, le pone en la mano izquierda el escudo y en la derecha una lanza de vara tostada, con la cual debe defenderse en guerra.

—En nombre de Izcóatl, tlatoani de Meshíco Tenochtítlan, yo, Tlacaélel, hijo del difunto tlatoani Huitzilihuitl y nieto del difunto tlatoani Acamapichtli, te declaro la guerra a ti, señor de Azcapotzalco e hijo del difunto Tezozómoc.

—Olvidaste decir gran chichimecatecutli, dueño de toda la Tierra…

Tlacaélel sonríe con ironía:

—Y gran chichimecatecutli, dueño de toda la Tierra.

—Observa —dice Mashtla tomando con su mano la pintura—, frente a ti unto mi piel para salir en campaña. Acepto tus amenazas de guerra. Y me río. Toma este macuahuitl —añade hinchando el pecho y extendiendo el brazo—: Dile a tu señor, si es que logras llegar, que allí lo veré, listo para cortarle la cabeza. Antes de que salgan sus tropas llegarán a ustedes mis soldados tepanecas para castigarlos por su traición.

Los labios del tepantecutli muestran furia pero sus ojos lo delatan: en el fondo tiene un temor irreprimible.

—No importa que yo vuelva —responde Tlacaélel—, ya las tropas meshícas están listas para la guerra. Yo he cumplido con mi diligencia. Me basta con haberte advertido. Bien sabía yo que al venir ante tu presencia podía perder la vida. Y si ésa es tu decisión, aquí me tienes. Ordena que me den muerte.

—Sé muy bien qué es lo que buscas: que te dé muerte para que se diga que soy un cobarde, que te asesiné a traición, que no tuve el valor para enfrentarte en el campo de batalla, que me aproveché de que estás desprotegido en mi palacio. No será así. Anda, vuelve a tu tierra, pero no te garantizo que lo consigas. Si mis tropas te encuentran, éste será el último día de tu vida.

Una vez declarada la guerra entre Meshíco Tenochtítlan y Azcapotzalco, Tlacaélel sale del palacio. Ha caído el atardecer. Comienza a oscurecer y los grillos y aves nocturnas se apoderan de la noche. Al alejarse de las zonas más pobladas de Azcapotzalco ambos hermanos se encuentran; sin embargo, siguen su marcha un tanto separados para engañar al enemigo que pronto saldrá al ataque. Y como es de esperarse, al llegar a los límites se encuentran con cuatro soldados, quienes tienen la orden de darle muerte a Tlacaélel.

Al ser interceptado por los tepanecas, Tlacaélel se lleva la mano a su macuahuitl. Su hermano permanece escondido entre unos arbustos, observando todo. Los cuatro soldados se miran entre sí, y seguros de una victoria avanzan para enfrentar al tenoshca. Se ponen en guardia con sus macuahuitles en mano y lo rodean con altivez. Tlacaélel alza las cejas, sonríe y les indica con la mirada para que volteen.

—Ese truco no nos engaña —dice uno.

—No es un truco —dice Ilhuicamina a sus espaldas.

Giran las cabezas y se encuentran con una flecha que da certera en el cuello de uno de ellos, quien inmediatamente cae al piso. Intenta sacarse la flecha inútilmente. Tlacaélel aprovecha el desconcierto y de un golpe le corta la cabeza a otro de los soldados. Los otros dos se ponen en guardia y al volver la mirada no encuentran a ninguno de los dos gemelos. Dos guerreros exactamente iguales los están cazando. Ellos, que deben ser los verdugos, se han convertido en presas. Buscan entre los matorrales, en las copas de los árboles, por todas partes. Pero la oscuridad se ha convertido en su peor enemiga. ¿Dónde están? Escuchan un ruido a sus espaldas y sin esperar lanzan dos flechas. Nada. Se están mofando de ellos. Qué rabia, qué horror, qué pena no haberle dado muerte a uno de ellos cuando lo tuvieron enfrente. Caminan un par de metros con temor. Vuelven a escuchar ruidos a su derecha. Preparan sus flechas y al ver que algo se mueve entre unos arbustos disparan. Escuchan un bramido y corren en esa dirección. Al llegar al lugar, encuentran un venado con una flecha incrustada. Siguen caminando un largo rato sin imaginar que los gemelos ya se han ido rumbo al lago, donde abordan una canoa y se dirigen a la ciudad isla, sanos y salvos.

El recibimiento en el palacio es un vendaval de elogios para los gemelos, quienes dan noticias al tlatoani Izcóatl.

—Aquí te manda Mashtla estas armas —dice Tlacaélel poniéndose de rodillas.

—Para que te defiendas en el campo de batalla —continúa Ilhuicamina, haciendo reverencia al tlatoani de los tenoshcas.

—Ya he dado instrucciones a nuestras tropas de que se preparen para la batalla —responde Izcóatl desde su asiento real—. Ya están guarnecidas las entradas a la ciudad y se están fabricando armas. Cuauhtlatoa, tecutli de Tlatelolco, se ha declarado nuestro aliado en esta batalla.

Un día después, llegan las tropas aliadas de Azcapotzalco y rodean la isla. Al sonar los tambores de guerra, salen los soldados de Tlatelolco y Tenochtítlan. Llueven flechas por todas partes. El lago se tiñe de rojo. Hay muchos muertos y heridos. Aun así, los tepanecas no logran entrar en la ciudad. Tienen que huir no sin antes dejar otras tropas rodeando la isla para impedir la salida de los tenoshcas.

34

L as mujeres de Nezahualcóyotl, al creerlo muerto, ayunan y ponen cenizas en sus cabezas en señal de tristeza. Eluden cualquier tipo de placer. Se levantan a medianoche, se bañan, luego barren sus calles, hacen lumbre, muelen maíz para tortillas y fríen y tuestan magueyes, los cuales son llevados a los templos a modo de estaciones, ofreciéndolos como sacrificio a los sacerdotes de los templos. Al amanecer vuelven al palacio en una procesión, llena de gemidos y llantos.

Algunas concubinas logran mantenerse relajadas por ratos, excepto Citlali, que llora día y noche, incluso mientras duerme. Tiene pesadillas en las que su hijo resucita, gritando el nombre de Nezahualcóyotl. Ella, la homicida, la protectora de su crío, despierta ahogada en llanto. "¡Ay, mis hijos!", pluraliza creyendo que ambos murieron. Llora por los dos porque su estrujada memoria ha exprimido cada gota de recuerdo de aquella tarde tétrica en que intentó matarlos a ambos, antes de que Yohualtzin la detuviera.

Luego de contonearse un par de días entre la cordura y el desvarío, Citlali pierde el equilibrio y sale una madrugada para nunca más volver. Corren rumores de que una tropa tepaneca la encontró ahogada en llanto al lado del lago y que al reconocerla la violentaron bestialmente. Otros cuentan que se le escucha llorando en las noches con gran pena: "¡Ay, mis hijos!".

Cuando las demás concubinas se percatan de su ausencia salen a buscarla, acompañadas de los soldados y sirvientes que aún permanecen en el palacio de Cilan. Regresan al caer la noche con los ánimos por los suelos, preguntándose qué le habrá ocurrido.

—Unos hombres que encontramos mientras la buscábamos me dijeron que vieron unos soldados abusando de una mujer —mintió Ameyaltzin, ante el llanto de algunas y el espanto de otras.

—Si el príncipe Nezahualcóyotl ha muerto, nosotras debemos morir en sacrificio por él —sugiere Zyanya.

—No —responde Yohualtzin—, ésos son rituales de los tenoshcas.

—Algunas de nosotras somos tenoshcas —replica Zyanya, aunque ella es de Tlacopan—. La madre de nuestro amado príncipe es meshíca. Deberíamos hacerlo en honor a sus raíces.

Miracpil y Shóchitl se miran a los ojos con duda. Si de algo están seguras es que no cometerán ningún sacrificio de tales dimensiones.

—Estas mujeres están perdiendo la cabeza —le dice Miracpil a Shóchitl.

Huitzilin piensa en la propuesta de su amante. Si en verdad Nezahualcóyotl está muerto, ya no tendrán problema en salir de Teshcuco y hacer su vida juntos.

—Podemos hacer un brebaje y morir todas juntas —continúa incitándolas Zyanya.

Zyanya jamás ha estado tan segura de algo como esta tarde en que pretende empujarlas a todas a la cañada del suicidio. Si todo funciona como lo espera, ella será la única sobreviviente cuando regrese Nezahualcóyotl. Pues por más que Tezcatl y Miztli insistan con la muerte del príncipe chichimeca, ella tiene la certeza de que es un error o una mentira. Cualquier cosa menos que esté muerto. Y si su corazonada no la engaña pronto, muy pronto, volverá a verlo vivo, triunfante, listo para ser jurado y reconocido como huey chichimecatecutli; y la ausencia de las otras concubinas la dejaría a ella, Zyanya, como su esposa. Zyanya, la reina chichimeca. Zyanya, la esposa del dueño y señor de toda la Tierra. Zyanya, señoras y señores. De rodillas todos. Bien ha sabido llevar a todas las concubinas y al mismo príncipe a su engaño. Nadie duda del amor que le profesa. Menos aún en esos momentos. Zyanya, la sofocada de dolor, la atormentada, la mártir, la suicida. Todo por el príncipe amado. Si ella lo hace, lo más seguro es que muy pronto las demás la seguirán en el acto final.

—Si de verdad lo amamos, debemos sacrificar nuestras vidas por él. ¿A qué le temen? ¿A la muerte? Debemos tener miedo a la vida sin él, sin nuestro amado príncipe que tan felices nos ha hecho. ¿Qué nos espera? ¿Acaso quieren terminar como esclavas de Mashtla? No esperemos más. Pronto llegarán los soldados tepanecas, y sin protección no lograremos escapar. Citlali bien supo lo que hacía. Necesitaba salvar a su hijo de las manos del despiadado tecutli. No olvidemos que su padre, Tezozómoc, mandó matar a todos los niños que decían que Nezahualcóyotl era el gran chichimecatecutli. Citlali es una madre amorosa y cuidadosa, por eso lo hizo. Y estoy segura de que se fue a morir sola en alguna parte, pues aquí no encontró apoyo. La dejamos sola con su sufrimiento. Lloraba de día y de noche y ninguna de nosotras la supo consolar.

Casi todas están de acuerdo con llevar a cabo dicho suicidio colectivo. Miracpil y Shóchitl se mantienen en silencio. Observan. Para ellas resulta inconcebible buscar la muerte en esos momentos en que yacen en la cúspide de la felicidad.

—¿Y si nos llevan con Mashtla?

—Qué importa, mientras estemos juntas, mi vida, contigo adonde sea.

—¿Y si nos vamos al sur, allá donde dicen que hay otros señoríos?

—Tenemos toda una vida para encontrarlo.

Huitzilin, por su parte, sale de la habitación y se dirige al bosque, donde se ve todos los días con Tezcatl. Espera un par de horas a que él se desocupe.

—Vámonos ya —le dice Tezcatl.

Huitzilin le cuenta sobre los planes de Zyanya y las demás concubinas.

—Quieren llevar a cabo el suicidio colectivo esta noche.

—No debemos esperar más —insiste Tezcatl al tiempo que le acaricia las mejillas a su amante—. Esta noche te espero aquí con tus hijos.

—¿Mis hijos? ¿De verdad vas a hacerte cargo de ellos, aunque sean de otro hombre?

—Sí. Eso no me importa —la abraza.

Esa noche Zyanya tiene listos todos los brebajes para el suicidio colectivo. Y para hacer más creíble el artificio, las invita a danzar por última ocasión en honor al príncipe Nezahualcóyotl. La danza se coronará cuando formen un círculo y beban de un sorbo el veneno.

—¡No puede ser posible! —interviene Miracpil exaltada—. ¡No puede ser cierto! ¡No pueden estar actuando en serio! ¡Sus vidas valen mucho!

—Ya lo ven —interrumpe Zyanya—, ella que fue la última en llegar a nuestro concubinato no comprende nuestro dolor. A ella no le importa nuestro sufrimiento.

Huitzilin aprovecha la discusión para salir del palacio y reunirse con su amante, pero justo en ese momento llega Quacoz. La concubina intenta escabullirse, pero el hombre la detiene:

—Mi señora, le ruego no salga en este momento —le obstaculiza la salida—. Me llamo Quacoz y soy enviado de nuestro amado príncipe Nezahualcóyotl.

La noticia le cae cual chorro de agua helada.

—¿Nezahualcóyotl? —comienza a temblar de nervios e incertidumbre—. ¿Está vivo?

Todos sus planes se desploman en ese confuso momento. Sin poder sortearlo, un hilo de lágrimas la delata.

—La entiendo, mi señora, comprendo su alegría. Vamos —dice Quacoz—. Debo hablar con todas lo más pronto posible.

Al entrar a la sala principal, Quacoz se sorprende de hallar a las concubinas sentadas en círculo. "¿Qué hacen?", bien hubiese querido indagar, pero sabe que no es de su incumbencia. Antes que nada debe mostrar respeto por las mujeres del príncipe. Y a fin de cuentas, la diligencia que lo lleva hasta ahí no le permite retraso.

—Mis honorables damas —dice con una despampanante sonrisa—, me llamo Quacoz. Mi señor, el príncipe acolhua, me ha enviado para que las escolte a donde se encuentra en este momento.

Hay un gran desconcierto. Algunas lloran, otras sonríen. Se miran confundidas, sorprendidas, alegres, alentadas y arrepentidas de lo que estaban a punto de hacer.

—Pero… ¿qué no está muerto? —pregunta Imacatlezohtzin.

—¡No! —responde Quacoz moviendo la cabeza de izquierda a derecha—. ¿Qué les ha hecho pensar eso?

Al percatarse de que sus planes se han derrumbado, Zyanya cambia su actitud de inmediato. Le urge demostrar que es ella la más alegre con la noticia.

—¡Miztli…! —dice Zyanya—. Él nos dijo que nuestro príncipe y Huitzilihuitzin habían muerto.

—Manden llamar a Miztli —exige Quacoz.

En cuanto se le informa a Miztli sobre los acontecimientos en el palacio de Cilan, éste sale corriendo rumbo al bosque donde se encuentra Tezcatl esperando a Huitzilin para emprender la huida.

—Ha llegado un enviado del Coyote sediento —le cuenta con apuro—. Nos van a descubrir. ¿Qué hacemos?

Tezcatl infiere que si Miztli habla, la culpa recaería sobre él. Necesita buscar una solución. ¿Cuál? ¿Asesinar a Miztli para que no hable? Si lo hace en ese momento, se le hará responsable; pero si aquel hombre vuelve al palacio confesará todo y lo delatará. Tiene que incitarlo a huir.

—¡Vete! —dice Tezcatl con apuro.

—¿Qué? —responde Miztli desconcertado.

—Huye. Nezahualcóyotl perdonará que les hayamos dicho a sus concubinas que murió para protegerlas, pero en cuanto se entere de la muerte de su hijo y la desaparición de Citlali no tendrá clemencia. Anda. Corre. Yo te alcanzaré más tarde.

—¿Cómo? ¿Dónde?

—Sólo nos queda ir con Mashtla. Pedirle protección.

—¡De ninguna manera!

—Entonces esperemos a que el Coyote hambriento vuelva y nos mande matar por traición

Miztli siente que las articulaciones se le petrifican. Él dio la noticia, él fue testigo de la muerte de Huitzilihuitzin y no fue a notificar a Nezahualcóyotl como era su obligación.

—Yo te alcanzaré en la madrugada. Primero veré qué podemos hacer aquí —le dice Tezcatl.

Miztli se marcha temeroso y Tezcatl vuelve al palacio de Cilan con la firme intención de llevarse a Huitzilin en ese momento. Pero es demasiado tarde. Quacoz ya les informó sobre los planes del príncipe chichimeca y les anunció que deben partir con él rumbo al escondite para estar a salvo de la guerra que viene. Para ello les dice que hagan prontamente unos envoltorios para llevar su ropa y alhajas, los cuales cargarán algunos de los criados que marcharán por delante.

Quacoz ordena que refuercen la seguridad mientras las concubinas se preparan para salir lo más pronto posible. Los criados caminan de un lado a otro, cargando el equipaje y los enseres para el camino. Tezcatl fracasa una y otra vez en su intento de acercarse a Huitzilin. No hay un solo escondrijo en el palacio para compartir con ella el menor de los suspiros. Lleno de desesperación se dirige a Quacoz para adherirse al grupo.

—No —responde Quacoz—. Las órdenes de nuestro príncipe son que todos ustedes permanezcan aquí resguardando el palacio y ejercitándose en las armas, sin importar su condición u ocupación.

—Yo necesito estar con el príncipe —insiste.

No es el primero ni el último de los seguidores del Coyote hambriento que ruega por estar junto a él. Cualquiera que sea su destino —morir o triunfar en la guerra— ya es un privilegio. Por ello a Quacoz no le llama la atención ver tanta preocupación en los ojos de Tezcatl, quien ya se encuentra demasiado embrutecido como para entender razones. Finalmente se deja convencer con la verosímil excusa de que necesitarán protección de gente de mayor confianza.

—Miztli se ha aliado a Mashtla —dice Tezcatl.

—¿Cómo lo sabes? —pregunta Quacoz.

—Él intentó convencerme para que lo acompañara pero me negué. Lo vi huir rumbo a Azcapotzalco.

Quacoz permanece en silencio por un instante, tratando de entender lo que acaba de escuchar. Conoce a Miztli y no cree que sea capaz de algo así. Sin decir más, se da media vuelta y deja a Tezcatl. Continúa con su diligencia: organiza a los soldados y criados. Deben permanecer en el palacio sin decir que él estuvo ahí ni que se llevó a las concubinas. El infante Cuauhtle huanitzin, el príncipe Shontecohuatl, sobrino de Nezahualcóyotl, y otros señores y criados suyos, quieren irse con Quacoz; mas él no lo permite. Al anochecer, marcha con las damas y un número pequeño de criados y soldados.

—Si nos encontramos con gente —advierte Quacoz a las concubinas—, dejen que yo hable. Y si les preguntan respondan lo mismo que yo.

Salen en silencio entre lo más escondido de los bosques y campos, arrullando a los hijos para quitarles el espanto de la noche y sus ruidos. Miracpil y Shóchitl van juntas todo el tiempo, enviándose señas amorosas que sólo ellas entienden. Tezcatl intenta caminar cerca de Huitzilin, con la ingenua pretensión de robársela en el camino, pero Quacoz le ordena adelantarse para prevenir peligros. Zyanya marcha enfurecida por el fracaso de su plan. Teme que al llegar ante Nezahualcóyotl se le acuse de traición y para ello va elaborando cada una de las frases que le dirá al príncipe.

Es una noche fría, larga y difícil para las concubinas y sus críos, que lloran ocasionalmente. Tienen que detenerse en el camino para que Cihuapipiltzin amamante a su recién nacido. Luego para que Papalotl limpie a su hija.

El más grande de los hijos de Nezahualcóyotl tiene seis años, el más pequeño apenas unos cuantos meses. Al amanecer, las concubinas se encargan de entretener a los hijos mostrándoles los animales que aparecen en su camino: ardillas, armadillos, comadrejas, conejos, mapaches y venados.

A mediodía llegan al paraje de Olapan, cerca del cerro de Patlachihcan, donde son alcanzados por un grupo de tepanecas.

—Andamos buscando a Nezahualcóyotl —dice uno de los soldados.

—No sé quién es ése —dice Quacoz imitando a la perfección el acento otomí—. Soy de la serranía, no sé de quién hablan.

Los soldados caminan alrededor de las concubinas y sus hijos.

—¿Quiénes son estas mujeres? —dice frente a Quacoz.

—Son mis concubinas —responde sin mostrar temor.

Las mujeres se mantienen en silencio mirando al piso. Los pequeños están asustados.

—¿Adónde te diriges con ellas? —pregunta el soldado, frunciendo el entrecejo.

—Las llevo a un pueblo allá adelante, donde tengo una casa.

—¿Es cierto eso? —le pregunta a Shóchitl.

—Sí, señor —responde imitando el acento otomí, sin levantar la mirada.

Fueron tan buenas las actuaciones de Quacoz y Shóchitl que los soldados les dejan continuar su camino y siguen por el lado contrario. Al atardecer llegan a la choza donde se esconde el príncipe chichimeca, a quien dan pronta noticia de los sucesos:

—Mi señor —dice Quacoz bajando la mirada—, lamento informarle que Miztli llegó al palacio de Cilan y dio la noticia a las concubinas de que usted había muerto en compañía de su mentor Huitzilihuitzin.

Quacoz queda confundido al no encontrar ningún gesto de dolor en el rostro de Nezahualcóyotl. Los ojos del príncipe muestran tranquilidad. Tiene ya demasiadas cosas en la cabeza. Y agregar una pena más, es un obstáculo en la guerra por venir.

No cree necesario afirmar o preguntar más sobre el tema, pues en ese momento Nezahualcóyotl lo ignora por completo y se dirige a sus concubinas para mostrarles su alegría por tenerlas ahí. Todas sonríen al estar con él. Los niños más grandes piden que los cargue. Algunas de ellas comienzan a llorar de alegría. Hasta que de pronto, el Coyote sediento nota la ausencia de una de ellas.

—¿Dónde está Citlali? —cuestiona augurando lo peor. Mira en todas direcciones. Las observa detenidamente, seguro de que ellas no pueden engañarlo.

—Mi señor —se apresuró Zyanya quitando de su camino a dos concubinas que bajan las miradas, delegando la tarea de la noticia a aquella joven—, una tragedia ha ocurrido. En cuanto Miztli nos informó que usted había muerto, todas sufrimos inmensamente —abraza al príncipe y comienza a llorar—. Citlali mató a su hijo.

Nezahualcóyotl no llora. Sólo pregunta qué le ocurrió a ella.

—Se fue —sigue llorando.

—¿Adónde? —intenta separarla unos cuantos centímetros para verle el rostro, pero ella se aferra a su cuello.

—No lo sabemos. Mi señor, le ruego me perdone. Yo también sufrí mucho al pensar que había muerto y temerosa de que los soldados tepanecas nos llevaran con Mashtla, incité a todas a cometer un sacrificio en su memoria. Ya no podía seguir con vida sin usted.

El Coyote hambriento queda convencido con la farsa de su concubina. La abraza un instante. Después intenta soltarse, pero ésta se aferra como un náufrago a su trozo de madera. Luego de mucho insistir, pudo quitársela de encima y sigue saludando a las demás mujeres.

Más tarde una tropa de vigilancia vela el sueño prolongado de las concubinas que por fin descansan después de las últimas noches de desvelo y dolor.

Antes del alba, el príncipe Nezahualcóyotl ya se encuentra dando instrucciones a su gente para marchar, dejando a Quacoz a cargo de las tropas. Pronto llegan Cuauhtle huanitzin y Shontecohuatl con más soldados y le dan noticias al príncipe chichimeca de la situación en el palacio de Cilan.

—Todo está vigilado, mi señor.

A pesar de la pena que siente con la noticia de la muerte de su maestro, uno de sus hijos y la ausencia de Citlali, el Coyote ayunado fija su mente en las estrategias para la guerra que está a punto de comenzar.

—Ustedes me acompañarán —dice Nezahualcóyotl a un grupo de soldados—, los demás marcharán en distintas direcciones cuidando que no nos tomen desprevenidos los soldados de Mashtla.

Así salen todos esa mañana, dejando a las concubinas resguardadas por un gran número de soldados y sirvientes. Llega a un pueblo llamado Tlecuilac. Al ver el numeroso grupo de gente que le sigue, el príncipe heredero piensa en los riesgos. Teme por un instante. Se pregunta si en realidad es justo que toda esa gente arriesgue su vida por él. Pronto se corrige a sí mismo: No lo hacen por él, sino por su pueblo. Comprende que él tampoco debe hacerlo por él, ni por sus deseos de venganza, nada más. Ya es tiempo de que deje de pensar sólo en él. "Olvídalo, Coyote. Ya basta. Madura. Ya no puedes seguir guiándote por tus arrebatos. ¿Eso es lo que quieres? ¿Venganza? Así no lograrás nada. Si lo vas a hacer que sea por tu pueblo, por el imperio chichimeca que sufre día y noche."

El príncipe sube a un pequeño risco para dirigirse a su gente.

—Fieles súbditos y amigos. ¿Adónde van? ¿A qué padre siguen que los ampare y defienda? ¿No me ven fugitivo y afligido? No estoy seguro de poder escapar de aquellos que le quitaron la vida a mi padre, que es más poderoso que yo. ¿Adónde van?

Vuelvan, vuelvan a sus casas donde han dejado desamparadas a sus familias y haciendas. Vayan a cuidar de ellas; que si logro recobrar el imperio, allí me servirá más su fidelidad, que si vienen a morir conmigo en estos lugares.

La respuesta de la gente es contundente. No. Están ahí para salvar el imperio. No habrá marcha atrás. "Qué importa el frío, el hambre, el miedo, ya nada importa, tú nos llevarás a la victoria. El pueblo chichimeca no puede tolerar más la tiranía de Mashtla."

La historia se repite. De la misma manera que habló Ishtlilshóchitl a su gente antes de morir. De igual forma les suplicó que salvaran sus vidas. Y de idéntica manera le respondieron, con entereza, unión y lealtad. "Ya no hay vuelta atrás. Estamos aquí, vamos, vamos."

Al anochecer Nezahualcóyotl llega a un pueblo donde se encuentra con sus líderes que le ofrecen su ciudad como refugio.

—Agradezco profundamente su alianza —dice Nezahualcóyotl—, asimismo su ofrecimiento, pero es menester mío marchar a Tlashcálan y sus alrededores para hacer más alianzas.

—Mi señor, tenga usted presente que nuestras tropas están listas para el combate.

Al día siguiente continúa su travesía y llega a la sierra de Huilotépec, donde pasa la noche. Envía a Coyohua y Teotzincatl a Hueshotzingo para que avisen a los aliados. Y una jornada después emprende el viaje a Tlashcálan. Al atardecer se detiene en la sierra de los tepehuas donde pronto llega gente de la zona a ofrecer sus soldados y alimento. Duerme esa noche y marcha al día siguiente hasta llegar a Cuauhtépec, donde se encuentra con los señores Shayacamachan y Temayahuatzin que le ofrecen mantas, plumas finas, armas y tropas. Finalmente llega a Tlanepanolco, señorío de la provincia de Tlashcálan, donde lo espera un embajador llamado Ishtlotzin, de la misma ciudad.

—Mi amado príncipe chichimeca —dice el embajador poniéndose de rodillas—, mi señor me envía a decirle que, desde hace algunos días, por los rumbos de Tlashcálan se encuentran soldados tepanecas disfrazados para capturarlo, por lo cual se han construido algunos jacales de carrizo para su escondite, descanso y alimento. Y le envía esta ofrenda —el hombre muestra una cuantiosa carga de flechas, escudos, macuahuitles y lanzas.

El Coyote ayunado agradece al hombre que pronto los lleva al lugar que tienen destinado para refugio, donde les brindan un ostentoso banquete. Hay entonces un momento de tranquilidad. Comen y platican sin pensar en la guerra. Más tarde, cuando ya todos están durmiendo, el príncipe acolhua puede descansar su mente un poco. Esa noche cae rendido.

35

La capacidad de liderazgo de Mashtla comienza a ser la principal preocupación de los ministros y consejeros en el gobierno tepaneca. Muchos están enfadados por las respuestas del gran chichimecatecutli, quien pasa la mayor parte del tiempo regocijándose con mujeres y durmiendo en su habitación.

Tezozómoc, su padre, jamás fue a la guerra, primero por estrategia y luego por su avanzada edad, pero nunca por holgazanería o falta de valor. Mashtla malinterpretó esto. Cree que si su padre logró ganar la guerra contra Ishtlilshóchitl desde su palacio sin disparar jamás una flecha por sí mismo, él también puede conseguir la victoria lejos del campo de batalla. Pero le falta la máxima cualidad de Tezozómoc: la tenacidad para organizar. El viejo podía pasar todo el día sentado en sus jardines o en la sala principal de su palacio, pero siempre planeando algo, recibiendo informes y dando órdenes.

A Tezozómoc jamás lograron engañarlo. Tenía espías por todas partes. En cambio, Mashtla es demasiado ingenuo y, peor aún, visceral. Confía mucho en el enano Tlatólton. Con lo que no cuenta es que sus enemigos ya están enterados de la existencia de su espía, a quien le permiten la entrada a Meshíco Tenochtítlan, Tlatelolco y los pueblos aliados a Nezahualcóyotl, y al saberse espiados, inventan discursos y dan información errónea.

—Mi amo —le dice Tlatólton—, ya sé dónde se encuentra Nezahualcóyotl.

—Muy bien —Mashtla, entretenido con una de sus concubinas, da una ligera palmada en la cabeza a Tlatólton—. Dime qué sabes.

Tlatólton encontró a Nezahualcóyotl rodeado de soldados y sentado frente a una fogata en el alojamiento que le había preparado el señor de Tlashcálan. El sonido de los grillos y el crujir de la madera en el fuego era lo único que se escuchaba. Cuando de pronto observaron a alguien. Un par de soldados se apresuró a ver quién caminaba por aquellos rumbos a esas horas de la madrugada. Eran tres emisarios que llevaban noticias sobre los combates de los tenoshcas y tlatelolcas en contra de los tepanecas. "Estamos perdiendo la guerra —dijo uno de ellos sabiendo que Tlatólton los había seguido—. Mashtla nos tiene rodeados. Lo mejor será rendirnos." Nezahualcóyotl, enterado de todo, no desmintió el juego de los emisarios.

—¿Adónde se dirigen en este momento? —pregunta sonriente Mashtla.

—A Meshíco Tenochtítlan, mi amo.

—Pues sea así. Sigamos atacando a los tenoshcas antes de que Nezahualcóyotl logre encontrarse con sus parientes.

El Coyote hambriento decide aprovechar la distracción del enemigo para llevar sus tropas a la ciudad de Otompan. Al mismo tiempo le asigna a Sholotecutli una embajada.

—Quiero que te dirijas a Shalco —dice Nezahualcóyotl— y le digas a Totzintecuhtli que contando con el socorro que nos ofreció espero entrar con nuestras tropas y las suyas a conquistar Otompan y Acolman. Sé muy bien que ahí es donde los tepanecas tienen el mayor número de tropas. Dile que, por lo mismo, debemos atacar esas provincias, pues el resto de los soldados se encuentran rodeando la isla de los tlatelolcas y tenoshcas.

Sholotecutli se encamina para el palacio de Shalco, donde solicita el auxilio de sus tropas. Al escucharlo, Totzintecuhtli se muestra distante. Luego responde:

—Yo le ofrecí mis tropas al príncipe acolhua por el dolor que sentía al verlo huérfano y desterrado. Pero ahora que he visto la forma con la que se ha aliado a los tenoshcas no me queda más que rechazar sus coaliciones.

—¿Cuál es el problema? —pregunta Sholotecutli asombrado con la respuesta.

—¿Cuál? —se pone de pie Totzintecuhtli—. ¿Te parece apropiado que se haya unido a los meshícas, siendo que ellos dieron muerte a Ishtlilshóchitl —Sholotecutli alza la cejas con asombro, pues ambos saben que los shalcas también fueron cómplices en la muerte del padre de Nezahualcóyotl—. Ellos se aliaron a Tezozómoc para destruir el imperio. Y cuando ganaron la guerra, recibieron la ciudad de Teshcuco. Izcóatl es un hombre altivo, ambicioso, belicoso, es un truhan. Si ganan la guerra contra Mashtla, una vez destruido el imperio tepaneca, se levantarán en armas y querrán dominarlo todo y sojuzgar a los demás. Está en los agüeros. Son unos crueles asesinos, oportunistas. Es el momento decisivo para detenerlos. ¿No lo comprendes? ¡Escucha las profecías! No se dejen llevar por engaños. El imperio chichimeca jamás volverá a ser el mismo si dejan que los tenoshcas libren esta batalla. Se apoderarán de todo. Mis consejeros y ministros están a favor del partido de Mashtla. Y si yo intento cambiar de parecer se declararán en contra mía. ¿Crees que puedo arriesgarlo todo para complacer a quienes no pertenecen a mi señorío?

Camina a la entrada y habla con uno de los soldados, quien pronto sale en busca de los señores principales. Luego de una larga espera comienzan a entrar los ancianos de aquella corte. Muchos de ellos ya con dificultades para hablar y caminar.

—Los he mandado llamar —dice Totzintecuhtli— para que este hombre que tienen aquí explique su embajada.

Los principales de la corte miran a Sholotecutli con seriedad, pues bien saben que su único motivo es solicitarles una alianza.

—Señores, nuestro príncipe Nezahualcóyotl les ruega vayan

en su auxilio. Ya tiene muchos aliados esperando con gran número de tropas.

—Nosotros estamos a favor del Coyote ayunado —dicen—, pero no sabemos qué responderá el pueblo. Debes comprender que están temerosos de la respuesta del tecutli Mashtla.

—Que se le pregunte al pueblo —dice Totzintecuhtli—, para que todos decidan si quieren apoyar a Nezahualcóyotl o a Mashtla.

Los señores principales asienten con las miradas. Totzintecuhtli está a punto de dibujar una mueca de gusto, pues él, además de ser el más interesado en que se le niegue el auxilio a los acolhuas, tiene la certeza de que la gente apoyaría a Mashtla.

Sin más por discutir, se dirigen a la plaza principal. Pasan frente a un mercado. Sholotecutli observa a los comerciantes que ofrecen guajolotes, maíz, frijol, jitomate y muchas cosas más. La gente se agolpa en el lugar, indiferente a lo que está por acontecer. De acuerdo con las órdenes de Totzintecuhtli, los soldados le ponen un tapujo en la cabeza y lo atan de pies y manos. Otro grupo de soldados comienza a tocar los tambores, señal acostumbrada para llamar a la población. Los niños que deambulan por ahí corren a sus casas para anunciar a sus padres que algo está ocurriendo en la plaza. Los comerciantes guardan sus mercancías y acuden al llamado.

—¡Este hombre viene a pedirles algo! —grita Totzintecuhtli—. ¡Quiere que vayan a la guerra en contra del tecutli! ¡Si quieren darle auxilio al príncipe Nezahualcóyotl lo dejaré libre, pero si están a favor del imperio tepaneca le arrancaremos la vida haciéndolo pedazos hoy mismo! —le quita el tapujo y la gente logra ver su rostro lleno de temor.

—¡Déjenlo libre! —grita una voz.

—¡Salvemos a Nezahualcóyotl! —grita más gente y Totzintecuhtli se arrepiente de haber tomado aquella decisión.

—¡Luchemos por el imperio chichimeca! —grita la multitud—. ¡Nezahualcóyotl! ¡Nezahualcóyotl! ¡Nezahualcóyotl!

Ante la evidencia de que los shalcas están listos para tomar las armas en socorro del príncipe chichimeca, Totzintecuhtli ordena, muy a su pesar, que desaten a Sholotecutli.

—Anda —le dice—, ve ante el Coyote ayunado y dile que mis tropas entrarán a Coatlíchan pasando a cuchillo a los enemigos.

La población da gritos de alegría al ver que liberan al embajador. Muchas mujeres se acercan a él para enviarle un mensaje al Coyote ayunado:

—Diga a nuestro príncipe que aquí lo queremos y estamos dispuestos a dar la vida por él.

En el camino hay también hombres adultos y jóvenes que se ofrecen a acompañarlo, pero Sholotecutli les explica los peligros que hay si se les ve marchar en grupo.

—Es mucho más fácil que yo me esconda de las tropas tepanecas si voy solo. Si me encuentran puedo justificar que estoy de cacería.

Luego de decir esto se despide de la gente y comienza a correr con gran apuro para dar la noticia al príncipe. Al llegar le llama la atención ver que la gente levantó todos los enseres. Las armas están acomodadas en fila. Los soldados se hallan formados escuchando las instrucciones de los capitanes.

Al fondo alcanza a ver al Coyote ayunado que habla con un grupo de hombres. Camina hacia él, espera unos instantes a que Nezahualcóyotl termine de hablar, y cuando el príncipe le dirige la mirada, Sholotecutli se arrodilla inclinando la cabeza. Luego da un informe completo sobre lo acontecido.

—Te agradezco por haber arriesgado tu vida de esa manera —dice Nezahualcóyotl luego de un largo silencio.

Ese mismo día Nezahualcóyotl sale rumbo a Calpolalpan, acompañado de la tropa que le brindó el señor de Tlashcálan. El camino se hace cada vez más fácil de recorrer. La noticia salta de pueblo en pueblo, de casa en casa, de padres a hijos y de hijos a nietos. El entusiasmo se contagia por todo el valle. El miedo hacia el despiadado Mashtla se desvanece. Saben que el príncipe chichimeca va en camino y que pronto llegará a sus poblados. La promesa de recuperar el imperio se está cumpliendo después de tantos años. Por fin. Los niños corren anunciando que a lo lejos se ven las tropas de Nezahualcóyotl con sus penachos y atuendos de guerra. La gente sale apresurada para verlo de cerca y ofrecerle armas, alimento y auxilio. "Bienvenido, Coyote sediento, Coyote ayunado, Coyote hambriento, príncipe acolhua, heredero chichimeca, hagamos justicia, recupera el imperio; andemos, nosotros te acompañaremos. ¡Todos! ¡Muerte al despiadado Mashtla!"

Al ver el gran número de seguidores, Nezahualcóyotl ordena que se haga un conteo, el cual resulta rebasar los cien mil hombres. El problema es que carecen de armas.

—Hay que detenernos para organizar a la gente y fabricar más flechas, macuahuitles, escudos y lanzas —ordena.

Cumplido aquel objetivo marchan sin dilación al señorío de Otompan donde entran sin dificultad, lanzando flechas, luchando cuerpo a cuerpo, persiguiendo a los capitanes que intentan huir como cacomixtles y dando muerte a muchos soldados tepanecas y otomíes, incluido Quetzalcuiztli, el señor de aquella provincia. La gente del pueblo se arrodilla al ver la furia de las tropas de Nezahualcóyotl.

—¡Le rogamos nos perdone la vida! —gritan ante el príncipe acolhua—. ¡Prometemos reconocerlo y jurarlo como huey chichimecatecutli!

El principal objetivo de la guerra es conseguir la rendición o la destrucción de los pueblos conquistados. El Coyote ayunado cree que un pueblo deshabitado es como un templo sin dios; y un pueblo resentido es igual que un dios sin templo. Así que accede a perdonarles las vidas.

—Deben prometer que si llegan las tropas enemigas a ofrecerles riquezas por mi vida, las rechazarán como yo he objetado cobrar venganza contra ustedes. Pues para mí sus vidas ahora son tan importantes como las de mis vasallos y aliados.

La gente ofrece lealtad y trabajo para el príncipe chichimeca, quien agradece aquella nueva relación y se dirige al palacio de Otompan, donde continúa organizando a sus tropas para el siguiente ataque. Le dice al capitán de los tlashcaltecas y al de los hueshotzincas:

—Es menester que dividamos nuestras tropas. Les pido que marchen con sus ejércitos en dirección a Acolman para que conquisten aquel señorío y todas las poblaciones que encuentren a su paso. Mientras tanto yo iré rumbo a Teshcuco.

De igual manera da instrucciones a los shalcas para que se apoderaren de Coatlíchan. Ya no hay vuelta atrás, ni forma de detenerse. Un error los podría llevar al fracaso total.

Los shalcas ingresan con diez mil soldados a Coatlíchan, sin dar tregua a Quetzalmaquiztli, tecutli de aquel poblado. Mientras los soldados defienden la ciudad, el capitán, con un grupo de soldados, se encarga de perseguir a Quetzalmaquiztli hasta la cima del templo principal. El capitán de los shalcas se detiene al ver que su adversario huye y da la orden a sus hombres para que aguarden de igual manera. Cuando lo ve llegar a la parte más alta, el capitán shalca da el mandato de que bañen con flechas al tecutli de Coatlíchan, quien cae rodando por los escalones.

Tras conquistar la ciudad y organizar parte de la tropa para que permanezca ahí, el capitán marcha rumbo a Hueshotla, donde se encuentra con el Coyote hambriento. Al llegar los recibe Tlacotzin, señor de aquella ciudad, seguido de toda su nobleza y sus tropas. Todos listos para acompañarlos a la guerra.

—Mi señor —dicen poniéndose de rodillas—, le invitamos a descansar en nuestro palacio. Sabemos que vienen agotados por la batalla.

El príncipe acolhua entra al palacio donde se le da un majestuoso banquete; luego le muestran una enorme cantidad de penachos, flechas, macuahuitles, escudos y lanzas. Más tarde, ya con las armas listas y sus tropas descansadas, salen rumbo a Oztopolca, en los límites de Teshcuco, donde son recibidos por señores, aliados, criados y vasallos fieles. Todos llenos de júbilo, listos para dar el golpe final en contra de Tlilmatzin, el hermano traicionero de Nezahualcóyotl. Entre la gente que lo recibe se encuentra el hijo de Izcóatl, llamado Tezozómoc.

—Mi señor —dice haciendo reverencia—, mi padre me ha enviado para informarle que los tepanecas tienen sitiada la ciudad isla.

—Vuelve a Tenochtítlan —responde Nezahualcóyotl— y dile a Izcóatl que pronto estaremos por aquellos rumbos para darles nuestro auxilio.

Nezahualcóyotl organiza sus tropas para entrar a la ciudad de Teshcuco al amanecer. Marchan sigilosos por todas las fronteras de la ciudad. Se ocultan entre la espesa vegetación del lugar. Observan cautelosos cada movimiento. Esperan el sonido del caracol que les anunciará el inicio de la marcha.

Justo antes de que salga el sol, el sonido del caracol se escucha por todo el lugar. Todos saben que ése es el momento. Retumban los tambores:

¡Tum, tum, tum, tum, tum!

Los soldados que se encuentran en las copas de los árboles dan fuertes aullidos, el himno de guerra del Coyote.

—¡Por el fin de la tiranía y la libertad de mi pueblo! —grita el príncipe chichimeca marchando con su escudo en una mano y sosteniendo con la otra el macuahuitl en lo más alto—. ¡Recuperaremos el imperio! ¡Ahora sí!

Miles de soldados corren eufóricos, llenos de valor, indiferentes al cansancio y a las batallas anteriores. Corren entre la hierba y los enormes árboles que rodean la ciudad. Corren seguros de que esta batalla es suya. Corren con la sensación de que cada ciudad conquistada los hace más poderosos.

No bien llegan a los arrabales chichimecas, los intercepta un gran número de ancianos, niños, mujeres preñadas y otras con sus hijos en brazos.

—¡Apiádense de nosotros! —gritan arrodillados frente al príncipe—. ¡Nosotros sólo somos gente del vulgo! ¡Siempre hemos sido fieles a Ishtlilshóchitl y Nezahualcóyotl! ¡Fuimos obligados a trabajar para el imperio tepaneca! ¡Nosotros no queremos hacerles la guerra! ¡Le rogamos nos permita aliarnos a usted, o si no que nos dejen ir!

Los soldados tepanecas ya están enterados del ataque, y si el Coyote ayunado se detiene a hablar con esa gente perderá la batalla.

—¡Corran a Oztopolca! —les ordena Nezahualcóyotl—. ¡Salven sus vidas! ¡Ahí espero verlos cuando recuperemos Teshcuco!

No hay tiempo que perder. Las otras tropas ya están entrando por los extremos opuestos de la ciudad. El Coyote da la orden a sus soldados de que sigan marchando. Los soldados tepanecas los reciben con una lluvia de flechas. Pero las tropas de Nezahualcóyotl son mucho más numerosas. Avanzan sin detenerse, sosteniendo sus escudos y macuahuitles en mano. Pronto aparece otro ejército que entró por la parte trasera de la ciudad. Lanzan flechas a diestra y siniestra. Cuando el ataque a distancia cesa, da el inicio de la batalla campal, cuerpo a cuerpo, macuahuitl contra macuahuitl. Las plumas de los penachos cubren el camino. ¡Cortan cabezas! Sangre, sangre, sangre, más sangre. "¡Fuera los tepanecas! ¡Fuera los tepanecas!" Los soldados se baten por todas partes. Piernas amputadas, brazos, hombres con las espaldas descuartizadas, chorros de sangre. Sin piedad. Ellos no la tuvieron al asesinar a Ishtlilshóchitl.

Aquella carnicería parece no tener fin. Cadáveres por todas partes. Casas abandonadas. Los tepanecas que logran sobrevivir las primeras embestidas, al verse tan debilitados, se dan a la fuga. Pero los soldados de Nezahualcóyotl los siguen uno a uno hasta pasarlos por cuchillo. Cuando llegan al palacio encuentran a los ministros puestos por Mashtla, escondidos y aterrados.

—¿Dónde está el traidor de mi hermano? —exige Nezahualcóyotl con una ira irreconocible.

—Se ha dado a la fuga —responde uno de los ministros.

Nezahualcóyotl ordena a sus soldados que los maten a todos para que no quede la posibilidad de otra traición. Ése fue el error de Ishtlilshóchitl: haberles perdonado la vida cuando ya había ganado la guerra, devolverles sus tierras a los traidores con la promesa de que lo reconocerían y lo jurarían como gran chichimecatecutli. La historia le enseñó a Nezahualcóyotl que no debe tener piedad, de hacerlo pronto lo traicionarán, pues la gente suele castigar las buenas acciones y premiar las más crueles.

Apenas si cae el mediodía, la ciudad ya está tomada. El Coyote hambriento recorre el lugar con un grupo de soldados e inspecciona cuidadosamente que no quede un solo soldado enemigo. Ordena que se reúna a la población para que ayuden en la limpieza y reconstrucción de la ciudad. Ese día se hace una gran hoguera donde son incinerados los cadáveres. Se les da auxilio a los heridos y se limpian los sitios que presentan las atroces huellas de los combates.

Esa misma noche uno de los soldados tepanecas sobrevivientes llega al palacio de Azcapotzalco. Los guardias comprenden al instante que aquel hombre sólo puede traer malas noticias. Sin siquiera preguntarle nada informan a Mashtla que uno de sus soldados ha llegado herido. El gran chichimecatecutli ordena que lo lleven ante él. El cuerpo del hombre exhibe cuatro heridas y muchos moretones.

—¡Mi amo! —dice el hombre cubriéndose una herida en el brazo derecho—. Las tropas del Coyote ayunado entraron a Teshcuco.

Mashtla enfurecido se dirige al enano Tlatólton:

—¡Imbécil! ¡Dijiste que se dirigían a Tenochtítlan!

—Eso fue lo que yo escuché, mi amo.

—¡Ordenaré que te sacrifiquen en este momento!

Tlatólton se tira al piso derramando lágrimas e implorando piedad.

—Mi señor —interrumpe uno de los consejeros—. Le recomiendo que en este momento dedique su tiempo a otras cosas. Ya habrá oportunidad para que usted castigue a los ineptos.

Mashtla se mantiene en silencio por un instante. Intenta recordar el nombre de aquel consejero. Por supuesto que sabe quién es, pero su nombre simplemente se ha borrado de su mente como muchas otras cosas. Comienza a dudar sobre lo que tanto le han dicho algunos de sus médicos y brujos. ¿Es un castigo de los dioses o estará poseído por algún hechizo? La pérdida de memoria le parece muy lejana a alguna enfermedad, aunque uno de los médicos así lo aseguró, sin poder darle nombre ni cura. De cualquier manera no tiene ni el tiempo ni las ganas para buscar a otro. O peor aún, confesar su pérdida de memoria. Cualquiera que sea la razón, le resulta irrelevante en esos momentos.

De pronto recuerda el nombre del consejero, pero ya olvidó para qué necesitaba saber su nombre.

36

La felicidad de Cuicani es absoluta siempre que yace acostada junto a Ilhuicamina. O por lo menos el que ella cree que es Ilhuicamina. Se encuentra ciegamente enamorada. Tanto que es incapaz de notar las diferencias entre los gemelos.

—¿Crees que yo sería un buen tlatoani? —pregunta Tlacaélel acostado bocarriba, con la nuca recargada en su antebrazo.

—El mejor de todos —responde la joven embrutecida por el amor—. Nadie gobernaría mejor que tú.

—No —responde Tlacaélel al mismo tiempo que hace una mueca de desilusión—. Lo más seguro es que elijan a mi hermano. Él siempre ha sido el más astuto. El más valiente.

Cuicani lanza una risotada:

—¿Tlacaélel el más astuto? Eso piensan los que no lo conocen. Pero yo te conozco a ti. Muy bien. Demasiado bien y no me queda duda de que tú eres el más apropiado para ser el próximo tlatoani.

—Ya lo dijiste: tú que me conoces. Pero los miembros del Consejo, no.

—Mi padre te conoce muy bien. Tiene una opinión muy buena de ti. Siempre habla de tus virtudes y de la forma tan clara con la que te expresas sobre la religión y las leyes.

—Seguramente querrá que un día me convierta en sacerdote.

—Eso sería maravilloso.

—No lo creo. Yo sería uno de los miembros del Consejo y no podría ser electo tlatoani. Entonces elegirían a Tlacaélel.

—¿Qué pasaría si eligieran a tu hermano como uno de los miembros del Consejo? —Cuicani le besa el pecho desnudo a su amante.

—Él ya no podría ser electo tlatoani.

—Y tú… —sigue besando hasta el abdomen—. Serías el candidato idóneo para tlatoani… —se mete debajo de la manta que cubre a Tlacaélel de la cintura para abajo y comienza a mamarle la verga.

—Exactamente —cierra los ojos lleno de placer.

—Yo me encargaré —dice Cuicani, minutos más tarde, luego de haber terminado.

—¿De qué hablas? —pregunta Tlacaélel.

—De que mi padre hable con los otros miembros del Consejo y los convenza de que elijan a Tlacaélel como sacerdote. Así tú tendrás el camino libre para convertirte en tlatoani.

—No es tan sencillo.

—No conoces el poder que una hija hermosa como yo puede tener sobre su padre —sonríe con coquetería.

—Ya veremos.

—No —ella se sienta sobre él y lo mira a los ojos, barnizándole el rostro con la punta de sus cabellos—. Nada de ya veremos. Yo cumpliré mi promesa. Pero tú tienes que cumplir la tuya: me vas a pedir como esposa ante mi padre y toda tu familia.

Tlacaélel sonríe:

—Yo, Ilhuicamina, hijo de Huitzilihuitl, prometo pedirte como esposa.

—Y convertirme en la única y legítima esposa del tlatoani Motecuzoma Ilhuicamina.

—Lo prometo.

—Ya me voy porque mi madre ha de andar buscándome —Cuicani le da un beso a su amante, se viste, se arregla un poco el cabello y sale sigilosamente para no ser descubierta por los vecinos.

Minutos más tarde Tlacaélel se dirige en busca de su hermano, quien pasa la mayor parte del tiempo cuidando la entrada del palacio por órdenes de Izcóatl. Sin saludarlo le hace una seña para que abandone su puesto y entre en el palacio. Ilhuicamina obedece. Siempre obedece a su hermano. El otro soldado se queda en la entrada. Mientras tanto los gemelos caminan por un pasillo del palacio. Tlacaélel le habla a su hermano sobre Cuicani. Ilhuicamina no se muestra muy entusiasmado. Entonces Tlacaélel le cuenta que ella está muy enamorada de él y que está dispuesta a convencer a su padre para que hable con el resto de los miembros del Consejo para que lo elijan a él como tlatoani. Ilhuicamina no puede creer lo que está escuchando. Su hermano gemelo está dispuesto a cederle el gobierno de Tenochtítlan.

—Estaba seguro de que tú querías ser tlatoani —dice Ilhuicamina muy confundido.

—No... —Tlacaélel agacha la cabeza—. Yo prefiero dedicar mi vida a los dioses. Quiero ser sacerdote.

—No tengo palabras.

—Tendrás que buscar las palabras adecuadas para pedir a Cuicani como tu esposa.

—Pero...

—Es la única condición que ella pone para convencer a su padre.

—No... —Ilhuicamina niega con la cabeza y se da media vuelta—. No sería lo correcto.

—¿Qué es lo que no sería correcto? ¿Que tú fueras electo tlatoani? ¿Que tu esposa sea la hija de uno de los miembros del Consejo? ¿Que ella te ayude? ¿Qué importa? Tú serás el próximo tlatoani.

Ilhuicamina acepta con una sonrisa. Tlacaélel se asegura de que él no le cuente nada a Cuicani de lo que hablaron. Él debe llegar con el sacerdote Azayoltzin con la firme decisión de esposar a su hija. Y guardar absoluto silencio.

—Después de que la pidas como esposa no la verás ni hablarás con ella hasta el día de la boda.

—¿Por qué?

—Para que cumpla con su promesa.

—Pero… Para la elección del futuro tlatoani falta mucho…

—Estamos a punto de iniciar una guerra contra los tepanecas. Izcóatl puede morir en cualquier momento. Debemos estar preparados.

—No lo había pensado así —responde Ilhuicamina.

—Mañana iremos tú y yo a pedir a Cuicani como tu esposa.

—Pero ¿estamos en un momento adecuado para celebrar?

—Claro que no. Programaremos la boda para después de que termine la guerra.

—Quién sabe cuándo sea eso.

—Lo importante es que pidas a Cuicani como esposa y ella convenza a su padre de que te elijan como tlatoani en caso de que Izcóatl muera…

Al día siguiente ambos hermanos llegan a la casa del sacerdote Azayoltzin. Tlacaélel cambia su tono de voz y sus expresiones. Ilhuicamina se mantiene en silencio. Obedece las instrucciones del hermano. Tlacaélel habla todo el tiempo, como es costumbre cuando una familia pide a una doncella. En otras circunstancias, de acuerdo con las costumbres, la familia tendría que rechazar para que el novio insista en otra ocasión. Pero dadas las circunstancias en las que se encuentra la ciudad, Azayoltzin acepta y Cuicani e Ilhuicamina quedan comprometidos.

37

La noticia de la victoria no tarda en llegar a oídos de las concubinas y a Tezcatl se le desbarata la existencia. Ha sido un sirviente fiel toda su vida. Ha sido honesto. Ha entregado sus pensamientos a la causa del príncipe. Su único error fue enamorarse de la mujer equivocada. Qué envidia. Qué pena. El príncipe tiene cuantas mujeres quiere. Le sobran las ofertas. No hay pueblo por el que marche en que no se le ofrezca una mujer. Algo hay en él que las enloquece. Lo ven llegar y le ofrecen ser sus concubinas. Otras le piden un hijo. No importan las leyes ni las costumbres, ni las críticas de los vecinos. Es el príncipe Nezahualcóyotl, el príncipe acolhua, el héroe que recupera el imperio, el hombre que lo rescata de la tiranía de los tepanecas, es el personaje más admirado. Jamás un hombre, hasta el momento, había logrado atraer tantas miradas, tantas sonrisas, tantas mujeres. Joven, galante, fuerte, varonil y, después de todo, un héroe.

¿Y Tezcatl? ¿Quién es él si no un insignificante sirviente? Si vive o muere, no tendrá relevancia en la historia. Si esconde sus sentimientos en lo más profundo de la tierra nada ocurrirá. Nada. Huitzilin bien puede seguir con su vida, sosteniendo amoríos con cuantos hombres se le pongan enfrente. Pero él está sumergido en un remolino de emociones, cegado, sin pretender dar marcha atrás. No. Ya no. Aprovechará que la Tierra está revuelta para salir de ahí con aquella mujer que lo idiotiza. "No hay peligro —cree—, todos están ocupados en ganar la guerra, ni tiempo tendrán de salir en busca de nosotros." Piensa que si la guerra contra Tezozómoc duró cuatro años, ésta no será diferente.

Pasa día y noche persiguiendo a Huitzilin de lejos, observando cada uno de sus pasos, buscando la manera de tener un acercamiento. Le irrita no poder besarla, tocarla, entrar en su cuerpo. Hay mucha gente y pocos lugares para llevar a cabo sus encuentros furtivos.

Todas las mañanas las concubinas se levantan temprano para cumplir con sus obligaciones: atender a sus hijos, hacer la limpieza, bañarse, cocinar, tejer. Siguen su itinerario con precisión y Tezcatl lo conoce perfectamente. A mediodía cuidan a los niños. Algunas de ellas salen a jugar con ellos entre los árboles. Siempre con el mayor cuidado, cumpliendo las estrictas reglas de Nezahualcóyotl. Inadmisible que una de ellas se desaparezca por un instante. "Pena de muerte a los guardias si algo les ocurre a mis concubinas e hijos", dijo el príncipe.

Si bien rondar por ahí no está prohibido para los sirvientes, acercarse a las mujeres del Coyote ayunado es un acto digno de desconfianza. Tezcatl intenta en varias ocasiones susurrarle un par de palabras, anunciarle algo con la mirada, evidenciar su presencia, pero Huitzilin parece no darse por entendida. ¿Cómo? ¿Se ha olvidado de él? ¿Ha cambiado de parecer? Imposible. "¿Por qué? Nos amamos. Ella me lo dijo. Me prometió amor. Me la voy a llevar lejos. Quitarle una mujer a Nezahualcóyotl será como arrancarle un pétalo a un inmenso jardín. ¿Un pétalo? No. Huitzilin es la flor más hermosa del señorío, es mi flor, es mía, mía, mía." Pero ¿cómo arrancarla del jardín, si ella no responde a sus insinuaciones? Juega con sus hijos, corre tras ellos, los alimenta, los baña, platica con las demás concubinas. ¿Por qué se encuentra tan sonriente? ¿Porque sigue enamorada de Tezcatl o porque se sabe segura con su vida sin él?

—Olvídala —le dice una voz un día que Tezcatl se encuentra acostado bocabajo entre unos matorrales, espiando a Huitzilin.

Al mirar por arriba del hombro se encuentra con un soldado.

—No sé de qué me hablas —responde Tezcatl tratando de engañar al soldado—. Sólo estoy descansando.

—La estás viendo a ella —dice el soldado—. Lo sé. Hace muchos días que haces lo mismo.

—Mientes.

—No, no miento. Te he visto.

—Cuido de las concubinas de nuestro señor Nezahualcóyotl.

—No. La cuidas a ella.

Tezcatl se pone de pie e intenta huir de aquella conversación, pero el soldado lo detiene poniendo la mano en su abdomen.

—¿Me vas a acusar por ver a las concubinas? —pregunta con tono de amenaza.

—No. Te quiero ayudar, para que salves tu vida.

—¿Mi vida? —Tezcatl se hace el desentendido y deja escapar una risa mal fingida.

—Sé que estás enamorado de ella.

—¿Cómo te llamas? Voy a denunciarte por levantar injurias.

—Me llamo Acamtenactl —dice sin temor—, pero no creo que te atrevas.

—¿Me estás retando?

—Te estoy ayudando. Sé que estás enamorado de ella. Pero debes saber algo. Ella no te corresponde y no lo hará jamás.

—No sé de qué me hablas —Tezcatl camina sin mirarlo.

—Todos los soldados y sirvientes lo sabemos. Te hemos visto desde hace mucho tiempo con ella. Pero ya se acabó. No arriesgues tu vida.

—Cállate —Tezcatl frunce el entrecejo y amenaza con un puño—. No sabes lo que dices.

—Sí, sí lo sé —afirma Acamtenactl—. ¿Tú crees que eres el primero?

Tezcatl aprieta los labios, camina hacia el soldado y se coloca frente a él, deseoso de golpearlo.

—Ella ha estado con muchos de nosotros. Nadie lo había comentado por temor. Pero al verte con ella todos comenzaron a confesar en secreto.

—¡Mientes! —Tezcatl le empuja el pecho con las palmas de las manos—. ¡Mientes!

—No arriesgues tu vida. Ella no te quiere.

Con un firme golpe en la cara Tezcatl derriba a Acamtenactl.

—¡Eres un imbécil! —responde el soldado al mismo tiempo que se lleva la mano a la cara y se pone de pie.

—¡Vas a pagar por lo que has dicho! —grita Tezcatl y se le va a golpes.

Pronto los demás soldados acuden al lugar para detener la pelea. Acamtenactl ahora se encuentra sobre Tezcatl cobrando los golpes recibidos. Las concubinas que están jugando con los hijos se percatan del pleito y se apresuran a ver qué ocurre. Huitzilin se mantiene lejos al reconocer a Tezcatl.

—¿Qué ocurre? —pregunta el capitán al llegar.

Para entonces un grupo de soldados ya los separó y los sostienen de los brazos para impedir que se vuelvan a dar de golpes.

—Nada —responde Acamtenactl—. Pensé que era un espía y lo ataqué sin darme cuenta de que es un sirviente.

El capitán dirige la mirada a Tezcatl.

—¿Es cierto eso?

—Sí —responde Tezcatl consciente de que aquella excusa pueril es la mejor.

Jamás había sufrido tanto aquel sirviente como esta noche en que se pregunta una y otra vez si es cierto que Huitzilin se ha acostado con todos los soldados. Y sin pensarlo, se dirige al aposento donde duerme Huitzilin, y entra con sigilo. Aquello es más que suficiente para que lo manden matar, pero la única testigo —Miracpil— finge seguir dormida entre todas las demás concubinas y sus hijos.

—Huitzilin, necesito hablar contigo —bisbisa Tezcatl a un lado de ella.

La joven despierta llena de miedo. ¿Cómo se atreve a entrar a esas horas de la madrugada?

—Vete de aquí —le dice temblando.

—No —Tezcatl intenta acariciarle el rostro—. Necesito que hablemos.

—No —responde Huitzilin moviendo la cara hacia atrás para que el sirviente no la toque.

—Entonces aquí me quedaré.

—Sal, en un momento te alcanzo.

—No —Tezcatl se mantiene inmóvil.

Si bien aquel sirviente había logrado entrar en el corazón de la concubina, con aquel capricho acaba de provocar su salida inaplazable. Huitzilin se pone de pie y sale temerosa.

—Vámonos —dice Tezcatl al estar escondidos detrás de un árbol.

—¡No! —responde Huitzilin—. ¿Quieres que nos maten?

—¿Me sigues amando? —pregunta el sirviente tratando de reconstruir su destartalado corazón.

—No lo sé, no lo sé.

—¿No lo sabes?

—No. No lo sé —responde Huitzilin con los brazos cruzados intentando evadir el frío—. Lo mejor será que nos olvidemos de todo esto. Muy pronto volverá Nezahualcóyotl y ya no podremos seguir así. Es lo mejor —le toca una mejilla.

Una tortuosa lágrima delata al joven sirviente que ansía no estar en el lugar donde se encuentra.

—Lo sabía. Siempre lo supe. Me engañé a mí mismo —sus ojos se desbordan en llanto—. ¿Ahora qué hago?

—Nada. Yo seguiré con mi vida y tú con la tuya.

Tezcatl le da la espalda y se pierde entre los árboles. Pasa tres días hundido en su tormentosa soledad, llorando su incontenible pena, buscando en los recónditos escondrijos de su corazón algo que le vacíe aquel sentimiento punzante. Qué triste ser un plebeyo, qué pena pertenecer al vulgo, qué enojo no ser un soldado para salir a campaña y dejarse matar por una flecha, menos dolorosa que la lanza que tiene incrustada en el corazón.

Tres días seguidos busca una respuesta, una solución. Y al cuarto la encuentra: cuando apenas amanece ve a lo lejos una tropa tepaneca marchar en dirección opuesta al sitio donde se esconden las concubinas. No tarda mucho en pensar y mucho menos en decidir lo que está a punto de hacer. Su vida pende de un hilo y esperar a que éste se rompa sólo lo tiene tambaleándose en la incertidumbre. Si de cualquier manera el destino es el mismo de una u otra forma, le parece mejor acelerar todo. Camina hacia ellos. Apresura el paso hasta terminar corriendo.

—¡Oigan, ustedes, deténganse! —les grita.

Son pocos soldados. El capitán se detiene al escuchar la voz del hombre que se ve a lo lejos. Se ponen en guardia. Esperan a que se acerque. En cuanto se detiene frente a ellos lo arresta.

—¿Quién eres? ¿Qué quieres? —lo interrogaron.

—¿Buscan a las concubinas de Nezahualcóyotl? —su respiración se escucha agitada.

Los soldados comienzan a dudar. Se miran entre sí. Comprenden que debe ser un sirviente. Pero también creen que puede ser una trampa.

—¿Qué quieres? —el capitán le pone la punta de su lanza en la garganta.

—Decirles dónde están las concubinas del príncipe chichimeca.

—¿Por qué nos das información?

—Porque quiero conseguir a una mujer.

—¿Qué mujer?

—¿Les interesa que les diga dónde están?

—¿Cómo sé que no es una trampa?

—Si no confían en mí pueden matarme en este momento. Ya no tengo nada que perder.

—¿Se trata de una de las mujeres de Nezahualcóyotl?

Tezcatl baja la mirada y tragó saliva.

—Así es. Quiero llevármela.

—Te has enamorado de una princesa. Vaya atrevimiento el tuyo —libera una risa.

Los soldados se miran entre sí y comienzan a burlarse.

—¿Dónde están?

—Si me prometen que me dejarán llevarme a esa mujer les diré la ubicación.

—Tienes mi palabra.

—Prométame que me dejará en libertad antes de que lleguemos. Para que no me vean como un traidor.

—Ya eres un traidor.

—Pero no ante los ojos de ella. Sólo así podré llevármela.

El capitán sigue pensando que puede ser una trampa.

—Más te vale que no intentes engañarnos; de lo contrario, antes de que nos maten, te delataremos.

Entonces los soldados tepanecas marchan rumbo al sitio. Tezcatl camina al frente y antes de llegar se adelanta, finge estar asustado y grita:

—¡Nos invaden los enemigos!

Las tropas se ponen en guardia. Las mujeres corren a esconderse con sus hijos. Tezcatl aprovecha el desconcierto para acercarse a Huitzilin.

—¡Ven conmigo! —la jala del brazo—. ¡Corre!

Ya le dijo que no pretendía huir con él. Pero al ver la lluvia de flechas y los primeros guardias heridos, el temor, la confusión, el caos, le nublaron las ideas y accedió.

—¡Mis hijos! —grita.

—¡Vamos, corre! —responde Tezcatl—. ¡Salva tu vida! ¡En un momento regreso por ellos!

Salen huyendo en medio de aquella batalla campal hasta perderse entre árboles y matorrales. Huitzilin llora, ruega que la lleve por sus hijos.

—No podemos volver en este momento —dice y la abraza.

—¡Suéltame! —lo empuja tratando de zafarse de sus brazos.

—¿Qué pasó? —Tezcatl la aprieta aun más para impedir que

la concubina salga corriendo—. ¿Por qué ya no quieres irte conmigo?

—¡No! —continúa forcejeando Huitzilin—. No puedo seguir aquí, tengo que ir por mis hijos.

Pero el sirviente la acosa con una salvaje retahíla de besos. Como respuesta ella responde con un par de cachetadas. Tezcatl la toma del cabello con una mano y con la otra la jala con fuerza hacia él.

—¡Suéltame!

—¡Vámonos de aquí!

—¡No! ¡Yo no voy contigo a ninguna parte! —lo abofetea.

Pero aquellos golpes al rostro no duelen tanto como los que le da al corazón con cada negativa, con cada desprecio, con cada grito. Ella, la única mujer que había amado, la más hermosa que había visto en su vida, ahora lo desdeña, lo empuja al barranco del desamor demencial. La suelta. Huitzilin lo mira temerosa, da unos pasos hacia atrás. Se sabe libre, fuera de peligro, da media vuelta y comienza a correr. Tezcatl la ve alejarse sin moverse un centímetro. Se le va para siempre. Derrama una lágrima. Se marcha. ¡No es posible! Si ya había acarreado soldados hasta el sitio donde se escondían las concubinas, había arriesgado su vida, la había llevado hasta ahí, no concebía la idea de perderla. Corre tras ella. Huitzilin se percata y apresura el paso, pero él se le va encima y la derriba sobre las hojas secas. Forcejea. Ella patalea. Lo abofetea. Él le arranca las vestiduras y le abre las piernas.

—¡No me hagas esto!

—¡Eres mía!

El salvaje atraco dura tan sólo unos minutos que a ella le resultan eternos, humillantes, letales. Esa forma de violentarla le destroza toda posibilidad de placer. Nunca más volverá a sentir deseos carnales ni a disfrutar de su cuerpo. Mientras el trastornado enamorado la embiste una y otra vez, ella afloja los músculos para eludir el dolor y piensa en la forma de cobrarse aquel agravio.

—Perdóname —dice Tezcatl al terminar. Pero ella no responde. Sigue acostada con las piernas abiertas y la mirada ausente. No derrama una lágrima ni le recrimina el ultraje.

—Perdóname —insistió Tezcatl.

—Si lo que pretendes es llevarme a la fuerza, hazlo —dice Huitzilin clavando los ojos en los de él—. Pero un día, a dondequiera que me lleves, hallaré la manera de volver y buscaré a Nezahualcóyotl, y le diré que tú me raptaste, que me hiciste tuya a la fuerza, y le pediré que te mate. Y si no logra escapar lo haré yo misma. Te mataré el día en que te encuentres dormido. Todo lo que sentía por ti se ha muerto.

Aquella amenaza no había dolido ni le había perturbado, hasta que escuchó la última frase: "Todo lo que sentía por ti se ha muerto". Se pone de pie, le da la espalda y dice:

—Vete.

Sin dar tiempo a respuesta ni esperar a que Tezcatl cambie de parecer, Huitzilin toma su ropa, se pone de pie y comienza a correr desnuda. Corre tragándose el llanto. Corre pensando en sus hijos. Corre con la esperanza de encontrar a sus compañeras sanas y salvas. Cuando se siente fuera de peligro se detiene para vestirse. Llega cansada y se encuentra con las tropas chichimecas. Triunfaron. Todos los soldados tepanecas murieron en combate. Ni un solo sobreviviente que pudiese delatar al traidor Tezcatl. La reciben con muchas atenciones.

—¿Mis hijos? —pregunta con gran preocupación—. ¿Dónde están mis hijos?

—Aquí —responde Miracpil.

No da más tiempo a las pláticas y se apresura a abrazarlos. Llora. Llora un largo rato. Nadie le cuestiona dónde estuvo. Llega la noche. La pasa en vela imaginando que Tezcatl no volverá jamás. Pero su desgracia sigue latente: al amanecer, cuando baña a sus hijos en compañía de todas las concubinas, nota la presencia del violador. Platica alegremente con los soldados, pero la persigue con la mirada. Día y noche. Aquel hombre se mueve por todo el lugar como si nada hubiese ocurrido. Nadie piensa mal de él. Nadie se pregunta dónde estuvo mientras se llevó a cabo la batalla. Le cuentan sobre los acontecimientos y él alega haber sido testigo. Se mantiene cerca de Huitzilin todo el tiempo.

La joven concubina comienza a sufrir de insomnio. Y cuando logra conciliar el sueño la reciben unas turbulentas pesadillas en donde Tezcatl la violenta una y otra vez. Despierta aterrada, llora, se levanta en busca de sus hijos. No obstante tiene que fingir cuando las compañeras cuestionan por su cansancio, desvelo y tristeza. Claro que todas tienen miedo, todas lloran y por ello es verosímil cualquier pretexto que ella diga.

Finalmente llega a su límite. No pretende esperar más. Si Nezahualcóyotl llega y le cuenta sobre lo ocurrido corre el riesgo de que Tezcatl lo niegue o la delate por infiel. Ningún soldado se ha atrevido a decir una palabra, pero teme que la amistad entre ellos cambie el panorama. ¿Qué pasaría si todos la tachan de promiscua, la más puta de todas las concubinas? A las mujeres las matan rompiéndoles las cabezas con una gran piedra si se les descubre en adulterio. ¿Es acaso la única? No. Otras han sido infieles. Vuelve a su memoria el pleito entre Acamtenactl y Tezcatl. Sí, él puede ayudarla. Pese a que se había jurado a sí misma no volver a serle infiel a Nezahualcóyotl, concibe la idea de caer en aquel abismo una vez más, con el único objetivo de curar su herida.

Llegar a Acamtenactl es casi imposible ya que Tezcatl la persigue todo el tiempo. Hasta que un día Huitzilin se aventura a pedirle un capricho al capitán de la tropa, con quien también tuvo un amorío.

—Quiero unas flores —le dice sensualmente.

—Mi señora —responde el capitán—, sus deseos son órdenes.

—Dile a Tezcatl que vaya por ellas.

Bien puede ser cualquier otro sirviente pero si Huitzilin solicita que vaya Tezcatl es más que suficiente para que la orden se cumpla sin reparos. Y aunque el acosador intenta negarse no tiene más que acatar aquel mandato que viene directamente del capitán. No bien acaba de salir el violador del sitio donde se esconde cuando Huitzilin se apresura a buscar a Acamtenactl. Y sin preámbulo le cuenta que aquel hombre la violentó en medio del combate contra los tepanecas. El soldado tiene ahora dos razones para matarlo.

—Yo mismo le haré justicia, mi señora.

Huitzilin sonríe y le da un beso.

Acamtenactl sale inmediatamente en búsqueda de Tezcatl, lo persigue sigiloso evitando ser visto. Y cuando lo tiene en la mira dispara una flecha que da certera en la espalda del sirviente. Acamtenactl corre hacia él. Lo encuentra en el piso, sangrado, dolido, triste.

—Te lo dije —añade Acamtenactl, levanta su macuahuitl y sin más le corta la cabeza. Permanece un largo rato viendo al cadáver. Limpia su macuahuitl y regresa al sitio donde se esconden las concubinas, dejando al difunto entre los matorrales.

38

El silencio en la sala principal del palacio de Azcapotzalco parece eternizarse. El gran chichimecatecutli, sus ministros y consejeros se encuentran reunidos. Nadie habla. Un emisario se encuentra de rodillas frente a Mashtla, quien no se mueve en absoluto. El enano Tlatólton se halla de pie a su lado. Sin mover el rostro lo mira de reojo. Los soldados se mantienen rectos sin hacer gestos o mover un solo músculo. El emisario sigue de rodillas, tocando el piso con la frente. Uno de los consejeros está deseoso de hablar, pero no se atreve.

¿Cómo hacerlo, si dos días antes, Mashtla había mandado matar a uno de sus consejeros por contradecirlo? Fue tal la furia del tepantecutli que no le dio tiempo al hombre de retractarse o de explicar su posición. Primero comentó lo que había escuchado, luego la plática se salió de control.

—¿Y qué fue lo que escuchaste? —preguntó Mashtla.

—Escuché que un hombre le decía a otro: "Ya lo ves, ahí está Nezahualcóyotl, derrotando al vergonzoso ejército de Mashtla".

—Bien sabes que es mentira —dijo el gobernante tepaneca.

—Creo que no, mi señor —respondió el consejero.

—Sólo ves lo que quieres ver —insistió Mashtla.

—Simplemente le hago saber lo que se rumora, mi amo. En otros pueblos se dice que Nezahualcóyotl no es precisamente quien nos está ganando la batalla, sino los tenoshcas.

—¡Mienten, mienten, mienten! —se levantó enfurecido Mashtla y caminó hacia el consejero.

—Sólo le digo lo que se rumora: que ellos son los que están derrotando a las tropas tepanecas —explicó el hombre mientras daba unos pasos hacia atrás y tratando de evitar que Mashtla se le acercara, pues bien sabía que sus intenciones eran violentas.

—No es así. Los meshícas han estado encerrados en su isla desde hace varios días.

—No debería ignorar lo que se rumora. Y mucho menos creer en todo lo que le cuentan sus espías. ¿Cómo explica entonces que el Coyote ayunado haya encontrado tan poca defensa en todos los pueblos que atacó? ¿Sabe por qué? ¡Porque Izcóatl se rebeló! ¡Él se declaró en guerra contra usted!

—¡Fue Ilhuicamina quien declaró la guerra! —gritó Mashtla y miró a los demás buscando apoyo. Pero ninguno le dio una mirada de aprobación. Ya se estaban cansando de sus constantes errores en la estrategia de guerra.

—¿Ilhuicamina? —cuestionó el consejero, quien creía que Mashtla, como gran chichimecatecutli, líder del ejército, debería distinguir a los gemelos. Estuvo a punto de decírselo, pero Mashtla responde:

—O Tlacaélel, da lo mismo. Son iguales, como dos gotas de agua.

—¿Acaso no puede distinguirlos? ¿Quién es Tlacaélel y quién es Ilhuicamina?

Mashtla bajó la mirada y movió la cabeza de izquierda a derecha con una sonrisa. Y sin anunciarlo le dio un golpe en el rostro al consejero, que pronto comenzó a sangrar de la nariz.

—Por lo visto, no comprendes quién es el gran chichimecatecutli de esta Tierra.

Los demás ministros y consejeros se mantuvieron en silencio.

—Soldados, llévense a este traidor y mátenlo.

—Pero… —intentó excusarse el consejero.

La muerte de aquel consejero dejó bien claro que el diálogo entre el gran chichimecatecutli y los ministros sería imposible a partir de entonces. Y el día que llega el emisario nadie se atreve a interrumpir aquel silencio en el que Mashtla ha permanecido por varios minutos. Ni siquiera escuchó el mensaje que le llevan. En cuanto el hombre intenta hablar, el tepantecutli le ordena que se calle. Nadie interviene. De pronto Mashtla queda inmóvil. No hay ni un parpadeo ni una mueca ni un suspiro.

Se encuentra pensando en su padre. Por un instante siente que Tezozómoc lo está vigilando. Que puede ver lo que está haciendo. Siente un miedo incontrolable. Vuelven a su mente todas aquellas memorias de su infancia. Tezozómoc ya es tecutli de Azcapotzalco y Mashtla lo ve con gran admiración. En aquellos años, la única imagen que realmente admira es la de su padre. Desde entonces siempre quiso ser como él, aunque en el fondo temía, o sabía, que jamás lograría alcanzar su grandeza. Con los años se fueron distanciando. El carácter de Mashtla era muy distinto al de su padre. Tezozómoc bien podía engañar a cualquiera, mientras que el hijo no podía contener sus expresiones. Entre más intentaba ocultar sus emociones más transparente se volvía. La ira comenzó a apoderarse de él. Y con el paso del tiempo, el odio hacia su progenitor inundó su abandonado corazón.

El rostro enfadado de su padre se hizo cada vez más presente en su cabeza a medida que el imperio se tambaleaba. Quiere cumplir por lo menos la última de sus peticiones antes de morir: matar a Nezahualcóyotl, pero él jamás ha sido un buen estratega.

De pronto reacciona:

—¿Qué me decías? —dice Mashtla y los ministros sienten un alivio al ver que su rostro adopta un nuevo aire.

—Mi señor —dice el emisario de rodillas sin mirar al frente—. Le vengo a informar que Nezahualcóyotl ordenó que las tropas de sus aliados tlashcaltecas y hueshotzincas entraran pasando a cuchillo a quienes se les pusieran enfrente en los pueblos desde Tezontépec hasta Acolman. No se perdonó a nadie, ni mujeres ni jóvenes. Todos, todos recibieron la fuerza del brazo del Coyote hambriento. Fue tal el concurso de guerreros enemigos que nuestros aliados no tuvieron fuerzas para sostener su defensa, lo cual llevó a los enemigos a una rápida victoria. Al llegar al palacio se encontraron con nuestra tropa que opuso fuerte resistencia, pero como ya le mencioné, su gente es de mayor número y sin dilación nos derrotaron. Hubo hartas muertes, hartos heridos, harto llanto. Pocos, muy pocos fueron los que logramos escapar a sus armas. Su sobrino, Teyolcocohuatzin, tecutli de Acolman, peleó con gran valor, pese a la certeza de que pronto encontraría la muerte. Pero mucho gritó: "¡Yo no conozco a otro emperador más que Mashtla! ¡Y si he de morir que sea defendiendo el imperio de mi tío! ¡Vengan por mí! ¡Denme el honor de morir como lo que soy: un defensor del imperio tepaneca!". Y así murió en manos del enemigo. Se hizo tal degolladero en un solo día que prácticamente quedaron despoblados aquellos lugares. Y a la poca gente que quedó viva la hicieron jurar lealtad a Nezahualcóyotl.

—¿Quiénes más sobrevivieron?

—Sólo algunos ministros y soldados.

—¿Dónde están?

—Escondidos en el bosque. Ellos me ordenaron que corriera lo más pronto posible para avisarle, mi amo.

Mashtla vuelve a quedarse callado. El emisario sigue de rodillas mirando al piso. Tlatólton voltea ligeramente para ver al gran chichimecatecutli.

—Eres un imbécil —le dice Mashtla—. ¡Lárgate! ¡No quiero verte!

El emisario se pone de pie.

—¿Adónde vas? —pregunta Mashtla.

—Usted me dijo que me marchara —responde el emisario.

—Le hablo al enano —dice Mashtla con rabia.

—Perdone —se arrodilla nuevamente.

—¿Cómo te llamas? —pregunta Mashtla.

—Tlecuauhtli.

—Te voy a dar una misión —dice Mashtla.

—Lo que usted ordene.

—Quiero que vayas en este momento y espíes a Nezahual-cóyotl.

Esa misma noche el emisario sale rumbo a Teshcuco. Pero es demasiado tarde. El Coyote sediento se marchó en busca de las tropas de los tlashcaltecas y hueshotzincas, luego de dar las instrucciones correspondientes para aprovisionar la capital y barrios aledaños de Teshcuco. Marcha con un grueso desta-camento para socorrer a los tlashcaltecas y hueshotzincas, de quienes no tiene informes. ¿Habrán muerto en batalla? ¿Habrán ganado? ¿Dónde están? Se dirige a Chiauhtla, donde habían acordado encontrarse tras las batallas anteriores. Al llegar lo recibe un señor que hospeda y alimenta a toda su gente. A la mañana siguiente llegan los generales tlashcaltecas y hueshot-zincas y ponen frente a Nezahualcóyotl todos los tesoros obte-nidos de los señoríos conquistados.

—No son riquezas lo que busco —dice Nezahualcóyotl—, sino el fin del imperio tepaneca. Pueden repartir entre ustedes todos los tesoros, para que terminada la guerra los ocupen en engrandecer sus casas y dar alimento a sus esposas e hijos.

A la mañana siguiente marchan a Hueshotla, donde se en-cuentra el ejército shalca. Ahí le informan de la conquista de Coatlíchan. De igual manera, les otorga a los guerreros victo-riosos los tesoros obtenidos en gratitud por su lealtad. Ese mis-mo día vuelve a Teshcuco.

Al entrar al palacio donde pasó parte de su infancia, vuel-ven a su mente recuerdos en un golpe de nostalgia. La sala principal se encuentra vacía. Camina al asiento real, se detie-ne frente a él. Su maestro Huitzilihuitzin le había contado en alguna ocasión que cuando su padre aún no había sido jura-do gran chichimecatecutli tenía temor de sentarse en el trono. Y sin pensarlo más, Nezahualcóyotl se sienta y observa la sala principal. Alza la frente y cierra los ojos. Trata de imaginar a su padre deliberando ante sus ministros. Inevitablemente debe evaluar las decisiones de su padre y compararlas con las suyas.

Ishtlilshóchitl ganó la guerra y cometió el error de perdonar a los traidores y devolverles los territorios conquistados a sus enemigos. El mismo error que cometió su bisabuelo Quinatzin al perdonarle la vida al padre de Tezozómoc, Acolhuatzin, que también había usurpado el imperio, cuando aún se encontraba en Tenayuca. Como consecuencia se molestaron los aliados de Ishtlilshóchitl, lo traicionaron y se fueron al partido de Tezozómoc. Grave error. El peor error de su existencia. Un error que le costó la vida y el imperio.

—Oh, padre —piensa Nezahualcóyotl con los ojos cerrados—. Qué pena. Hasta dónde he llegado. He asesinado a tanta gente. ¿Ése es el precio para recuperar el imperio? ¿Tienen que morir tantas personas? Se han rendido muchos pueblos. ¿Eso no es suficiente? ¿No? Ya no. Si claudico en este momento, mis aliados se sentirán traicionados, como ocurrió contigo, padre y se tornarán en mi contra. O me matarán ellos mismos. Así funciona esto. Los aliados no siguen la causa. Buscan el poder, las riquezas que les da cada conquista. Es por el poder. Por el territorio. Conveniencia. Ambición. Ya no tengo otra salida. O sigo o muero en manos de los aliados. ¡Ya no quiero venganza! Quiero justicia. ¿Cómo seguir sin provocar más muertes? Es inevitable. Aunque no quiera debo terminar. Tengo que darle muerte a Mashtla. ¿No puedo esperar a que se rinda? ¡No! Ya no.

—Mi señor —lo interrumpe su sirviente Coyohua—. Disculpe. Sólo vengo a informarle que todo está listo.

—Gracias —dice sin darle mucha importancia a lo que acaba de escuchar y se pone de pie.

Inmediatamente, el Coyote ayunado regresa a sus ocupaciones: envía tropas a todas las fronteras desde Tezontépec a Ciuhnautlan e Iztapalapan, lo que provoca en los tepanecas más terror que deseos de defender lo conquistado por Tezozómoc.

Mashtla está perdiéndolo todo en menos de quince días. Sólo quince días. Una vergüenza. Enfurece al ver llegar los restos de sus tropas heridos y asustados.

—¡Envíen a todas las tropas a luchar en contra de ese mal nacido!

—Imposible —dice uno de los ministros—. Si lo hacemos dejaremos desprotegidas las fronteras de la ciudad isla, con lo cual saldrán los tenoshcas y tlatelolcas. Y no sabemos si irán en auxilio de Nezahualcóyotl o marcharán directo a Azcapotzalco.

—Entonces debemos acabar con los tenoshcas —ordena.

Acatando las órdenes del tepantecutli se fortifican las fronteras de Azcapotzalco y se llevan a cabo insistentes combates en el lago de Teshcuco en contra de Tlatelolco y Meshíco Tenochtítlan. La ingenuidad y falta de estrategia militar de Mashtla le hace creer que pronto conquistará la isla y con ello volverá a tenerlos como súbditos obedientes, tal cual lo hicieron bajo el gobierno de Tezozómoc. Pero ignora el tepantecutli que desde entonces los tenoshcas ya desean sacudirse el yugo de Azcapotzalco; que si bien habían obedecido era por falta de poder y soldados, y que ahora su población se ha triplicado. Ya no habrá forma de derrotarlos.

El mando de las tropas tenoshcas está bajo la dirección de Tlacaélel. Pronto les llega la noticia de que Nezahualcóyotl ha recuperado Teshcuco y que ya se encuentra organizando su ciudad. Entonces muchos meshícas comienzan a murmurar por las calles que el Coyote sediento no llega en su auxilio debido al rencor que aún guarda hacia ellos por la muerte de su padre Ishtlilshóchitl.

—No vendrán los chichimecas —dice uno de los ministros en el palacio de Meshíco Tenochtítlan—. El tecutli Nezahualcóyotl está resentido con los tenoshcas por haber contribuido con la ruina de su padre.

—Nezahualcóyotl no nos guarda rencor —dice Ilhuicamina—. Si así fuera, ya nos lo habría informado.

—¿Ustedes creen que un agravio de tales magnitudes se olvida tan fácilmente? —pregunta otro de los ministros—. Es de esperar que callara todo este tiempo en que necesitaba del cobijo de los tenoshcas, pero ahora que ha recuperado su ciudad y que todos sus aliados le traigan a la mente el sufrimiento vivido en estos años, no dilatará en cobrar venganza. Dejará que Mashtla acabe con nuestras tropas y luego intentará destruirnos él mismo. No se confundan. Era un joven inmaduro cuando vino a solicitar socorro. Ya no. Ha crecido y ha visto mucho más de lo que podemos imaginar. No lo conocemos en realidad. ¿Qué tanto ha cambiado en estos años? ¿Cuáles son sus deseos? Ya han escuchado noticias. Ha mandado matar a todos los tetecuhtin de los pueblos que ha conquistado. No ha tenido misericordia. Está decidido a terminar con todos. Quiere venganza. Y los tenoshcas estamos en su lista. No se confíen, señores, no se confíen.

Izcóatl guarda silencio.

—Mi señor —dice uno de los ministros—, ¿no piensa hacer nada al respecto?

—Ya lo estamos haciendo —responde el tlatoani.

—Estamos perdiendo la batalla —agrega otro.

—No —lo interrumpe Izcóatl—. La estamos ganando.

—Usted está muy equivocado —Tlacaélel interviene con enojo—. Están matando a nuestros soldados.

—Que seas mi sobrino no te da ningún derecho a hablarme de ese modo. Yo soy el tlatoani, y como tal debes tratarme.

Tlacaélel se traga su enojo:

—Le ruego me perdone...

—El príncipe chichimeca y yo llegamos a un acuerdo la última vez que hablamos. Si no se lo dije fue para que nuestro secreto no se divulgara.

—¿Podemos saber cuál fue ese acuerdo secreto?

—Distraer a las tropas tepanecas lo más posible para que él pudiera avanzar con su ejército hasta Azcapotzalco.

Todos callan. Tlacaélel está furioso. Mira a los miembros del Consejo. Le preocupa que cambien de opinión con respecto a su elección como sacerdote.

—Siendo así, yo me ofrezco para ir como embajador ante el señor de Teshcuco —dice Tlacaélel.

—¿Cuál sería el motivo? —pregunta Izcóatl con un tono irritado.

—Informarle sobre los acontecimientos en la isla y saber cómo va en su marcha rumbo a Azcapotzalco.

—Yo pienso que es una idea excelente —dice el sacerdote Tlalitecutli.

—Opino lo mismo —agrega Yohualatónac.

—Que vaya Tlacaélel a hablar con Nezahualcóyotl —insiste Azayoltzin.

Izcóatl acepta enviar a Tlacaélel como embajador a Teshcuco, acompañado de dos valerosos capitanes. Salir de la ciudad isla es como intentar clavarse una lanza en la garganta. Necesitan engañar a las tropas tepanecas que custodian las fronteras. Comienzan un ataque por un costado de la isla para que los soldados acudan en auxilio de sus compañeros y en cuanto los ven desprevenidos salen en una canoa. Al llegar a tierra firme caminan hasta llegar a la ciudad de Teshcuco. Tlacaélel es el primero en arribar. Pide así una audiencia con el Coyote ayunado, quien lo recibe con gran afecto.

—Señor —dice arrodillándose frente a Nezahualcóyotl—, tu tío, el tlatoani de Meshíco Tenochtítlan, me ha enviado para manifestarte el gran júbilo y complacencia que tiene de sus felices sucesos, creyendo y deseando que a tales principios correspondan los más prósperos fines; y para hacer de tu conocimiento el miserable estado en que se hallan los meshícas, rodeados por todas partes de sus enemigos, y esperando por instantes su última ruina. ¿Es posible, señor, que viviendo tú han de perecer ellos? No es tiempo ahora de que te acuerdes de sus ingratitudes, ni en un magnánimo corazón como el tuyo debe caber el deseo de venganza. Si ignorantes te agraviaron, uniéndose al tirano Tezozómoc contra tu ilustre padre, quizá en ello tuvo más parte el temor de su tiranía que el odio y el desafecto. Bien te lo han manifestado sus acciones durante los últimos años. Las reinas y matronas tenoshcas insistieron con el tirano para que cesara de perseguirte, y lograron que la ciudad de Meshíco Tenochtítlan fuese tu asilo. Y no contentas con esto, vuelven a empeñarse para restaurarte la libertad. ¿Será, pues, decoroso a tu grandeza dejarlos ahora perecer a manos de tu enemigo? La sangre que derramen sus príncipes y nobles es tuya, y del mismo origen que la que corre por tus venas: mira por cuántos títulos estás obligado a socorrerlos, para que deponiendo cualquier sentimiento ayudes a los meshícas.

—No entiendo tu mensaje —responde Nezahualcóyotl.

—¿Qué es lo que no entiende? —pregunta Tlacaélel algo nervioso.

—¿Estas palabras son tuyas o del tlatoani?

—Del tlatoani, por supuesto…

—Izcóatl y yo tenemos un acuerdo. Y no encuentro la razón que justifique tu mensaje. No era necesario que me recordaras la ayuda que recibí de los meshícas. Tampoco era necesario que me solicitaras las tropas. El tlatoani y yo tenemos un plan.

—Sí… sí… —responde Tlacaélel ya con armas listas—. Pero con la muerte de tanta gente, mi tío ha perdido la paciencia y por más que le insistimos en que esperara su respuesta, me ordenó que viniera a verte.

—¿Me estás diciendo que Izcóatl desconfía de mi palabra?

—Sí… No, perdón. Quise decir que no. De ninguna manera.

—Dile a tu tlatoani que ya están olvidados los agravios que perpetraron los tenoshcas en contra de la corona chichimeca. Y que así pueden tener la confianza de que pronto recibirán auxilio de mis tropas. No lo había hecho porque no tengo las tropas suficientes y quiero reunir un ejército más numeroso para llegar y destruir al enemigo sin dilación —explica Nezahualcóyotl.

—Te lo agradezco en nombre del pueblo meshíca. Y te ruego me perdones por el mensaje que quizá se mal interpretó. Pero…

—Pero ¿qué?

—Se rumora que no tienes intenciones de socorrer a los meshícas pues si en realidad lo hubieses tenido en tus planes lo habrías realizado con mayor prontitud.

—Rumores. Todo es a base de rumores. Muchos con intenciones de evitar la alianza entre los chichimecas y tenoshcas. Pero viendo que ya es urgente la asistencia de tropas —continúa el príncipe—, ve a la ciudad de Shalco y habla con Totzintecuhtli. Dile que vas de mi parte y que les ruego envíe sus tropas a la ciudad isla. Mientras tanto yo despacharé otra embajada a Hueshotla para que den noticia a Iztlacautzin. Y ya teniendo sus tropas y las mías marcharemos en su auxilio.

—¿Iztlacautzin? —pregunta Tlacaélel.

—Así es. Su padre, Tlacotzin, murió en combate y él ha tomado su lugar en aquel señorío.

Tlacaélel se hinca frente al príncipe, agradece las atenciones y se marcha en dirección a Shalco en compañía de los dos capitanes meshícas.

Al llegar ante Totzintecuhtli dan el mensaje de Nezahualcóyotl. Pero éste se pone de pie y camina hacia los dos tenoshcas, los mira de frente, los rodea sin cambiar el semblante. Los ministros que se encuentran presentes se mantienen en silencio.

—¿Qué se han creído ustedes? —arruga las cejas—. ¿Qué les ha hecho pensar que yo voy a darles socorro? Ustedes y yo somos enemigos.

Y sin agregar más ordena que los arresten.

—Lo sabía —dice a sus ministros luego que los soldados se llevan a los meshícas a una celda—. Se los dije. Ese joven inmaduro no haría más que cometer los mismos errores de su padre. ¿Cómo se le ocurre aliarse a los tenoshcas? Por eso murió Ishtlilshóchitl. Estos meshícas lo están utilizando. Lo han embaucado como siempre. ¿Y qué pasará? Pronto se levantarán en armas y lo conquistarán todo, señores.

Entonces ordena a dos señores suyos que marchen al señorío de Hueshotzinco, llevando consigo a los tenoshcas.

—Díganle al señor de esa ciudad que Nezahualcóyotl ha enviado a estos hombres tenoshcas para que nos pidan auxilio; y que yo me he sentido tan indignado que los he hecho arrestar, y por lo mismo se los envío para que allá mis shalcas los maten en sacrificio.

Esa misma tarde llegan los embajadores de Totzintecuhtli, con los prisioneros a la ciudad de Hueshotzinco, donde son recibidos con prontitud, sin imaginar lo que verán. Dan el mensaje, a lo cual responde el señor de aquel poblado.

—Vuelvan a su señor con los presos que han traído, y díganle que la nobleza hueshotzinca no ha sabido manchar sus manos con gente inocente. ¿Cuál es el delito de estos señores? ¿Obedecer con fidelidad a su tecutli, que los envía a pedir socorro a Teshcuco, es delito de muerte? ¿Acaso porque obedecieron con igual rendimiento al tecutli Nezahualcóyotl, que los envió a pedirlo en su nombre a Shalco, merecen morir? Aunque desde la muerte de Ishtlilshóchitl hemos mirado con poco afecto a la nación meshíca, no podemos negar el título de parentesco que tenemos con sus tetecuhtin, y jamás hemos tenido con ellos guerra; pero aunque la tuviéramos, siempre nos parecerá acción injusta vengar nuestro enojo en estos mensajeros, que no hacen otra cosa que cumplir como deben el mandato de su señor; y así digan al suyo, que de ningún modo queremos mezclarnos con esta alevosía.

Los embajadores regresan a Shalco con los prisioneros y entregan el mensaje. Totzintecuhtli quiere darles muerte, pero su cobardía le pone obstáculos en el camino. ¿Cómo? ¿Él darles muerte? ¿Allí en su ciudad? ¿Sin aliados? Son sólo dos prisioneros. Y lo de menos es saciar su ira con sus muertes. Pero pronto correría la noticia. Si Nezahualcóyotl e Izcóatl ganan la guerra irían contra él en cuanto tuviesen la oportunidad. Entonces busca un aliado más poderoso: Mashtla.

—Llévenlos a Azcapotzalco —ordena a un señor principal llamado Cuauteotzin—, y digan al gran chichimecatecutli que tiene mi alianza y a sus órdenes todas mis tropas para marchar en contra de Nezahualcóyotl y sus adeptos.

Pero todo parece estar en su contra. Cuando Mashtla recibe a los prisioneros los devuelve con un mensaje.

—Digan a su señor que no intente salvar su vida con acciones tan cobardes. Bien sabe que cometió un error al traicionarme. Ahora no me interesa su amistad. Pues en poco tiempo mis tropas destruirán a mis enemigos y entre ellos a ese traidor.

El señor Cuauteotzin vuelve a la ciudad de Shalco con los presos. Cree que finalmente Totzintecuhtli ordenará que se les sacrifique ahí mismo. Piensa en el futuro de su ciudad, su gente, sus esposas e hijos. Si los meshícas ganan esa guerra irían a matar a todos los shalcas, entre ellos a Cuauteotzin, que en el fondo está a favor de Nezahualcóyotl y quienesquiera que sean sus aliados. Confía en el juicio de ese nuevo tecutli valeroso. Claro, si él decidió perdonar a los meshícas también perdonará a los shalcas. ¿Por qué tiene que sufrir su pueblo por culpa de los caprichos de Totzintecuhtli?

—Mi señor —dice Cuauteotzin a Tlacaélel—, yo no estoy de acuerdo con esta acción de Totzintecuhtli, vayan a sus tierras, salven sus vidas. Sólo le pido que si su tlatoani Izcóatl decide marchar a Shalco y dar muerte a nuestra gente recuerden que no todos estábamos a favor de Totzintecuhtli.

—Anda con tu familia —responde Tlacaélel—, ponla en resguardo. Yo te prometo que tu nombre quedará honrado por siempre. Y si algo te ocurre me haré cargo de tus esposas e hijos.

De esta suerte Cuauteotzin los deja en libertad cerca de Chimalhuacán, para que marchen a la ciudad isla Meshíco Tenochtítlan.

39

Pese a que el cansancio y el hambre doblegan su ímpetu, Tlacaélel marcha con los capitanes en medio de los bosques y llanuras, rumbo a la ciudad isla Meshíco Tenochtítlan. A ratos se detienen para buscar algún fruto que llevarse a la boca. El infortunio los persigue por todo el camino pues por más que trepan árboles o corretean conejos no logran conseguir alimento. Asimismo sienten deseos de esconderse debajo de algunos matorrales para dormir un rato. Pero ningún lugar les parece lo suficientemente seguro. Caminan hasta que el sol se oculta.

Finalmente llegan al lago. A lo lejos se puede ver el reflejo de las antorchas que iluminan la ciudad de Tenochtítlan. Aunque parece un camino corto, comprenden que nadarlo es todo un riesgo, más aún en medio de la oscuridad nocturna. Buscan un lugar seguro por donde cruzar pero todo indica que es imposible llegar a su isla a esas horas. El lago se encuentra lleno de soldados tepanecas que vigilan de pie sobre sus canoas. Entonces deciden esperar. Se turnan para dormir, mientras uno vigila. Aun así, ninguno logra descansar lo suficiente: en cuanto logran conciliar el sueño llegan a sus mentes los temores de ser descubiertos por las tropas enemigas. Al amanecer deciden volver a la ciudad de Teshcuco para dar noticia a Nezahualcóyotl sobre lo ocurrido el día anterior.

—Lo sé —dice el Coyote ayunado—. Ya mis aliados de Hueshotzinco me han informado sobre la traición de Totzintecutli. Y así ellos mismos me han ofrecido sus tropas para marchar en contra de aquel traidor.

—Antes de que marchen —dice Tlacaélel—, debo decirle que quien nos dejó en libertad es un hombre llamado Cuauteotzin, que nos hizo saber que no todo su pueblo está a favor de las acciones de su señor.

—Bien estaba yo enterado de los sentimientos de muchos de mis aliados —explica Nezahualcóyotl—. Sabía que no era tarea fácil solicitarles auxilio para ustedes. Y que con esa excusa se volverían en mi contra. La evidencia está en el señor de Hueshotla, Iztlacautzin, que iracundo por la solicitud que le envié, mandó descuartizar a mis embajadores en la plaza mayor de su ciudad.

—Pero Hueshotla está muy cercana a Teshcuco —dice Tlacaélel.

—Lo sé —responde Nezahualcóyotl—, por ello he mandado mis soldados a guarnecer las fronteras con Hueshotla. Ahora sólo me queda esperar a que lleguen las tropas aliadas de Tlashcálan y Hueshotzingo.

—¿Qué recomienda hacer mi señor? —pregunta Tlacaélel.

—Enviaremos a tus dos capitanes a la ciudad isla para que den noticia a Izcóatl de tu seguridad. Pídeles que cuiden mucho sus vidas.

—¿Y yo?

—Te ruego que permanezcas aquí, en Teshcuco.

Se cumplen las órdenes del Coyote ayunado y los capitanes llegan a la ciudad isla para dar la noticia a Izcóatl que día a día lleva combates en contra de los tepanecas.

No bien salen los capitanes tenoshcas de la ciudad de Teshcuco cuando llegan unos mensajeros de Shalco. Nezahualcóyotl los hace entrar en la sala principal.

—Señor —dice el emisario de rodillas frente a Nezahualcóyotl y el infante tenoshca—, mi señor de Shalco le manda una entera y cumplida explicación de su proceder, en el que no ha tenido parte alguna el odio ni el desafecto, sino que por el mucho amor y lealtad que le tiene, y el que le impulsa a desear que todos los que fueron cómplices y contribuyeron a sus desgracias y trabajos experimenten el merecido castigo; y así al ver que no sólo deja sin escarmiento la perfidia de los meshícas, que tanta parte tuvieron en ello, sino que intenta protegerlos, lo cegó su pasión, transportándose a los excesos que cometió; mas al volver sobre sí, y reconocer que el verdadero amor y lealtad se manifiesta perfectamente en deponer el propio dictamen por complacer a la persona amada, ha resuelto ejecutarlo así, pidiéndole perdón de sus yerros y ofreciéndose a servirlo y auxiliarlo con sus tropas a favor de los tenoshcas.

Nezahualcóyotl y su primo se miran discretamente a los ojos. Bien saben ambos que el repentino cambio del tecutli de Shalco tiene que ver con su fracaso al intentar volver al partido de Mashtla. Lo cual les garantiza un enemigo más débil. Lo que no saben aún es que Totzintecutli, al enterarse de que Cuauteotzin puso en libertad a los presos tenoshcas, volcó toda su rabia en contra de éste, sus mujeres e hijos, de los cuales sólo dos pudieron escapar.

—Digan a su señor —responde Nezahualcóyotl con la dignidad en alto— que no me interesa su alianza; que mejor prepare sus tropas porque muy pronto entraré en sus territorios, aniquilando a quien encuentre en mi camino.

Los embajadores salen atemorizados y corren a la ciudad de Shalco.

—Eso lo tendrá ocupado por un tiempo —dice Nezahualcóyotl a su primo y sonríe—. Ahora no tenemos que preocuparnos por él.

—¿No temes que intente rebelarse? —pregunta Tlacaélel.

—Es un cobarde —responde el Coyote ayunado—. No se atreverá. Permanecerá en su ciudad escondido todo el tiempo que sea posible.

En ese momento entra uno de los soldados de Nezahualcóyotl

para avisarle que el infante Cuauhtle huanitzin ya tiene tropas listas en los estados de Acolman, Chiauhtla y los pueblos cercanos a Teshcuco. El Coyote sediento se lleva la mano izquierda a la barbilla y se mantiene en silencio por un instante.

—Vamos. Marcharemos tú, algunos soldados y yo a tu isla —dice y se pone de pie—. Quiero ver el estado en que se encuentran Tlatelolco y Tenochtítlan.

Tlacaélel se asombra al escuchar aquello. ¿Cómo? ¿Para qué quiere ir a la ciudad isla? ¿Por qué no llegar directo con las tropas?

—Es menester que trate directamente con Izcóatl y Cuauhtlatoa sobre nuestra alianza.

Esa noche salen sigilosos hasta la orilla de lago, abordan unas canoas y navegan con cautela para no ser descubiertos. A medianoche ven una embarcación tepaneca que se acerca lentamente. Entonces Nezahualcóyotl y su primo el infante tenoshca se lanzan al agua y se mantienen escondidos detrás de la canoa, sosteniéndose del remo.

—¿Adónde se dirigen? —pregunta el soldado.

—Vamos a la ciudad de Coyohuácan —responde uno de los hombres que acompañan al Coyote hambriento.

—¿Cuál es su diligencia?

—Vamos a nuestras casas. Somos mercaderes.

No hay luna aquella noche y por ello es mayormente difícil reconocer las vestimentas, que los habrían delatado en pleno día.

—¿Son de Coyohuácan?

—Así es, señor, fieles vasallos del huey chichimecatecutli, Mashtla.

Los soldados tepanecas acercan sus canoas hacia la de los chichimecas hasta que ambas chocan ligeramente. Nezahualcóyotl y Tlacaélel se sumergen en el agua y se mantienen ahí mientras uno de los soldados enemigos la inspecciona detenidamente. Al no encontrar algo que les llame la atención vuelven a su canoa y siguen su camino. Nezahualcóyotl y Tlacaélel salen sin hacer mucho ruido, urgidos por recuperar la respiración. Los hombres que reman les hacen señas para que esperen hasta tener la certeza de que los tepanecas se encuentran distantes. Luego de un largo rato suben a la canoa y siguen su camino. Llegan antes del amanecer a la orilla de la ciudad de Tlatelolco.

Cuando la gente ve llegar a uno de los gemelos acompañado del tecutli Nezahualcóyotl se hace un gran alboroto.

—¡Ahí está Nezahualcóyotl!

Los niños corren a avisar a sus padres.

—¡Viene con Ilhuicamina!

Las mujeres les cuentan a las vecinas.

—¡No, ése es Tlacaélel!

Los ancianos salen de sus casas. Todo el pueblo tlatelolca los acompaña hasta la frontera de Tenochtítlan. Pronto llegan al palacio de Izcóatl, donde se encuentran reunidos Cuauhtlatoa y los ministros de ambas ciudades. Se hacen las reverencias acostumbradas, platican sobre los acontecimientos anteriores y finalmente salen a recorrer la ciudad para presentarle las tropas a Nezahualcóyotl. Luego vuelven al palacio y comienzan a tratar sobre las estrategias que seguirán para salir al ataque.

—En cuanto tenga las tropas auxiliares —dice Nezahualcóyotl— les mandaré cien mil hombres para que salgan bajo el mando de Tlacaélel e Ilhuicamina: los primeros por los ríos de Azcapotzalco y Tlalnepantla; y los segundos por Tlacopan; mientras los tlatelolcas y tenoshcas marcharán directamente a las fronteras de Azcapotzalco. Yo entraré con mis tropas por las faldas del cerro de Tepeyac. Luego pondremos una gran fogata en el cerro de Cuauhtépec, contiguo al de Tepeyac, ésa será la señal para entrar todos a un mismo tiempo.

—¿Y qué pasará con los shochimilcas?

—También dejaremos ahí una tropa para impedir que salgan a dar auxilio a Mashtla.

El Coyote ayunado termina de hablar y nadie se opone ni intenta cambiar las estrategias. La necesidad de dar fin al encierro en que se encuentran los meshícas les impide siquiera poner en duda cualquiera de sus ideas. Además, con tan numerosa tropa que les llegará en su auxilio no hay forma de oponerse a que Nezahualcóyotl tome el mando de la guerra. Porque al fin y al cabo es su guerra, su conquista, su venganza, aunque él lo niegue una y otra vez.

Izcóatl manda que se sirva un banquete en honor al huésped. Platican y tratan de olvidar por un instante que se encuentran sitiados por los enemigos. Intentan relajarse para poner todas sus fuerzas en el campo de batalla.

—No piensen en mañana. Hoy relájense, coman, beban —dice Nezahualcóyotl frente a todos los miembros de la nobleza meshíca y tlatelolca—. En la noche volveré a Teshcuco, juntaré las tropas y mañana ya será un nuevo día, un gran inicio, rumbo a la libertad.

Pero relajarse resulta imposible, pues llega uno de los espías y les informa que Mashtla tiene ya una tropa que rebasa los cien mil hombres, listos para entrar en tres días a las ciudades de Tlatelolco y Tenochtítlan.

—Dicen que el que tiene el mando de las tropas es un general llamado Mazatl —explicó el espía.

—Debo marcharme en este momento —dice Nezahualcóyotl poniéndose de pie—, mañana mismo tendrán las tropas auxiliares.

Al salir de la ciudad se encuentra con la sorpresa de que ya no hay guardias tepanecas custodiando las fronteras de la ciudad isla, lo cual significa que en efecto Mashtla se está preparando para un gran ataque. Hasta cierto punto eso le facilitará la entrada de las tropas auxiliares a Tenochtítlan. Sin más obstáculos llega en la noche a la ciudad de Teshcuco donde se encuentra con las tropas de Hueshotzinco, Cholólan, Tepeyac y otros pueblos más pequeños, listas para salir a combate. Sólo faltan los tlashcaltecas.

Esa noche da instrucciones a los capitanes de las tropas aliadas. Duermen una cuantas horas y en la madrugada salen todos en sus canoas. Pronto comienzan a llenar el lago, dejando asombrados a los tepanecas que no imaginaban que sería tan grande el ejército enemigo.

—¿Cómo? —pregunta furioso Mashtla al recibir la noticia—. ¿En qué momento logró reunir tanta gente ese mal nacido? ¡No lo permitas! —le grita enfurecido a Mazatl—. ¡Si logran desembarcar no habrá forma de detenerlos! ¡Anda! ¿Qué esperas?

Sin demora salen las tropas a defender las fronteras de Azcapotzalco.

—Mi amo y señor —dice un mensajero ante Mashtla—, estuvimos esperando a que se acercaran los enemigos, pero éstos se detuvieron en Tlatelolco y Meshíco Tenochtítlan.

Mashtla comienza a temer. Pierde el control. Grita a todo el que se le pone en frente. Maldice todo el tiempo. Su fin está cercano. Lo presiente. Pero admitirlo es como suicidarse antes de tiempo. Un tecutli tepaneca pidiendo perdón, jamás. ¿Por qué no? A Tezozómoc le funcionó cuando Ishtlilshóchitl le había ganado la guerra. El tepantecutli le mandó una embajada en la cual le ofrecía jurarlo como gran chichimecatecutli. Lo hizo para ganar tiempo, aliados y armas. Y cuando menos lo esperaba el padre de Nezahualcóyotl, Tezozómoc ya tenía a la mayoría de los pueblos a su lado. Pero Mashtla no pretende admitir su derrota y mucho menos pedir perdón; ni Nezahualcóyotl le creería ni lo perdonaría.

Esa noche no puede dormir. Pasa minuto a minuto pensando en la forma de huir. ¿Cómo? ¿Adónde? A su señorío de Coyohuácan. ¿Qué acaso no piensa salir al combate? ¡No! Ni en la peor de sus pesadillas. Se irían todos en contra suya. Lo despedazarían. ¡Cobarde! ¡Sí! ¡Pero vivo! ¡Y con vida lograría buscar venganza! ¡Algún día! ¿Cuándo? Eso es lo de menos. "Por ahora sólo me queda sostener la batalla, lo máximo posible. Mañana vendrán los chichimecas, buscarán vengar la muerte de Ishtlilshóchitl. No importa. Yo estaré en Coyohuácan."

Al amanecer navegan en miles de canoas el Coyote hambriento, sus tropas y su gente de confianza, mientras que muchos valientes capitanes se dirigen a Meshíco Tenochtítlan. Los soldados chichimecas —por órdenes de Nezahualcóyotl— van vestidos con mantas blancas sin adornos, penachos ni joyas, como suelen hacerlo todos los ejércitos. Ninguno de sus soldados comprende el motivo. Por momentos se sienten la más pobre de todas las tropas, incluso están avergonzados. Para los soldados, ir a la guerra es igual a asistir a una noche de gala.

—No vinimos a presumir nuestras riquezas —les explicó Nezahualcóyotl la noche anterior—. Ése es el gran error de los demás. Salen a hacer alarde de sus grandes plumajes, sus adornos en sus trajes, joyas, botas, flechas, escudos y macuahuitles. Y se ocupan tanto en cuidarlos que pierden el objetivo de la guerra. Dejen eso para los banquetes, para las fiestas, para los funerales. Miren alrededor. Todos visten galantes, llenos de colores. ¡Y ustedes, tan blancos! Me imagino un hermoso jardín, lleno de flores, donde ustedes son los jazmines, sin más adorno que su sencilla blancura. El enemigo vendrá con intenciones de despojarlos de sus riquezas. ¿Pero qué harán cuando los vean vestidos con unas humildes mantas blancas? Su ambición se apagará. Y ustedes podrán así derrotarlos con facilidad. Además no tendrán el peso de los adornos y podrán combatir sin estorbos.

Los capitanes que lo escucharon dieron el mensaje a los miles de soldados chichimecas que pronto comprendieron el juicio de Nezahualcóyotl y se sintieron entre todos los más agraciados.

No tardan en llegar a la cima del cerro de Cuauhtépec, cercano al cerro de Tepeyac, donde sin tardanza encienden la fogata, cuya luz ilumina el rostro del Coyote hambriento y le da el semblante más tenebroso que se le haya visto jamás. Las llamas se engrandecen soberbias en la cima del cerro. La gente da pasos hacia atrás para apartarse del intenso calor, pero el Coyote sediento se mantiene ahí, con la mirada fija en el centro del fuego. Inevitablemente, el rostro de su padre aparece frente a él. Sostiene su macuahuitl y su escudo, listo para combatir. Recuerda el sonido de los tambores listos para aquel combate en que perdió la vida: *¡Tum, tum, tum, tum, tum!* "¡Corre, hijo, corre, corre! ¡Salva tu vida! ¡Recupera el imperio!" *¡Tum, tum, tum, tum, tum!* El guerrero jaguar y el guerrero águila están ahí, en el fondo de las inmensas llamas. Nezahualcóyotl arruga la nariz, frunce el entrecejo, tuerce los labios y aprieta fuertemente su macuahuitl.

—¡Recuperaré el imperio, amado padre! ¡Lo prometí! ¡Ha llegado el tiempo de cumplir mi palabra!

La nube de humo se eleva y a lo lejos pueden ver todos los aliados la señal que anuncia el inicio de la batalla más esperada. Salen de sus escondites, saltan de sus canoas, bajan de los árboles, talan todo a su paso, marchan tocando los tambores de guerra: *¡Tum, tum, tum, tum, tum!*

¡Muerte a los tepanecas! ¡Muerte a Mashtla!

Entran por el frente, por el río entre Azcapotzalco y Tlalnepantla, por Cuauhtitlan, Tlacopan y Tepeyac.

¡Tum, tum, tum, tum, tum!

Todos alcanzan la cima de la barbarie. Lanzan flechas a diestra y siniestra, llenos de furia. Corren con sus macuahuitles y escudos en mano. Saltan los matorrales. Brincan sobre cadáveres, algunos apurados en robarles las joyas a los heridos y a los muertos. Por todas partes se da una sangrienta batalla. Parece aquello un gigantesco hormiguero. Gritos, gritos y más gritos. Sangre por todas partes. Cuerpos mutilados. Hombres heridos rogando que los salven o les den una pronta muerte para no sufrir más. Pues por muy valientes que sean, el dolor de una pierna mutilada, una espalda desgarrada, un abdomen con los intestinos de fuera, un cuello rajado, un rostro rebanado, no se puede calmar con honores después de terminada la guerra, ni con el gusto de saber que su tropa ganó, ni con cualquier premio. ¿Cómo se recupera una pierna, una mano, un par de dedos? ¿Cómo se rescata la dignidad ni el gusto por vivir?

¡Tum, tum, tum, tum, tum!

Tlacaélel e Ilhuicamina marchan con sus tropas destrozando todo lo que se interpone en su camino. Una hora, dos, tres, cuatro. Nezahualcóyotl avanza desde Tepeyac por todos los pequeños pueblos que rodean Azcapotzalco, derribando árboles, apoderándose de las casas y obligando a los tepanecas a huir; luego, llega en asistencia de las tropas de Ilhuicamina y Tlacaélel.

—Mashtla tiene un gran número de soldados —informa Ilhuicamina.

—Hay que avanzar hoy mismo —responde Nezahualcóyotl con su macuahuitl en la mano, sin quitar la mirada del horizonte, donde un grupo de soldados cargan a los heridos en hombros rumbo a la orilla del lago y los acuestan en las canoas para que sean llevados a la ciudad isla.

Vuelven al combate. Se encuentran con otro ejército tenoshca que va de vuelta a las costas. Nezahualcóyotl los detiene y pregunta el motivo. Le explican que más adelante hay una gran zanja alrededor de la ciudad de Azcapotzalco y que los tepanecas los embistieron con tal furia que tuvieron que volver para no perder las vidas.

—¡No! —ordena—. ¡No podemos darles tregua!

En ese momento acuden las tropas de Izcóatl y Cuauhtlatoa que había llegado por el lado de Tlacopan. Al Coyote sediento le asombra ver que su tío haya logrado conquistar Tlacopan con tanta facilidad.

—Totoquihuatzin, señor de Tlacopan —explica—, le manda decir que aunque pertenece a la corona tepaneca se declara fiel vasallo suyo. Y por ello no opusieron resistencia.

—¿Y su gente?

—También se ha entregado a las tropas meshícas.

Siguen rumbo a la ciudad de Azcapotzalco, ejecutando a quienes encuentran en su paso. Pasan toda la tarde en combate cuerpo a cuerpo hasta obligar a los tepanecas a huir. Los persiguen hasta un paraje donde de pronto encuentran el camino sin protección.

—¡Alto! —grita Tlacaélel—, no es conveniente que sigamos. Ya va a oscurecer. Ellos conocen mejor sus territorios. Será mejor que volvamos a donde encontramos la zanja y descansemos hasta el amanecer.

Se ocultan para descansar, reparar sus armas, curar a los heridos, comer y planear la siguiente embestida. Al amanecer llegan las tropas de Tlashcálan, lo que engrandece el de por sí enorme ejército de Nezahualcóyotl. Se entabla otro sangriento combate hasta que logran encerrar a los tepanecas en su propia ciudad. Dividen las tropas en cuatro partes iguales: comandadas por Izcóatl y Cuauhtlatoa a espaldas de la ciudad tepaneca; por el norte Tlacaélel e Ilhuicamina, asegurando la salida por el lago; y por el sur los jefes hueshotzincas cuidando la entrada por Tlacopan; y Nezahualcóyotl por el poniente, donde está el mayor número de tropas tepanecas.

Ciento catorce días dura el sitio. Dieciséis semanas sin descanso. Tres meses y medio de sangrientos combates. Muertos y mutilados por todas partes. De día salen los soldados de Mashtla a combatir y al llegar la tarde vuelven a su ciudad. Cada atardecer con menor número de combatientes, cansados y desanimados, dan noticias al tecutli tepaneca, quien se mantiene en su palacio todos los días sin dar la cara a su enemigo. No obstante sigue dando órdenes, enviando gente, fabricando armas, ejercitando incluso a los más jóvenes y a los inexpertos en combate, sin importar su condición.

—Pero señor, yo jamás he salido a la guerra, yo soy pescador.

—No me importa. Defiende tu pueblo.

—Mi señor, mi hijo es muy pequeño aún.

—No importa, de algo ha de servir.

Pero eso no es suficiente y el general Mazatl pide a Mashtla que mande embajadas a los aliados para que les envíen auxilio.

—Estamos totalmente sitiados, mi amo y señor. Ya no podemos mantener la defensa. Es menester que vengan las tropas de Coyohuácan, Shochimilco, Cuauhtitlan, Tepotzótlan, y los aliados del norte. Dígales que los hagan marchar por Tenayuca, donde nuestros enemigos no tienen fortificaciones. Sólo así lograremos salvar nuestras vidas.

Salen las embajadas de noche para no ser capturados por los enemigos. Y las tropas aliadas están pronto en los territorios de Tenayuca. Al amanecer, salen en línea recta a Azcapotzalco. Pero Nezahualcóyotl ya había sido avisado por sus espías, y sin dilación marcha en aquella dirección con sus tropas para recibirlos en el camino. Se da el anuncio de guerra. Retumban los tambores.

Mazatl ordena a sus tropas que salgan de la ciudad de Azcapotzalco creyendo que los enemigos están desprevenidos, pero los recibe el ejército tenoshca. Marchan sin detenerse, disparando flechas y lanzas. Luego la batalla cuerpo a cuerpo. Una guerra sumamente feroz. De las más sangrientas que han tenido en estos días. El final se aproxima. Y de esta batalla depende la victoria total.

¡Tum, tum, tum, tum, tum!

Tlacaélel y Mazatl se hallan frente a frente con sus macuahuitles en mano. Mirándose a los ojos. Mazatl lanza el primer porrazo que da en el escudo de Tlacaélel. El capitán meshíca responde con otro golpe fallido. Mazatl suda cantidades, temeroso al encontrarse frente a este famoso capitán. De pronto lanza un golpe que da certero en el abdomen de Tlacaélel. Un rasguño. Un inofensivo raspón que le dejará una cicatriz. Ya no habrá incógnita. A partir de entonces será muy fácil reconocerlo, si Tlacaélel deja que vean su abdomen desnudo. Será más difícil engañar a la gente como lo hicieron tantos años. Tlacaélel enfurece y se le va encima con su macuahuitl. Uno, dos, tres choques de armas. Mazatl se muestra ejercitado en el uso del macuahuitl. La mejilla de Tlacaélel sangra. Se limpia con la palma de la mano y, al ver la sangre, arde en cólera. Cuatro, cinco, seis golpes, otro y otro. Sin piedad. Hasta que logra arrancarle el macuahuitl. Mazatl se sabe totalmente desprotegido. No hay clemencia. Tlacaélel no espera un segundo para darle tiempo a su contrincante y le corta la cabeza.

—¡Ha muerto su capitán! —grita Tlacaélel al tener a su enemigo a sus pies—. ¡Tepanecas! ¡Su capitán ha muerto!

Los soldados tepanecas, en medio de la confusión y los gritos, intentan volver a la ciudad de Azcapotzalco pero son sorprendidos por los enemigos que los persiguen entre hierbas y matorrales. Ya no hay forma de ganarles. Sin su capitán parecen hormigas desorientadas, corriendo de un lado a otro. Es tal la carnicería que los pocos que logran escapar optan por no volver a Azcapotzalco, sino buscar otros sitios donde esconderse.

Nezahualcóyotl entra victorioso con sus tropas a la ciudad y da la orden de que se destruyan todos sus templos y palacios.

Miles de soldados se encargan de destruir la ciudad. Las mujeres corren con sus hijos cargados en las espaldas o en brazos. Los ancianos se arrinconan en sus casas. Los más débiles imploran clemencia. Las tropas tienen órdenes de permitirles marcharse sin hacerles daño.

El Coyote ayunado avanza con su tropa hacia el palacio de Azcapotzalco, donde se encuentran los ministros y consejeros de Mashtla. Los pocos soldados que se hallan ahí salen al ataque. Uno de los capitanes tepanecas se va en contra de Nezahualcóyotl, quien lo recibe con un porrazo, que el capitán tepaneca logra detener con su escudo. El Coyote ayunado no le da tiempo para defenderse y ataca sin importar las heridas que pueda recibir. Ni siquiera se preocupa por cuidarse la espalda. Sólo escucha una voz en su interior que le grita que el momento de vengar la muerte de su padre ha llegado. Sigue soltando golpes con su macuahuitl. El capitán tepaneca había escuchado mucho sobre la fiereza del Coyote hambriento. Sabe que es un gran guerrero, pero jamás imaginó que tuviera tanto coraje para el combate. Nunca había peleado contra alguien tan hábil en las armas. La lluvia de golpes no cesa. El capitán tepaneca sólo puede detener los porrazos. Difícilmente puede atacar a su adversario que en pocos minutos lo arrincona.

—¡Ya! ¡Basta! ¡Me rindo! —baja su macuahuitl, aceptando su derrota.

El tecutli chichimeca da unos pasos hacia atrás y le ordena que se arrodille. El capitán tepaneca saca secretamente una lancilla y antes de poner sus rodillas sobre el piso dispara aquella arma que pronto da en la pantorrilla de Nezahualcóyotl.

—¡No he de morir sin antes quitarte la vida! —grita, levanta su macuahuitl y se pone en guardia nuevamente.

Sin mirar el chorro de sangre que le escurre de la pierna, el Coyote hambriento libera toda su rabia y sigue lanzando golpes. El capitán puede neutralizarlos con su arma, hasta que de pronto Nezahualcóyotl pierde el balance y tropieza. Se le va encima, pero Nezahualcóyotl esquiva los ataques rodando por el suelo y toma un cuchillo. El tepaneca quiere golpearlo en la cabeza, pero Nezahualcóyotl se defiende dándole patadas en las pantorrillas. Finalmente el Coyote ayunado logra lanzar su arma.

Los ojos del capitán tepaneca se inflaman. Tiene el cuchillo enterrado en la garganta, mientras un chorro de sangre le escurre por el pecho. Deja caer su macuahuitl sin quitar la mirada de aquel hombre que le acaba de arrancar la vida. Cae de rodillas frente a Nezahualcóyotl, quien se apura a moverse para que el cuerpo de aquel moribundo no le caiga encima.

Al ponerse de pie descubre que su tropa continúa luchando. Sin detenerse a apoyarlos se encamina al interior del palacio. En ese momento lo recibe otro soldado tepaneca.

—¿Dónde está Mashtla? —grita Nezahualcóyotl y camina enfurecido con sus armas en las manos, sin una sola joya o pluma que decorare su indumentaria.

—¿Quién eres tú? —pregunta el soldado.

—¡Soy Nezahualcóyotl! —levanta velozmente su macuahuitl—. ¡Soy el legítimo heredero del imperio chichimeca! —y le da un golpe certero en la cabeza.

Al entrar a la sala principal se encuentra con los ministros y consejeros de Azcapotzalco.

—¡Mi señor! —dicen de rodillas—. ¡Le rogamos nos perdone la vida!

—¿Dónde está Mashtla? —pregunta Nezahualcóyotl al acercarse a uno de ellos.

—¡Se ha marchado!

El Coyote ayunado levanta su macuahuitl y le da un golpe al ministro que le ha respondido. Su cabeza sale rodando y la sangre salpica a todos los que se encuentran arrodillados alrededor.

—¡¿Dónde está Mashtla?!

—Salió por allá —señala uno de ellos al tiempo que cierra los ojos, esperando que el tecutli chichimeca le perdone la vida, lo cual no ocurre: también le corta la cabeza. En ese momento comienzan a entrar los soldados que le habían acompañado.

—Mi señor —dice uno de ellos—, ya hemos acabado con los soldados tepanecas que están en la entrada.

—¡Ahora maten a estos hombres! —grita Nezahualcóyotl—. ¡A todos! ¡Que no quede uno solo vivo! ¡Ustedes —señaló a unos cuantos soldados—, síganme!

El Coyote hambriento se dirige a la salida que señaló el ministro tepaneca. De pronto ve una sombra. Comienza a correr. Los soldados le siguen el paso.

—Mi señor —dice un soldado en cuanto reconoce a la persona que persiguen—. Es el sirviente de Mashtla.

Pronto llegan a la zona de los templos. Y la imagen del enano se hace evidente.

—¡No lo dejen escapar! —grita Nezahualcóyotl.

El enano aterrado comienza a escalar el edificio de los sacrificios. Son cincuenta escalones. Cree que ahí tiene cincuenta posibilidades de sobrevivir. A la mitad del edificio hay una entrada por la cual puede escabullirse. Pocos conocen su interior. Pero los escalones son demasiado altos para él. Los soldados llegan al pie del edificio y comienzan a subir. El enano saca su pequeño arco y dispara una flecha que da certera en el pecho de un soldado. Pero pronto los soldados de Nezahualcóyotl están a tan sólo cuatro escalones de diferencia. Uno de ellos enfurece por la muerte de su compañero, lanza una flecha que atraviesa la espalda del enano, quien se tambalea por un instante. Cae de espaldas y comienza a rodar por los escalones. Los soldados lo reciben para evitarle una muerte pronta. Lo cargan y lo llevan al pie del edificio, donde los espera Nezahualcóyotl.

—¿Cómo te llamas?

—Tlatólton —responde aterrado—. ¡No me maten! ¡Se lo ruego! ¡Yo sólo soy un esclavo!

—¿Dónde está tu amo?

—Escondido en el temazcali.

—¡Mátenlo! —ordena el Coyote sediento. El soldado saca su cuchillo y sin esperar más lo entierra en el pecho del enano que ya está al borde de la muerte.

El Coyote hambriento sale con sus soldados en dirección al temazcali, donde encuentra al tecutli tepaneca escondido como una alimaña. Lo mira con desprecio.

—¡Ahí estás, cobarde!

Mashtla no responde. Se halla bañado en sudor sentado en un rincón.

—¡Arréstenlo! —ordena Nezahualcóyotl.

En cuanto los soldados caminan hacia el tecutli tepaneca, éste se impulsa con las manos y pies hacia atrás tratando de escapar. Pero no tiene adónde huir. El lugar está lleno de soldados de Nezahualcóyotl. Al salir, comienza a correr desesperado. Los soldados no se preocupan por alcanzarlo pues no hay forma de esquivarlos. Está rodeado. Nezahualcóyotl y su tropa observan cómo, asustado, intenta evadirlos. Pronto, un grupo de soldados lo recibe en el otro extremo.

—¡No! ¡No me pueden hacer esto! ¡Soy el huey chichimecatecutli! ¡Yo soy el gran tecutli!

—Anda, camina —lo amenazan con las lanzas. Pero Mashtla se rehúsa a dar un paso.

Entonces uno de los soldados le da una patada en las nalgas.

—¡Camina! —le grita.

Nada de eso sirve para que el tecutli derrotado mueva un pie. Entonces un grupo de soldados lo lleva a rastras al centro de la plaza de la ciudad de Azcapotzalco, donde ya tienen presos a los soldados tepanecas que lograron sobrevivir. Los

obligan a ponerse de rodillas. El único que se niega a obedecer es Mashtla. Los soldados chichimecas lo empujan para que
caiga de rodillas, pero él se vuelve a poner de pie. Nezahualcóyotl aparece en medio de la multitud. Camina hacia su enemigo, lo mira a los ojos:

—¡Arrodíllate! —le ordena. Pero éste no responde. Mira en
todas direcciones, humillado. Su gente no hace nada por de-
fenderlo. Está acabado y sabe que su vida terminará en unos
cuantos minutos.

—¡Te ordeno que te arrodilles! —grita Nezahualcóyotl y levanta su macuahuitl.

Mashtla tiembla. Baja la cabeza. Sin más se deja caer en el
piso y se cubre la nuca con ambas manos.

—¡Levanta la cabeza!

—¡No me mates!

—¡Mírame! —exige Nezahualcóyotl aún con el macuahuitl
en alto.

—¡Piedad! —las lágrimas recorren las mejillas de Mashtla.

—¡Levanta la cabeza!

El tecutli tepaneca alza la mirada y se encuentra con el peor
de los Coyotes que han existido. Lo vio desde que nació, conoció al crío indefenso, al joven asustado, al Coyote sediento de auxilio, al Coyote ayunado entre los bosques, al Coyote
hambriento de aliados, y ahora se encuentra frente al Coyote que sacia su sed de venganza, su hambre de poder, que
alimenta la palabra empeñada a su pueblo: Acolmiztli Nezahualcóyotl, el gran chichimecatecutli, el tecutli acolhua, el
conquistador.

—¡No me mates! —grita con la cara bañada en lágrimas—.
¡No me mates! ¡No me mates!

—Mataste a tu hermano, mandaste asesinar a los tetecuhtin
de Tlatelolco y Tenochtítlan, ordenaste mi persecución y la de
muchos inocentes.

—¡Fue Tlacaélel!

—¡¿Qué?!

—¡Tlacaélel me entregó a Chimalpopoca! ¡Él mató a su mujer! ¡Fue Tlacaélel!

—¡Mientes!

—¡No miento! ¡Admito cada uno de mis delitos, excepto esos dos! ¡Fue Tlacaélel! —intenta alejarse del Coyote hambriento—. ¡No me mates!

Nezahualcóyotl alza aún más su macuahuitl. Está confundido con lo que acaba de escuchar.

—¡No! ¡No! ¡No! —grita aterrado y se agacha hasta el suelo.

De pronto comienza a arrastrarse por el piso. Dos soldados se acercan a él y lo jalan de regreso. Lo obligan a ponerse de rodillas, sin que deje de suplicar piedad.

En el momento en el que Mashtla obedece, la furia del Coyote ayunado se vacía en un solo golpe. Sacia su sed de venganza. Le corta la cabeza sin clemencia. Acaba con el imperio tepaneca que jamás volverá a recuperarse. Nunca más.

Hay un gran silencio. Nadie se mueve. La cabeza del despiadado Mashtla sale volando. Salpica sangre por todas partes, mientras el cuerpo decapitado se zangolotea por dos segundos antes de caer como un pesado costal en el suelo.

Luego, Nezahualcóyotl camina hacia el cadáver, lo observa y en su interior se aglomera un maremoto de emociones: la muerte de su padre y la de tantas personas por culpa de los tepanecas, sus años de tormento, hambre y soledad. Se agacha y con las dos manos voltea pecho arriba el cuerpo lleno de tierra y sangre. Saca su cuchillo. Lo observa por unos breves segundos. Lo alza a la altura de sus ojos. Y como si estuviese destazando un venado le abre el abdomen frente a todos. Mete las manos y con gran fuerza comienza a cortar las arterias y todo a su paso, hasta llegar al corazón, el cual arranca con fuerza. Se pone de pie y lo muestra a la multitud. La sangre le escurre por los brazos. Se dirige a los cuatro vientos y esparce la sangre por la plaza.

—Arrojen su cadáver a las aves carroñeras.

40

Después de la destrucción de Azcapotzalco, el asesinato de Mashtla y la muerte de miles, algunos pobladores vecinos comienzan a decir que la gran victoria no es más que la evidencia de que Nezahualcóyotl es un tirano, igual que Tezozómoc y Mashtla.

Mientras que los aliados del Coyote opinan que Nezahualcóyotl es el gran héroe que recuperó el imperio y salvó a los pueblos sojuzgados por Tezozómoc y Mashtla.

—Así son las guerras. Mucha gente tiene que morir. El fin justifica los medios.

—¿La mano del héroe no se tiñe de rojo cuando mata? —preguntan los que están en contra de Nezahualcóyotl.

Luego del saqueo, el genocidio y la destrucción total, el formidable despojo es cedido a los soldados victoriosos, la ciudad es destinada a las ferias de los esclavos. Las tropas salen —nuevamente divididas en cuatro— rumbo a Tenayuca, la cuna del imperio chichimeca, que en ese momento se encuentra ocupada por los enemigos. Después de unos días de batalla logran conquistarla. Lo mismo ocurre los días siguientes con todas las pequeñas poblaciones que los aliados de los tepanecas aún conservan, ya sin fuerza para defenderse.

Al finalizar Nezahualcóyotl deja bien fortificadas aquellas ciudades para evitar futuros levantamientos y se dirige a Meshíco

Tenochtítlan, donde las multitudes salen a recibirlos saludando a todos los capitanes con palabras muy corteses, entregándoles rosas, perfumaderos, mantas galanas, pañetes labrados, bezoleras, orejeras y comidas de guajolotes, tamales rellenos con carne de conejo o codorniz, brebajes de cacao y pinole. Se hacen grandes fiestas con danzas, banquetes y sacrificios a los dioses, entre los cuales mueren muchos soldados enemigos. Las tropas auxiliares vuelven a sus casas a descansar y a disfrutar del botín de los vencidos. Premió particularmente a los señores de Tlashcálan y Hueshotzinco.

Sólo falta que todos los pueblos aliados reconozcan y juren al Coyote hambriento como huey chichimecatecutli. Los meshícas invitan a Nezahualcóyotl a su isla a disfrutar de un majestuoso banquete. El príncipe chichimeca asiste en compañía de todas sus concubinas, hijos, ministros y aliados. Está seguro de que los tenoshcas han preparado todo para celebrar su jura. Al llegar descubre que los miembros del Consejo están en sesión para elegir al nuevo miembro. Izcóatl, por ser el tlatoani, no puede estar presente. Pero mientras esperan, invita a Nezahualcóyotl a beber un poco de octli.

—Tengo entendido que sólo pueden ser seis y la única forma para que elijan a otro es porque uno de ellos murió —pregunta Nezahualcóyotl—. ¿Cuál de los miembros del Consejo murió?

—Totepehua. Murió mientras estábamos en la guerra. Ya era muy viejo... El más anciano de todos.

—Lo siento.

—Yo más. Era mi mejor consejero. El más sabio de todos.

Ambos se mantienen en silencio por unos minutos. Luego el tlatoani le comenta que en los últimos meses el Consejo estuvo trabajando en varias reformas.

—¿Reformas sin tu consentimiento? —pregunta Nezahualcóyotl algo confundido.

—Tras el secuestro de Chimalpopoca, el Consejo no estuvo autorizado para tomar decisiones. Entonces han llegado a la conclusión de que ellos deben tener mayores facultades. Lo cual implica que yo, es decir, el tlatoani, estaría por debajo del Consejo. Cualquier decisión que quiera tomar, ellos la tienen que aprobar.

—Pero eso es absurdo... —Nezahualcóyotl no puede creer lo que escucha.

—Al final son ellos quienes eligen al tlatoani. Ellos creen que también deben ser quienes guíen al tlatoani para que no se convierta en un tirano como Mashtla.

—¿Y tú estás de acuerdo?

—No del todo, pero admito que tienen razón. Cuando Mashtla mandó secuestrar a Chimalpopoca, nosotros...

—Sobre eso... —el príncipe chichimeca interrumpe a su tío—. Necesito decirte algo...

—¿Qué? —Izcóatl mira intrigado a su sobrino.

—Quien mandó secuestrar a Chimalpopoca fue...

En ese momento salen todos los miembros del Consejo y los candidatos. Izcóatl se pone de pie para escuchar el resultado.

—Los miembros del Consejo hemos aprobado las reformas a nuestras leyes de gobierno —informa Azayoltzin—. Asimismo hemos elegido como sexto miembro del Consejo al honorable Tlacaélel.

Nezahualcóyotl se pierde entre la multitud que se acerca para felicitar al nuevo sacerdote y miembro del Consejo. Inmediatamente llevan a todos a la sala principal para disfrutar del banquete. El príncipe chichimeca permanece en silencio la mayor parte del tiempo. Se siente sumamente incómodo. Sólo quiere regresar a su palacio en Teshcuco. Había planeado permanecer los días que fueran necesarios si acaso se llevaba a cabo su jura en ese momento. Pero dadas las circunstancias decide volver a Teshcuco y él mismo organizar la jura. Entonces se pone de pie, se dirige a Izcóatl y se despide. Y antes de dar media vuelta para abandonar la sala, decide dejar en claro que ya deben reconocerlo como huey chichimecatecutli. Entonces uno de los miembros del Consejo se pone de pie y camina hacia el príncipe.

—Querido y respetable príncipe Nezahualcóyotl —dice Azayoltzin—, los miembros del Consejo hemos dialogado mucho sobre los acontecimientos. Y hemos llegado a la conclusión de que el imperio debe ser dividido entre Teshcuco y Tenochtítlan.

—¿De qué hablas? —la mirada de Nezahualcóyotl se mantiene fija. No puede creer lo que acaba de escuchar—. Ése no es el acuerdo que teníamos.

—Ahora lo es —interviene Tlacaélel, de pie, a un lado del sacerdote Azayoltzin.

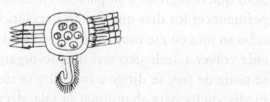

Continuará…

Sobre los poemas atribuidos
a Nezahualcóyotl

A Nezahualcóyotl se le conoce principalmente como el "rey poeta". Desafortunadamente no hay manera de comprobar que los poemas que se le atribuyen hayan sido creados por él. Los pueblos mesoamericanos no tenían una grafía, la lengua náhuatl carecía de un alfabeto. Entonces resulta imposible que Nezahualcóyotl haya escrito una sola palabra en vida. Sin embargo, eso no implica que jamás haya concebido un poema, aunque en realidad eran cantos. Los miembros de la nobleza aprendían a crear cantos en el calmécac. Entendido desde esa perspectiva, Izcóatl, Moctezuma Xocoyotzin, Cuitláhuac, entre otros, también fueron poetas. Al igual que la historia, esos cantos eran preservados en la memoria colectiva de manera oral, de una generación a otra. Resulta imposible conocer la cantidad de modificaciones que sufrieron esos cantos en más de ciento cincuenta años, desde la edad media de Nezahualcóyotl hasta que fueron vertidos en el alfabeto castellano.

¿Cómo llegó la poesía que se le atribuye a Nezahualcóyotl hasta nuestros días?

Al final de su vida, Nezahualcóyotl tenía ciento diecinueve hijos: sesenta y dos hombres y cincuenta y siete mujeres. Sólo dos de ellos fueron hijos de su matrimonio formal: Tetzauhpintzintli, quien fue acusado de rebeldía contra el tlatoani —por un medio hermano que aspiraba a ser el heredero— y murió tras ser juzgado por las legislaciones impuestas por Nezahualcóyotl; y Nezahualpilli —que nació en 1465, cuando Nezahualcóyotl tenía sesenta y tres años de vida y su esposa alrededor de cuarenta.

Nezahualpilli se casó con Yacotzin y engendraron, entre otros hijos, a uno llamado Ixtlilxóchitl (nieto de Nezahualcóyotl), quien se casó con Papatzin Oxomoc y tuvieron una hija nombrada Ana Cortés Ixtlilxóchitl (bisnieta de Nezahualcóyotl). Ella fue madre de Francisca Cristina Verdugo Ixtlilxóchitl (tataranieta de Nezahualcóyotl). Francisca procreó una hija a la que llamó Ana Cortés Ixtlilxóchitl (trastataranieta de Nezahualcóyotl). Ana fue madre de Fernando de Alva Ixtlilxóchitl (pentanieto de Nezahualcóyotl), quien nació alrededor de 1578 y falleció entre 1648 y 1650. Es decir que Fernando de Alva Ixtlilxóchitl nació aproximadamente ciento seis años después de la muerte de su pentabuelo Nezahualcóyotl.

Fernando de Alva Ixtlilxóchitl, un mestizo, es el cronista principal de Nezahualcóyotl. "Escribe para exaltar la memoria de su pueblo y conservar su pasado, pero también para alegar ante la Corona sus derechos de herencia. Él podía ostentarse como sucesor de la nobleza tezcocana y mexicana a la vez. Era descendiente de Nezahualcóyotl y de Cuitláhuac", escribió el historiador José Luis Martínez. Asimismo, el historiador atribuyó a Alva Ixtlilxóchitl la creación de los poemas llamados "Liras de Nezahualcóyotl" y "Romances de Nezahualcóyotl" como una exaltación de su ancestro. "Son poemas —escribió José Luis Martínez—, por consiguiente, cabalmente de Alva Ixtlilxóchitl, escritos a fines del siglo XVI o principios del XVII, concebidos y realizados en bien ejercitadas formas españolas, e inspirados en temas y pasajes de Nezahualcóyotl, a cuya gloria y fama están dedicados."

La historia de México Tenochtitlan

La historia de México Tenochtitlan se divide en tres periodos. En el primero, entre 1240 y 1429, surge el imperio chichimeca; peregrinan las siete tribus nahuatlacas que llegan al valle del Anáhuac; tiene lugar la sujeción de los mexicas al señorío tepaneca, así como su posterior liberación. Esto se aborda en *Tezozómoc. El tirano olvidado* y *Nezahualcóyotl. El despertar del coyote*, primeras dos entregas de la octología Grandes tlatoanis del imperio.

En el segundo periodo, que va de 1429 a 1502, se crea la Triple Alianza entre Texcoco, Tacuba y México Tenochtitlan, y florece el imperio mexica, el cual alcanza su mayor esplendor. Lo anterior se expone en *Tlacaélel. Somos mexicas*, *Axayácatl. Esplendor y terror* y *Ahuízotl. La perfección del imperio*.

El último periodo, entre 1502 y 1525, comprende la llegada de los españoles al valle del Anáhuac y la caída del imperio mexica, lo cual está expuesto en los últimos tres tomos de la serie: *Moctezuma Xocoyotzin. Entre la espada y la cruz*, *Cuitláhuac. Entre la viruela y la pólvora* y *Cuauhtémoc. El ocaso del imperio*.

Linaje chichimeca

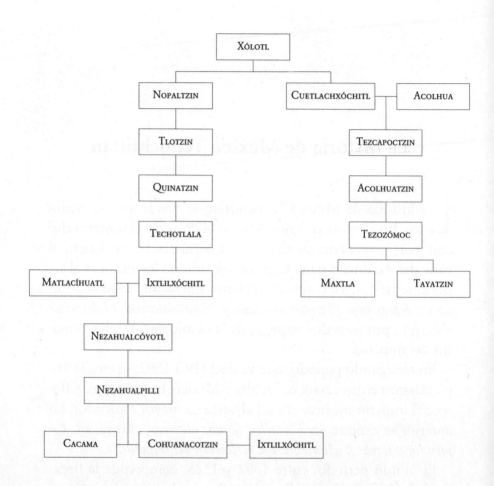

Linaje mexica

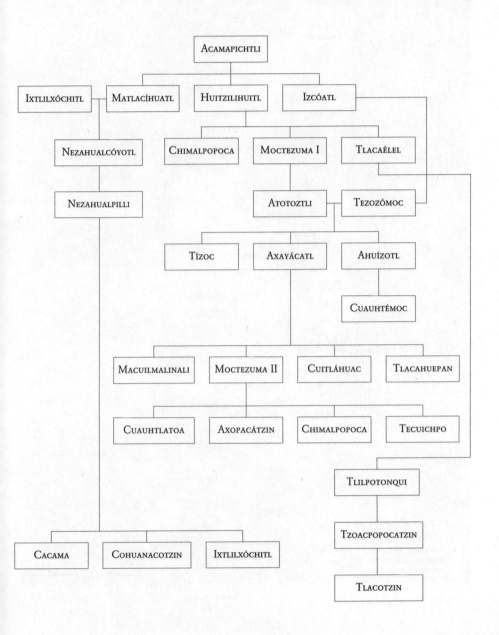

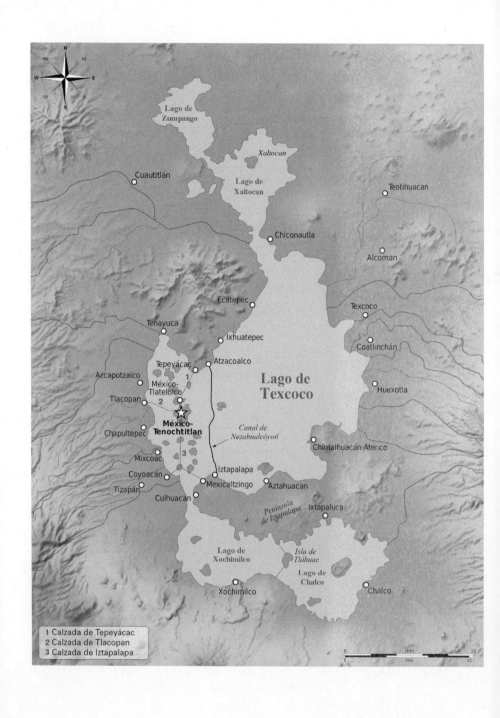

N
NW NE
W E
SW SE
S

Lago de
Zumpango

Xaltocan

Cuautitlán

Lago de
Xaltocan

Teotihuacan

Chiconautla

Alcoman

Ecatepec

Texcoco

Tenayuca

Ixhuatepec

Coatlinchán

Tepeyácac

Atzacoalco

Lago de
Texcoco

Azcapotzalco

1

México-
Tlatelolco

Huexotla

Tlacopan

2

México-
Tenochtitlan

Canal de
Nezahualcóyotl

Chapultepec

Chimalhuacán-Atenco

Mixcoac

3

Coyoacán

Iztapalapa

Tizapán

Mexicaltzingo

Aztahuacan

Culhuacán

Península
de Iztapalapa

Ixtapaluca

Lago de
Xochimilco

Isla de
Tláhuac

Lago de
Chalco

Xochimilco

Chalco

1 Calzada de Tepeyácac
2 Calzada de Tlacopan
3 Calzada de Iztapalapa

0   (km)   25
0   (mi)   15

Dinastía chichimeca

De ascendencia tolteca. Después del mestizaje fueron tolteca-chichimeca-acolhua-colhua-mexica.

El imperio de los toltecas —ubicado en el actual Tula, Hidalgo— comenzó aproximadamente en el año 667 d.C., y se cree que duró 384 años. Es decir, que para el año 1051 ya había caído en la ruina.

Las causas de la ruina del imperio tolteca son desconocidas. Sus sobrevivientes emigraron, llegando incluso a Yucatán y Guatemala. Otras familias decidieron permanecer en el valle del Anáhuac, pero no fueron suficientes para mantener vivo su legado. En su mayoría la tierra quedó despoblada por casi un siglo.

Xólotl decidió buscar con su familia, amigos, seguidores y un ejército cuantioso, un lugar donde fundar su propio señorío. Al llegar a Tenayuca —situada al pie del cerro del Tenayo, en la Sierra de Guadalupe, en el municipio de Tlalnepantla de Baz, Estado de México—, el príncipe Nopaltzin (hijo de Xólotl) disparó cuatro flechas hacia cada uno de los puntos cardinales en señal de posesión y ahí comenzó el imperio chichimeca (o acolhua).

DESCENDENCIA

Xólotl, fundador del imperio chichimeca.
Cuetlachxóchitl, hija de Xólotl y esposa de Acolhua, tecutli de Azcapotzalco.
Nopaltzin, hijo de Xólotl y segundo tecutli chichimeca.
Tlotzin, hijo de Nopaltzin y tercer tecutli chichimeca.
Quinatzin, bisnieto de Xólotl y cuarto tecutli chichimeca.
Chicomacatzin, hijo de Quinatzin, heredero original del reino, y traidor. Intenta asesinar a su padre para quedarse con el imperio.
Xoltzin, hijo de Quinatzin.
Nahuatzin, hijo de Quinatzin.
Tochintzin, hijo de Quinatzin.
Techotlala, hijo de Quinatzin, tataranieto de Xólotl y quinto tecutli chichimeca.
Ixtlilxóchitl, hijo de Techotlala y sexto tecutli chichimeca.
Acatlotzin, hijo de Techotlala. En la guerra es desollado vivo por los soldados de Tezozómoc.
Nezahualcóyotl, hijo de Ixtlilxóchitl, séptimo tecutli chichimeca.
Xontecohuatl, hijo de Ixtlilxóchitl.
Tlilmatzin, hijo de Ixtlilxóchitl.

Dinastía tepaneca

De ascendencia azteca. Después del mestizaje fueron azteca-tolteca-chichimeca-tepaneca.

Ocho años después de la fundación de Tenayuca —aproximadamente en 1252—, comenzaron a llegar algunos de los grupos provenientes de Áztlan, entre ellos los tepanecas. Le pidieron permiso a Xólotl, huey tecutli chichimeca, de habitar en sus tierras a cambio de vasallaje. El tecutli chichimeca les dio tierras y a una de sus hijas para que fuera la esposa de Acolhua, quien a partir de entonces se convirtió en el primer tecutli de Azcapotzalco.

DESCENDENCIA

Acolhua, primer tlatoani de Azcapotzalco y bisabuelo de Tezozómoc.

Tezcapoctzin, segundo tlatoani de Azcapotzalco y abuelo de Tezozómoc.

Acolhuatzin, tercer tlatoani de Azcapotzalco y padre de Tezozómoc.

Tezozómoc, cuarto tlatoani de Azcapotzalco.

Maxtla, quinto (y último) tlatoani de Azcapotzalco e hijo de Tezozómoc.

Tayatzin, hijo de Tezozómoc.

Cuacuapitzahuac, hijo de Tezozómoc y primer tlatoani de Tlatelolco.

Tecpatlxóchitl, hija de Tezozómoc y esposa de Ixtlilxóchitl, por unos días.

Ayacíhuatl, hija de Tezozómoc y esposa de Huitzilihuitl.

Dinastía mexica

D e ascendencia azteca. Después del mestizaje fueron azteca-tolteca-chichimeca-colhua-mexica.

El término *azteca* se refiere a las tribus originarias del mítico lugar llamado Áztlan "lugar de garzas", cuya ubicación es hasta el día de hoy desconocida. La leyenda dice que las siete tribus nahuatlacas (mexitin, colhuas, tepanecas, xochimilcas, chalcas, tlahuicas y tlaxcaltecas) partieron de Áztlan entre el año 1064 y 1168 d. C., en busca de la tierra que su portentoso dios Huitzilopochtli "colibrí zurdo" les había prometido. Al principio, los siete barrios se llamaban: Iopico, Tlacoch calca, Huitznahuac, Cihuatepaneca, Chalmeca, Tlacatepaneca e Izquiteca. En los años que duró su recorrido, estas tribus se separaron debido a múltiples discordias. Unos llegaron al Anáhuac mucho antes que otros y se asentaron en las tierras que consideraron las mejores o en las que les fue posible. Los últimos en llegar fueron los mexicas y tlatelolcas, quienes entonces eran una misma tribu, aunque hay versiones que afirman lo contrario.

Cuando llegaron las siete tribus nahuatlacas, la Cuenca del Anáhuac ya se encontraba habitada por diversas tribus descendientes de los toltecas-chichimecas.

Huitzitzilin, guía de los meshícas, y tras su muerte convertido en el dios de la guerra Huitzilopochtli.

Tenoch, fundador de Meshíco Tenochtítlan.

Acamapichtli, primer tlatoani de Meshíco Tenochtítlan.

Ilancueitl, esposa de Acamapichtli.

Matlacíhuatl, hija de Acamapichtli, esposa de Ixtlilxóchitl y madre de Nezahualcóyotl.

Izcóatl, hijo bastardo de Acamapichtli.

Huitzilihuitl, hijo legítimo de Acamapichtli.

Chimalpopoca, hijo de Huitzilihuitl y de Ayacíhuatl, hija de Tezozómoc.

Motecuzoma Ilhuicamina, hijo de Huitzilihuitl y de Miahuaxíhuatl, princesa de Cuauhnáhuac. Hermano gemelo de Tlacaélel.

Tlacaélel, hijo de Huitzilihuitl y de Miahuaxíhuatl, princesa de Cuauhnáhuac. Hermano gemelo de Motecuzoma Ilhuicamina.

Dinastía tlatelolca

De ascendencia azteca. Después del mestizaje fueron azteca-tepaneca-colhua-mexica-tlatelolca.

Cuacuauhpitzahuac, hijo de Tezozómoc y primer tlatoani de Tlatelolco.

Tlacateotzin, hijo de Cuacuauhpitzahuac, segundo tlatoani de Tlatelolco y general de las tropas de Tezozómoc en la guerra contra Ixtlilxóchitl.

Matlalatzin, hija de Tlacateotzin, bisnieta de Tezozómoc y esposa de Chimalpopoca.

Cihuachnahuacatzin, hijo del tlamacazqui (sacerdote) de Hueshotla y nieto de Tlacateotzin, tecutli de Tlatelolco y bisnieto de Tezozómoc. Es enviado por Ixtlilxóchitl a declararle la guerra a Tezozómoc.

Cuauhtlatoa, hijo Tlacateotzin y tercer tlatoani de Tlatelolco.

Tlatoque en orden cronológico

Tenoch, "Tuna de piedra", fundador de Tenochtítlan. Nació aproximadamente en 1299. Gobernó aproximadamente entre 1325 y 1363.

Acamapichtli, "El que empuña la caña" o "Puño cerrado con caña". Primer tlatoani. Hijo de Opochtli, un principal mexica y Atotoztli, hija de Náuhyotl, tlatoani de Culhuacan. Nació aproximadamente en 1355. Gobernó aproximadamente entre 1375 y 1395.

Huitzilíhuitl, "Pluma de colibrí". Segundo tlatoani e hijo de Acamapichtli y una de sus concubinas. Nació aproximadamente en 1375. Gobernó aproximadamente entre 1396 y 1417.

Chimalpopoca, "Escudo humeante". Tercer tlatoani e hijo de Huitzilíhuitl y Miahuehxichtzin, hija de Tezozómoc, señor de Azcapotzalco. Nació aproximadamente en 1405. Gobernó aproximadamente entre 1417 y 1426.

Izcóatl, "Serpiente de obsidiana". Cuarto tlatoani e hijo de Acamapichtli y una esclava tepaneca. Nació aproximadamente en 1380. Gobernó entre 1427 y 1440.

Motecuzoma Ilhuicamina, "El que se muestra enojado, Flechador del cielo". Quinto tlatoani e hijo de Huitzilíhuitl y Miahuaxíhuatl, princesa de Cuauhnáhuac. Nació aproximadamente en 1390. Gobernó entre 1440 y 1469.

Axayácatl, "El de la máscara de agua". Sexto tlatoani. Nieto de Motecuzoma Ilhuicamina, cuya hija, Atotoztli se casó con Tezozómoc, hijo de Izcóatl. Ambos padres de Axayácatl, Tízoc y Ahuízotl. Nació aproximadamente en 1450. Gobernó entre 1469 y 1481.

Tízoc, "El que hace sacrificio". Séptimo tlatoani. Nieto de Motecuzoma Ilhuicamina, cuya hija Atotoztli se casó con Tezozómoc, hijo de Izcóatl. Ambos padres de Axayácatl, Tízoc y Ahuízotl. Nació aproximadamente en 1436. Gobernó entre 1481 y 1486.

Ahuízotl, "El espinoso del agua". Octavo tlatoani. Nieto de Motecuzoma Ilhuicamina, cuya hija Atotoztli se casó con Tezozómoc, hijo de Izcóatl. Ambos padres de Axayácatl, Tízoc y Ahuízotl. Se desconoce su fecha de nacimiento. Gobernó entre 1486 y 1502.

Motecuzoma Xocoyotzin, "El que se muestra enojado, el joven". Noveno tlatoani. Hijo de Axayácatl y la hija del señor de Iztapalapan, también llamado Cuitláhuac. Nació aproximadamente en 1467. Gobernó de 1502 al 29 de junio de 1520.

Cuauhtlahuac, "Águila sobre el agua". *Cuitláhuac* fue una derivación en la pronunciación de Malintzin al hablar con los españoles. Por lo tanto se ha traducido como "Excremento divino". Décimo tlatoani e hijo de Axayácatl y la hija del señor de Iztapalapan, también llamado Cuauhtlahuac. Nació aproximadamente en 1469. Gobernó del 7 de septiembre al 25 de noviembre de 1520.

Cuauhtémoc, "Águila que desciende" o, más correctamente, "Sol que desciende", pues los aztecas asociaban al águila con el Sol, en especial la nobleza. Onceavo tlatoani. Hijo de Ahuízotl y Tilacápatl, hija de Moquihuixtli, el último señor de Tlatelolco antes de ser conquistados por los mexicas. Nació aproximadamente en 1500. Gobernó del 25 de enero de 1521 al 13 de agosto de 1521.

Cronología

* Las fechas marcadas con asterisco son aproximadas, el dato exacto se desconoce.

1429*	Derrota de los tepanecas. Izcóatl es proclamado cuarto tlatoani. Creación de la Triple Alianza entre Texcoco, Tlacopan y México Tenochtitlan.
1440	Moctezuma Ilhuicamina es proclamado quinto tlatoani.
1469	Axayácatl es proclamado sexto tlatoani.
1472	Muerte de Nezahualcóyotl.
1473	Conquista de Tlatelolco.
1474	Isabel de Castilla es proclamada reina de Castilla.
1479	Fernando es proclamado rey de Aragón.
1481	Tízoc es proclamado séptimo tlatoani.
1485	Nace Hernán Cortés en Medellín, Extremadura.
1486	Ahuízotl es proclamado octavo tlatoani.
1492	Fin del gobierno moro en Granada. Rodrigo Borgia es proclamado papa Alejandro VI. Llegada de Cristóbal Colón a las Lucayas, actualmente Bahamas, y luego a La Española, hoy en día Haití y Cuba.
1494	Se funda La Española (Haití), primera ciudad española en el Nuevo Mundo.
1500	Nace Carlos de Gante. Portugal se apropia las tierras de Brasil.
1502	Moctezuma Xocoyotzin es proclamado noveno tlatoani.
1504	Hernán Cortés sale de Sanlúcar y llega a Santo Domingo. Muere Isabel la Católica.
1511	Naufragio del navío en el que viajaban Gonzalo Guerrero y Jerónimo de Aguilar.
1515	Muerte de Nezahualpilli, rey de Acolhuacan.
1516	Muerte del rey Fernando el Católico y proclamación de Carlos de Gante como rey de Castilla.
1517	Expedición de Francisco Hernández de Córdova a la península de Yucatán.
1518	Expedición de Juan de Grijalva a la península de Yucatán y el golfo de México.
1519	Expedición de Hernán Cortés a la península de Yucatán y el golfo de México. Recorrido de Cortés desde Veracruz hasta México Tenochtitlan. Moctezuma es retenido por los españoles en el

palacio de Axayácatl. El rey Carlos I de España es proclamado emperador de Alemania.

1520   Batalla entre Cortés y Narváez en Cempoala. Matanza del Templo Mayor. Muerte de Moctezuma Xocoyotzin. Salida de los españoles de México Tenochtitlan. Cuitláhuac es proclamado décimo tlatoani. Llegada de la viruela a todo el Valle del Anáhuac. Muerte de Cuitláhuac. Cuauhtémoc es proclamado undécimo tlatoani.

1521   Caída de México Tenochtitlan.

1522   Comienza la construcción de la Nueva España. Carlos V nombra capitán general, justicia mayor y gobernador de la Nueva España a Hernán Cortés. Muere en Coyoacán Catalina de Xuárez, esposa de Cortés, poco después de haber llegado a la Nueva España. Nace Martín Cortés, hijo de Malintzin y Hernán Cortés.

1523   Hernán Cortés derrota a los rebeldes en la Huasteca.

1524   Llegan a América los primeros doce franciscanos, entre ellos Toribio Paredes de Benavente, conocido como Motolinía. Cristóbal de Olid viaja a Las Hibueras y traiciona a Cortés, quien a su vez es derrotado por González de Ávila y Francisco de las Casas, ellos juzgan, condenan y decapitan a Cristóbal de Olid. Hernán Cortés abandona la Nueva España y sale rumbo a Las Hibueras con miles de sirvientes y miembros de la nobleza como rehenes, entre ellos Cuauhtémoc.

1525   El 28 de febrero, Hernán Cortés condena a la horca a Cuauhtémoc y a algunos miembros de la nobleza acusados de intento de rebelión.

Bibliografía

Alva Ixtlilxóchitl, Fernando de, *Historia de la nación mexicana*, Editorial Dastin, Madrid, 2002.

———, *Obras históricas*, t. i: *Relaciones*; t. ii: *Historia chichimeca*, publicadas y anotadas por Alfredo Chavero, México, Oficina Tip. de la Secretaría de Fomento, 1891-1892; reimpresión fotográfica con prólogo de J. Ignacio Dávila Garibi, México, 1965, 2 vols.

Alvarado Tezozómoc, Hernando de, *Crónica mexicáyotl*, edición y versión del náhuatl de Adriana León, Instituto de Investigaciones Históricas, Universidad Nacional Autónoma de México, México, 1949.

Anales de Tlatelolco, introducción de Robert Barlow y notas de Henrich Berlin, Consejo Nacional para la Cultura y las Artes, México, 1948.

Anónimo de Tlatelolco, Ms. [1528], edición facsimilar de E. Mengin, Copenhague, 1945, fol. 38.

Benavente, fray Toribio de (Motolinía), *Historia de los indios de la Nueva España*, Editorial Porrúa, México, 2001.

———, *Relación de la Nueva España*, introducción de Nicolau d'Olwer, Universidad Nacional Autónoma de México, México, 1956.

Benítez, Fernando, *Los primeros mexicanos. La vida criolla en el siglo xvi*, Era, México, 1962; El Colegio de México, México, 1953.

Casas, Bartolomé de las, *Los indios de México y Nueva España*, prólogo, apéndices y notas de Edmundo O'Gorman, Editorial Porrúa, México, 1966.

Chavero, Alfredo, *México a través de los siglos* [1884], tomos i-ii, Editorial Cumbre, México, 1988.

_____, *Resumen integral de México a través de los siglos*, tomo i, bajo la dirección de Vicente Riva Palacio, Compañía General de Ediciones, México, 1952.

Chimalpain Cuauhtlehuanitzin, Domingo, *Las ocho relaciones y el Memorial de Colhuacan*, Consejo Nacional para la Cultura y las Artes, México, 1998.

Clavijero, Francisco Javier, *Historia antigua de México*, prólogo de Mariano Cuevas, Editorial Porrúa, México, 1964 [de la primera edición de Colección de Escritores Mexicanos, México, 1945, original de 1780].

Códice Florentino [1585], textos nahuas de los informantes indígenas de Sahagún, Dibble y Anderson, Santa Fe, Nuevo México, 1950.

Códice Matritense de la Real Academia de la Historia, vol. viii, textos en náhuatl de los indígenas informantes de Sahagún, edición facsimilar de José del Paso y Troncoso, Fototipia de Hauser y Menet, Madrid, 1907.

Códice Ramírez, Secretaría de Educación Pública, México, 1975.

Durán, fray Diego, *Historia de las Indias de Nueva España* [1581], Editorial Porrúa, México, 1984.

Dyer, Nancy Joe (edición crítica, introducción, notas y apéndice), *Motolinia, Fray Toribio de Benavente. Memoriales*, El Colegio de México, México, 1996.

Fernández de Echeverría y Veytia, Mariano, *Historia antigua de México*, tomo ii, Editorial del Valle de México, México, 1836.

Garibay, Ángel María, *Llave del náhuatl*, Editorial Porrúa, México, 1999 [de la primera edición de 1940.]

_____, *Teogonía e historia de los mexicanos*, Editorial Porrúa, México, 1965.

Gillespie, Susan, *Los tetecuhtin aztecas*, Siglo xxi, México, 1994.

Guzmán-Roca, Luis, *Mitología azteca* , Gradifco srl, Buenos Aires, 2008.

Krickeberg, Walter, *Las antiguas culturas mexicanas*, Fondo de Cultura Económica, México, 1961.

León-Portilla, Miguel, *Historia documental de México*, tomo i, Universidad Nacional Autónoma de México, México, 1984.

_____, *Los antiguos mexicanos a través de sus crónicas y cantares*, Fondo de Cultura Económica, México, 1961.

_____, *Toltecáyotl. Aspectos de la cultura náhuatl*, Fondo de Cultura Económica, México, 1980.

_____, *Visión de los vencidos. Relación indígena de la conquista*, Universidad Nacional Autónoma de México, col. Biblioteca del Estudiante Universitario, México, 1959.

Mann, Charles C., *1491. Una nueva historia de las Américas antes de Colón*, Taurus, México, 2006.

Martínez, José Luis, *Hernán Cortés*, Universidad Nacional Autónoma de México/Fondo de Cultura Económica, México, 1990.

_____, *Nezahualcóyotl, vida y obra*, Fondo de Cultura Económica, México, 1972.

Mendieta, Jerónimo. *Historia eclesiástica indiana*, 4 vols., edición de Joaquín García Icazbalceta, Antigua Librería, México, 1870.

Montell, Jaime, *México: el inicio (1521-1534)*, Joaquín Mortiz, México, 2005.

Orozco y Berra, Manuel, *Historia antigua y de las culturas aborígenes de México*, tomos i y ii, Ediciones Fuente Cultural, México, 1880.

Piña Chan, Román y Patricia Castillo Peña, *Tajín. La ciudad del dios Huracán*, Fondo de Cultura Económica, México, 1999.

Revista Arqueología Mexicana, núm. 58, noviembre-diciembre de 2002; núm. 68, julio-agosto de 2004.

Rodríguez Delgado, Adriana (coord.), *Catálogo de mujeres del ramo Inquisición del Archivo General de la Nación*, Instituto Nacional de Antropología e Historia, México, 2000.

Romero Vargas Yturbide, Ignacio, *Los gobiernos socialistas de Anáhuac*, Sociedad Cultural In Tlilli In Tlapalli, México, 2000.

Sahagún, fray Bernardino de, *Historia general de las cosas de la Nueva España*, Editorial Porrúa, México, 1982 [1956].

Selva, Salomón de la, *Acolmiztli Nezahualcóyotl*, Gobierno del Estado de México, Toluca, 1972.

Toledo Vega, Rafael, *Enigmas de México, la otra historia*, Editorial Tomo, México, 2004.

Torquemada, fray Juan de, *Monarquía indiana*, selección, introducción y notas de Miguel León-Portilla, Universidad Nacional Autónoma de México, México, 1964.

Vigil, José María, *Nezahualcóyotl*, Instituto Mexiquense de Cultura/Universidad Autónoma del Estado de Morelos, México, 1972.

GRANDES TLATOANIS
DEL IMPERIO III

Tlacaélel

Somos mexicas

Adelanto especial del siguiente volumen de esta colección

1

Míralo. Está asustado. Intenta demostrar lo contrario. Arruga las cejas y los labios. Le tiembla la mandíbula. Sabe que con apretar los puños no intimida a nadie. Sin embargo lo hace. Respira exaltado. Te observa con furia. Nezahualcóyotl quiere matarte a golpes.

¿Cómo te atreviste, Tlacaélel? ¿En verdad pretendes arrebatarle al príncipe chichimeca la gloria de recuperar el imperio que le heredó su padre Ishtlilshóchitl? ¿Dividir el huey tlatocayotl* entre Teshcuco y Meshíco Tenochtítlan? ¿Quién te crees que eres? ¡No! El imperio le pertenece a Nezahualcóyotl, al príncipe chichimeca, al único heredero legítimo. El imperio es chichimeca-acolhua. Le pertenece a los descendientes de Shólotl. Tezozómoc y Mashtla eran tepanecas, y a su vez, chichimeca-acolhuas. Tenían derecho a reclamar el imperio por ser bisnieto y tataranieto del fundador. Pero tú, Tlacaélel, eres hijo de Huitzilihuitl, nieto de Acamapichtli, tlatoani de un pueblo que hace algunas décadas no era más que una tribu de bárbaros sin tierras. Los meshícas dejaron de ser plebeyos gracias a que Tezozómoc les entregó a su hija Ayacíhuatl para casarla con Huitzilihuitl y Techotlala casó a Ishtlilshóchitl con Matlacíhuatl, hermana de Huitzilihuitl. Gracias a ellos la isla de Tenochtítlan

---

Huey tlatocayotl: imperio.

creció al triple. Gracias a ellos los tenoshcas se integraron a la nobleza del Anáhuac. ¿Y así le pagas a tu primo Nezahualcóyotl?

Míralo. No puede contener su rabia. Tanto tiempo huyendo de las tropas de Tezozómoc y Mashtla. Tantos años planeando su venganza. Tanto trabajo para convencer a los pueblos vasallos de aliarse a su partido. Tanto esfuerzo para ganar la guerra para que ahora vengas tú a cobrarle el favor. "¿De qué hablas?", la mirada de Nezahualcóyotl se mantiene fija. No puede creer lo que acaba de escuchar. "Ése no es el acuerdo que teníamos", le dice al sacerdote Azayoltzin. "Ahora lo es", intervienes.

[Silencio.]

Nezahualcóyotl te mira fijamente a los ojos. Para él esto es una traición. Peor aún, viniendo de ti, su primo. El príncipe chichimeca y el tlatoani Izcóatl habían acordado una alianza antes de comenzar la guerra en la que Meshíco Tenochtítlan quedaría exento de impuestos de por vida si ganaban la guerra. Un acuerdo que Izcóatl no anunció a nadie más para evitar traiciones dentro del gobierno tenoshca. Un acuerdo que se habría mantenido si tú no hubieras sido electo sacerdote del Consejo y no hubieras impulsado la reforma con la cual todas las decisiones del tlatoani deben ser aprobadas por los seis consejeros. Lo cual implica que en adelante el tlatoani estará debajo del Consejo y el acuerdo entre Nezahualcóyotl e Izcóatl se invalida por no haber sido aprobado por el Consejo. No conforme con quitarle poder al tlatoani de Meshíco Tenochtítlan, ¿ahora pretendes arrebatarle la mitad del imperio a Nezahualcóyotl?

Sí.

"¿Qué esperabas?", deberías responderle al Coyote sediento. "¿Que sacrificaríamos a miles de soldados sólo para saciar tu sed de venganza? ¿Para que te alzaras con la victoria y quedaras en los libros pintados como el gran héroe del Anáhuac? Tú no tenías nada para derrocar a Mashtla. No tenías ejército. No tenías con qué financiar la guerra. Las flechas, arcos, escudos, lanzas y penachos cuestan. Alimentar a los soldados en el campo de batalla cuesta. No tenías nada. ¿Qué esperabas, Coyote ayunado? ¿En verdad creíste que la gente te iba a apoyar sólo por ser el heredero del imperio? ¡Qué equivocado estabas!"

[Silencio.]

Bien hecho, Tlacaélel. No digas nada. Guarda silencio. Déjalo que reaccione, que cometa errores, que diga alguna tontería. Está furioso. Observa su puño derecho. Quiere golpearte pero le tiembla la mano. No se atreve. No lo hará. Cree que es más inteligente que tú. Siempre te ha subestimado, como casi todos. No sabe lo que le espera. Sigue creyendo que los aliados son de verdad. Ignora que las alianzas siempre son a medias y con un cuchillo escondido tras la espalda. Si sus aliados aceptaron levantarse en armas contra Mashtla fue con el único propósito de acabar con el huey chichimeca tlatocayotl y crear otro. Empezar una nueva era. Así es el ciclo de los imperios: desapareció Cuicuilco y surgieron Cholólan* y Teo uacan.** Tras la caída de estas dos ciudades nacieron Tólan*** Shicocotitlan y Shochicalco. Después de la desaparición de los toltecas y los shochicalcas llegó Shólotl, el pentabuelo de Nezahualcóyotl, y fundó en Tenayuca su pequeña ciudad, sin imaginar que un día se convertiría en un imperio. El chichimeca tlatocayotl. El imperio que hoy ha caído.

Nezahualcóyotl nunca será gran chichimecatecutli. Con suerte gobernará Teshcuco. No se ha dado cuenta de que la guerra no ha terminado. No fue suficiente con asesinar a Mashtla e incendiar toda la ciudad de Azcapotzalco. No basta con declararse gran chichimecatecutli. Falta que lo reconozcan y le juren obediencia. Casi todos sus aliados están preparándose para declararse independientes y luego emprender una cadena

---

* Cholólan: generalmente escrita *Cholollan*, actual Cholula, Puebla.
** Un análisis del *Códice Xólotl* maneja la hipótesis de que Teotihuacan no fue la Ciudad de los Dioses, sino la Ciudad del Sol y que la urbe debió ser nombrada Teo uacan, la "Ciudad del Sol", por los chichimecas y algunos toltecas que llegaron al valle después del abandono de la urbe.
*** Tólan: generalmente escrita *Tollan*, actual Tula, Hidalgo.

de conquistas. Iztapalapan, Shochimilco, Mishcohuac, Cuauh-shimalpan, Mishquic, Ashoshco, Huitzilopochco, Atlicuihua-yan,* Coyohuácan, Hueshotla, Shalco. Pero ninguno de esos señoríos tiene el ejército ni la organización que posee Tenoch-títlan. Y no sólo eso. Les falta un guía. Un verdadero líder. Alguien que tenga la visión para hacer de sus pueblos la nueva Teo uacan. Y ése eres tú, Tlacaélel.

Sabes que eres tú. Siempre lo has sabido. Eres el elegido. Naciste para hacer de nuestro pueblo el imperio más grande que haya existido sobre toda la Tierra. Tú honrarás a nuestros ancestros. Tú nos llevarás a la cima de la victoria. Tú eres grande, Tlacaélel. Eres el único que nos puede sacar de esta miseria.

Sin embargo, tu labor no será fácil. Deberás confrontar a los de tu misma raza. Algunos intentarán quitarte del camino. Te traicionarán. Querrán matarte. Y tú. Sí. Tú, el Desposeído, defenderás tu misión, a tu tierra, a tu gente, a tu raza, a tu sangre, por encima de todas las cosas, por encima de tus seres más amados, por encima de cualquiera que pretenda obstaculizar el crecimiento de nuestra isla.

En tus manos recaerá el poder absoluto del gobierno y la religión. Serás proclamado cihuacóatl.** Te convertirás en la consciencia del tlatoani. El gemelo consorte. El guía de los tenoshcas. El líder de las tropas. El sacerdote omnipotente del Coaté-petl. El creador de la ciudad más hermosa que el mundo haya visto jamás.

---

* Actualmente Mixcoac, Cuajimalpa, Ajusco, Churubusco y Tacubaya. Los nombres fueron malinterpretados por los españoles y por ello se han mantenido así hasta el día de hoy.

** En castellano la palabra *cóatl* significa serpiente, pero también tiene otra connotación, la cual aplica como cautivo. Bernardino de Sahagún ofrece una relación de los edificios y al referirse al decimocuarto, llamado cohuacalco, dice: "Era una sala enredada, como cárcel. En ella tenían encerrados a todos los dioses de los pueblos que habían tomado por guerra. Teníanlos allí como cautivos". *Cihuatl* significa mujer, pero también consorte, compañero, copartícipe o consocio. Por lo tanto *cihuacóatl* no significa mujer serpiente en este caso, sino compañero del cautivo o gemelo consorte.

Tú orientarás a los tlatoque. Serás su guía espiritual. Su consciencia. Su voz y su oído. Sus ojos, su olfato y su tacto. Tú, Tlacaélel, les mostrarás el camino. Llevarás a los tenoshcas a las guerras más sangrientas. Enfrentarás a los enemigos más feroces y derribarás a los más poderosos. Subirás a la cima del Coatépetl, sacrificarás a miles de hombres, mujeres y niños capturados en campaña, les abrirás el pecho, levantarás tus brazos bañados en sangre, con un corazón vivo entre tus dedos, lo ofrecerás a los cuatro puntos cardinales y me los entregarás a mí, el dios portentoso Huitzilopochtli. Me alimentarás con la sangre de los presos sacrificados. Y yo me encargaré de lo demás. Te aseguro, hijo mío, que toda la Tierra recordará por siempre por qué somos meshícas.

Esta obra se imprimió y encuadernó
en el mes de octubre de 2019,
en los talleres de Impregráfica Digital, S.A. de C.V.,
Av. Coyoacán 100–D, Col. Del Valle Norte,
C.P. 03103, Benito Juárez, Ciudad de México.